北欧
文学译丛

国家出版基金项目
NATIONAL PUBLICATION FOUNDATION

Bröllopsbesvär

婚礼的烦忧

Stig Dagerman

[瑞典] 斯蒂格·达格曼 著

王晔 译

中国国际广播出版社

绚丽多姿的“北极光”

——为“北欧文学译丛”作的序言

石琴娥

2017 年的春天来得特别地早，刚进入 3 月没有几天，楼下院子里的白玉兰已经怒放，樱花树也已经含苞待放了。就在这样春光明媚、怡人的日子里，我收到中国国际广播出版社文史编辑部主任张娟平女士打来的电话，想让我来主编一套当代北欧五国的文学丛书，拟以长篇小说为主，兼选一些少量有代表性的短篇小说、诗歌等，篇目为 50 部左右。不久之后，中国国际广播出版社负责人和张娟平主任又郑重其事地来到寒舍，对我说，他们想做一套有规模、有品位的北欧文学丛书，希望能得到我的支持，帮助他们挑选书目、遴选译者，并担任该丛书的主编。

大家知道，随着电子阅读器和智能手机的普及，越来越多的人通过电子设备来阅读书籍。在目前的网络和数码时代，出现了网络文学、有声书和电子书，甚至还出现了人工智能创作的作品，纸质书籍受到极大冲击，出版纸质书籍遇到了很大困难。有的出版社也让我推荐过北欧作品，但大都是一本或两本而已，还有的出版社希望我推荐已经过版权期的作品，以此来节省一些成本。而中国国际广播出版社却希望出版以当代为主的作品，规模又如此之大，而且总编辑又亲临寒舍来说明他们的出版计划和缘由，我被他们的执着精神和认真态度所感动，更被他们追求精神品位的人文热情所感动。我佩服出版社的魄力和勇气。面对他们的热情和宝贵的执着精神，我怎能拒绝，当然应该义不容辞地和他们一起合作，高质量、高品位地出好这套丛书。

大家也许都注意到，在近二三十年世界各国现代化状况的各类排行榜上，无论是幸福指数，还是GDP或者是人均总收入，还是环境保护或者宜居程度，从受教育程度和质量、医疗保障到养老、失业等社会保障，还有从男女平等到无种族歧视，等等，北欧五国莫不居于世界最前列，或者轮流坐庄拿冠夺魁，或是统统包圆儿前三名，可以无须夸张地说，北欧五国在许多方面实际上超过了当今世界霸主美国，而居于当今世界发达国家最前列，成为世界现代化发展中的又一类模式。

大家一般喜欢把世界文学比作一座大花园，各个时期涌现出来的不同流派中的众多作家和作品犹如奇花异葩，争妍斗艳。北欧文学是这座大花园里的一部分，国际文学中，特别是西欧文学中的流派稍迟一些都会在北欧出现。北欧的大自然，由于地理位置、自然环境和气候条件，没有小桥流水般的婀娜多姿，而另有一种胜景情致，那就是挺拔参天、枝叶茂盛的大树，树木草地之间还有斑斓似锦的各色野花和大片鲜灵欲滴的浆果莓类。放眼望去，自有一股气魄粗犷、豪放、狂野、雄壮的美。北欧的文学大花园正如自然界的大花园一样，具有一股阳刚的气概、粗豪的风度。它的美在于刚直挺立、气势崴嵬。它并不以琴瑟和鸣般珠圆玉润和撩拨心弦的柔美乐声取胜，却是以黄钟大吕般雄浑洪亮而高亢激昂的震颤强音见长。前者婉转优雅、流畅明快，后者豪迈恢宏、气壮山河。如果说欧洲其余部分的文学是前者的话，那么北欧文学就是后者。正如鲁迅所说，北欧文学“刚健质朴”，它为欧洲文学大花园平添了苍劲挺拔的气魄。以笔者愚见，这就是北欧五国文学的出众特色，也是它们的长处所在。

文学反映社会现实。它对社会的发展其功虽不是急火猛药，其利却深广莫测。它对社会起着虽非立竿见影却又无处不在的潜移默化作用。那么，北欧各国的当代文学作品中是如何反映北欧当代社会的呢？它对北欧各国的现代化发展是不是起了推动促进作用了呢？也许我们能从这套丛书中看到一些端倪。

北欧五国除了丹麦，都有国土位于北极圈或接近北极圈。北极光是那里特有的景象。尤其到了冬天夜晚，常常能见到北极光在空中闪烁。最常见的是白色，当然有时也能见到五彩缤纷、绚丽多姿的北极光。北欧五国的文学流派众多，题材多样，写作手法奇异多姿，犹如缤纷绚丽的北极光在世界文坛上发光闪烁。

北欧包括 5 个国家：丹麦、芬兰、冰岛、挪威和瑞典。讲起当代的北欧文学，北欧文学史上一般是从丹麦文学评论家和文学史家勃朗兑斯（Georg Brandes，1842—1927）于 1871 年末在丹麦哥本哈根大学所作的《十九世纪文学主流》算起，被称为“现代突破”。从 19 世纪的 1871 年末到目前 21 世纪一二十年代的 150 年的时间里，一大批有才华的作家活跃在北欧文坛上。在群英荟萃之中，出现了几位旷世文豪，如挪威的“现代戏剧之父”亨利克·易卜生，瑞典文学巨匠——小说家、戏剧家斯特林堡和荣获诺贝尔文学奖的第一位女作家、新浪漫主义文学代表塞尔玛·拉格洛夫，丹麦 1944 年诺贝尔文学奖获得者约翰纳斯·威尔海姆·延森，芬兰批判现实主义作家尤哈尼·阿霍以及冰岛 1955 年诺贝尔文学奖获得者哈多尔·拉克斯内斯等。本系列以长篇小说为主，也有少量短篇和戏剧作品。就戏剧而言，在北欧剧作家中，挪威的亨利克·易卜生开创了融悲、喜剧于一体的“正剧”，被誉为“现代戏剧之父”，是莎士比亚去世三百年后最伟大的戏剧家。瑞典的奥古斯特·斯特林堡所开创的现代主义戏剧对世界戏剧产生了重大影响。戏剧是文学的一部分，所以我们在选编时也选了少量的戏剧作品。被选入本系列中的作家，有的是北欧当代文学的开创者，有的是北欧当代文学中各种流派的代表和领军人物，都是北欧当代文学中的重要作家，他们的作品经历了时间考验。

在北欧文坛中，拥有众多有成就有影响的工人作家是其一大特色。有的还获得了诺贝尔文学奖，成为世界级的大文豪。这些工人作家大多自身是农村雇工或工人，有过失业、饥饿或其他痛苦的经历，经过自学成为作家。他们用笔描写自己切身的悲惨遭遇，对地主、资产阶级的剥削和压榨写得既具体细腻又深刻生动。正是他们构成了北欧20世纪以来现实主义文学的主流。在这些工人作家中最突出的有丹麦的马丁·安德逊·尼克索和瑞典的伊瓦尔·洛-约翰松等。对这些在北欧文坛上占有重要地位的工人作家的作品，我们当然是不能忽略的，把他们的代表作选进了这套丛书之中。

除了以上这些久享盛誉的作家，我们也选了新近崛起的、出生于1970和1980年代的作家，如出生于1980年的瑞典作家乔安娜·瑟戴尔和出生于1981年的挪威作家拉斯·彼得·斯维恩等。他们的作品在北欧受到很大欢迎，有的被拍成电影，有的被搬上舞台。这些作品，虽然没有经历过时间的考验，但却真实地反映了目前北欧的现状，值得收进本丛书之中。

从流派来看，我们既选了现实主义作品，也不忽略浪漫主义、超现实主义和意识流的作品，力求使读者对北欧当代文学有个较为全面的印象。从作家本人的情况看，我们既选了大家公认的声誉卓越的作家的作品，也选了个别有争议的作家的作品，如挪威作家克努特·汉姆生，他是现代挪威、北欧和世界文坛上最受争议的文学家。他从流浪打工开始，1920年成为诺贝尔文学奖得主，晚年沦为纳粹主义的应声虫和德国法西斯占领当局的支持者，从受人欢呼的云端跌入遭国人唾骂的泥潭，而他毕竟是现代主义文学和心理派小说的开创者和宗师，在20世纪现代文学中扮演了承上启下的转型角色。我们把他的"心理文学"代表作《神秘》收进本丛书。这部作品突破传统小说的诸多常规要素，着力于通过无目的、无意识的内心独白，以及运用思想流、意识流的手法来揭示个性心理活动，并探索一些更深层次的人生哲理。1978年诺贝尔文学奖得主、美国作家艾萨克·辛格说："在我们这个世纪里，整个现代文学都能够追溯到汉姆生，因为从任何意义上他都是现代文学之父……20世纪所有现代小说均源出汉姆生。"我们把这位有争议的作家的作品选入我们的丛书，一方面是对北欧和世界文学在我国的译介起到补苴罅漏的作用，另一方面也可进一步了解现代文学的来龙去脉，以资参考借鉴。

20世纪60年代中期，瑞典出现了一种新兴的文学——报道文学。相当一批作家到亚非拉国家进行实地调查，写出了一批真实反映这些地区状况的报道文学作品。这批从事报道文学的作家大都是50年代和60年代在瑞典文坛上有建树的人物。如瑞典作家扬·米尔达尔是这种新兴文学——报道文学的代表人物之一，他的《来自中国农村的报告》（1963）成为当时许多国家研究中国问题的必读参考材料，被译成十几种文字多次出版。他的这本书材料详尽、内容真实、记载细腻而风靡一时。还有福尔盖·伊萨克松通过访问和实地采访写出了报道中国20世纪70年代真实状况的作品。这些文字优美、内容详尽的作品为西方读者了解中国起了很好的桥梁作用。他们的作品是在我国改革开放之前来中国写的，今天再来阅读他们当时写的作品，从中也能领略到时代的变化、改革开放的伟大成就。

总之，我们选材的宗旨是：尽量把北欧各国文学史中在各个时期占有重要地位的作家的代表作收进本丛书。本丛书虽有45部之多，是我国至今出版北欧丛书规模最大的一部，但是同150年的时间长河和各时期各流派的代表作家与作品之多比起来，45部作品远不能把所有重要作家的作品全部收入进来。

本丛书中的所有作品，除了极个别，基本都是直接从原文翻译，我们的目的是想让读者能够阅读到原汁原味的当代北欧文学。同英语、俄语、法语等大语种翻译比起来，我们直接从北欧语言翻译到中文的历史不长，译者亦不多，水平不高，经验也不足，译文中一定存在不少毛病和欠缺之处，望读者多多包涵，也请读者给我们提出宝贵的建议和意见，便于我们改进。

本丛书能够付梓问世，首先要感谢中国国际广播出版社执行董事张宇清先生和副总编田利平先生，田总编是在本丛书开始编译两年后参与进本丛书的领导工作的，他亲自召开全体编委会会议，使编委们拓宽思路，向更广泛的方向去取材选题。没有他们坚挺经典文化的执着精神和开拓进取的勇气，这部丛书是不可能跟读者见面的。我还要感谢本书所有的编委，是他们在成书过程中做了大量工作，从选材、物色译者到联系有关国家文化官员和机构，都付出了辛勤的劳动。不仅如此，他们还亲自翻译作品。没有他们的默默奉献和通力合作，这部丛书是难以完成的。在编选过程中，承蒙北欧五国对外文化委员会给予大力帮助和提供宝贵的意见，北欧五国驻华使馆的文化官员们也给予了热情关怀，谨向他们致以衷心的感谢。对编选工作中存在的疏漏和不足，还望读者们不吝指正。

2021 年 10 月

于北京潘家园寓所

石琴娥，1936年生于上海。中国社会科学院外国文学研究所北欧文学专家。曾任中国－北欧文学会副会长。长期在我国驻瑞典和冰岛使馆工作。曾是瑞典斯德哥尔摩大学、丹麦哥本哈根大学和挪威奥斯陆大学访问学者和教授。主编《北欧当代短篇小说》、冰岛《萨迦选集》等，为《中国大百科全书》及多种词典撰写北欧文学、历史、戏剧等词条。著有《北欧文学史》、《欧洲文学史》（北欧五国部分）、“九五”重大项目《20世纪外国文学史》（北欧五国部分）等。主要译著有《埃达》《萨迦》《尼尔斯骑鹅旅行记》《安徒生童话与故事全集》等。曾获瑞典作家基金奖、2001年和2003年国家图书奖提名奖、第五届（2001）和第六届（2003）全国优秀外国文学图书奖一等奖、安徒生国际大奖（2006）。荣获中国翻译家协会资深荣誉证书（2007）、丹麦国旗骑士勋章（2010）、瑞典皇家北极星勋章（2017）、翻译文化终身成就奖（2024）等。

“而对光的渴望永不熄灭”

斯蒂格·达格曼（Stig Dagerman，1923—1954）书写了20世纪40年代瑞典最具影响力的文学作品，是最具国际影响力的瑞典当代作家中的一个。

作家达格曼的诞生

1923年，一名二十七岁的采石工通知父母，他无力成婚，可他的女友就要临盆了。二十二岁的女电话接线员来到斯德哥尔摩以北约一百英里处的一座小农庄待产。10月25日的雨夜，孕妇的阵痛开始。农庄主十六岁的女儿策马穿过雨幕、从邻村接来助产妇。夜里十一点半，一个男孩降生了。一个半月后，女电话接线员独自返城。达格曼后来这样描述母亲的离开：“新年的一天，她手上提了个小包走向车站。她什么也没说，只是走出了他们的生活。雪卷走了旧年。她再没有回来。”男孩斯蒂格随生母姓安德松；1927年初由生父领养，改父姓雍松；1942年自行改姓达格曼。他曾说：“人人都有父母，而我只有祖父母。”

受祖父母宠爱的斯蒂格爱笑。十一岁时，父亲把斯蒂格接到斯德哥尔摩劳工聚居区。1940年9月，这孩子十六岁时，祖父被一个疯子刺杀而死，受刺激的祖母于十月中风离世。达格曼第一次尝试自杀。后来，他在《一个孩童的回忆录》里陈述：“听说刺杀事件的晚上，我跑到市立图书馆，试图为纪念死去的老人写一首诗。可除了可怜的、因羞惭而让我撕了的几行字，什么也没冒出来……在虚弱和哀伤中，有一样东西产生了——我相信，那就是当作家的欲望；就是说，能表达什么是哀悼、被爱过以及被孤独地抛下。”那年秋天，一艘蒸汽船在市政厅附近沉没，每晚，他都会去中央车站，在人群中徘徊，直至被赶出。他幻想有一天能在警察赶来时，掏出一张通往中国的车票。但从未能买到那张票。“我继续写作，背后怀着同样的想法。”不久后，在一次晚间集会听到《国际歌》，尽管不是第一次，却让他有顿悟之感。他成为工团主义者，进而担任反法西斯青年刊物编辑。写不出几行像样诗句的达格曼，22岁以处女作小说《蛇》登上文坛，立刻被视为天才。

创作的三个时期

小说《蛇》（1945）参考了达格曼的服兵役经历，聚焦罪疚、焦虑和恐惧，表达反军国主义情绪和对人生的恐惧，符合战后时代潮流。后来评论家乌洛夫·拉格尔克兰茨盛赞《蛇》具有非凡的出发速度和喷气式飞机的力量，20世纪没有一个瑞典作家以如此震撼而令人信服的方式登上文坛。

达格曼于1946年1月离开报社专心写作。同年10月出版《被判者之岛》；两周内写就的这部小说，讲述因船难困于岛上的七人，在超现实的噩梦中面对罪恶和恐惧的最后时日。短篇小说集《夜晚的游戏》（1947）收录《雨夹雪》等名篇，受卡夫卡、加缪和帕尔·拉格克维斯特的启发。第三部小说《灼伤的孩子》（*Bränt Barn*，1948）是关于纯洁和罪疚的研究。本特为死去的母亲悲伤，对父亲的新情人怀恨，却和这女人发生了深刻的关系。小说于1949年改编为戏剧《无人得救》。1949年出版的第四部也是最后一部小说《婚礼的烦忧》(*Bröllopsbesvär*),让他重回祖父母的农庄,探讨人的生存、宽恕和救赎。

此外,因为父亲的关系,达格曼和工团主义者有所接触,更于1944年成为工团组织的喉舌——《工人报》的文化编辑,并开始和正在瑞典兴起、后来举足轻重的"40年代作家群"交往。达格曼把《工人报》视为自己的精神出生地。1943年,二十岁的他和十八岁的德国难民阿奈玛瑞·格泽结婚。早早成家是要帮岳母一家定居瑞典。身为工团主义者的岳父母带着一家人逃离纳粹德国,加入巴塞罗那的运动;又为躲避西班牙法西斯的镇压,辗转来到瑞典。和这一家子以及和他们有联系的德国难民的接触,帮助达格曼完成了对战争废墟中的德国的报道,这些文字在1947年集成《德国之秋》,让他的声名在瑞典家喻户晓,并传到德国,乃至欧洲。

达格曼的创作主要分为三个时期。"象征主义"时期以《蛇》《被判者之岛》为代表。《德国之秋》开启了其创作的现实主义时期,还包括《夜晚的游戏》《灼伤的孩子》等,至1949年春。其后是看似现实主义却有显著象征主义元素的时期,以《婚礼的烦忧》为代表。

从书名说起

《婚礼的烦忧》这个书名耐人寻味。

那时,天才达格曼正经历着任务繁多却难以完成而充满挫折感的时期。1948年夏,他在法国北部从一处游荡到另一处,拖着沉重的写作任务,那就是为一家瑞典杂志书写关于法国农民的文章，“但这整个的国家对我来说像一只紧闭的蛤蜊，而我没有刀”。创作《灼伤的孩子》成了他唯一的救赎。接着，他打算书写另一类型的小说，“不受控制、色彩斑斓且喧闹——充满大量真实的人物，这些人物由于其真实性而无法被简单地加以心理分析。这些人只存在于我的童年”。1931年的记忆浮现，他突然想到“三个流浪汉”。在1950年的随笔《〈婚礼的烦忧〉与其他不安》里，达格曼透露了构思过程。祖父母的农庄里筹办婚礼。流浪汉发现了仓房木头上刻下的字母。刻下的字母，是新娘以前的追求者的姓名头字母。男孩斯蒂格鬼使神差地跑到大人那儿，撒谎说那字母是新刻的，引起众人的惊慌。

接着，在去澳大利亚、火奴鲁鲁和旧金山的旅途中，达格曼看见记忆深处那座准备婚礼的农庄，看见干草、牛马和窗边的蛛网。看见大房子里的新娘。但他很快意识到“三个流浪汉”这一书名的局限性，继而启用“天鹅之歌”，因为人物中有年迈的歌手，而“这场婚礼将成为许多人的天鹅之歌”。重返瑞典后，达格曼发现一本新书就叫《天鹅之歌》。这个意外让他遇到《婚礼的烦忧》，他认为，婚礼本身充满感官潜力，可以是小说的主角，“三个流浪汉”和“天鹅之歌”则是宝贵的补充。

可见，《婚礼的烦忧》不是退而求其次的选择，更像上天不动声色地将作家带入了更好的创作层面。“婚礼”是一个特别的框架，达格曼没用多少笔墨描写婚礼本身，而是让人物和事件借婚礼铺展开来。“bröllop”一词很清楚，意为婚礼。“besvär”可表达“麻烦”“烦恼”“困惑”“不便”，甚至“控诉”之意。与之对应的字眼，在中文里没有，其他语言里也不易找到。外文版书名，除丹麦语版

*Bryllupsbesvær*借助与瑞典语的亲缘性几无转换难度，其他译名并不完美，英语、捷克语版等选“烦恼”之意，法语和波兰语版用“麻烦”之意，德语和立陶宛语版书名分别是《瑞典的婚礼之夜》和《婚礼之夜》，葡萄牙语版距原题很远，叫《婚姻的七大灾难》。小说登场人物各有难处，婚礼当天发生了一些事件。我选用“烦忧”而不用“烦恼”，意在传达一定的悬疑性，避免见书名而有以为要探讨婚姻之苦恼的误会。此外，不难看出，原文书名押头韵。无独有偶，达格曼的前一本小说《灼伤的孩子》也是如此。以汉语押头韵且意思完全吻合，则更无解。

在散文《一个孩童的回忆录》里，达格曼记述了在祖父母农庄生活时的细节。一座古老的农舍、一条湍急的河流、对流浪汉从不拒绝的奶奶。甚至，对太阳产生仇恨心理的“我”，一个私生子。还有月亮的光亮和紫丁香的阴影。短暂夏日的干旱，马儿在马厩做梦，发出低沉而吓人的声音。清晨，炮声响起，十多公里外训练场传来的声音像巨大的黑影笼罩炎热的夏日。一炮又一炮，人们祈祷：“上帝保佑，别让战争降临。”屠夫的儿子骑着自行车载着“我”。一天早上，草地给晒得发光，万里无云，“我”跪在紫丁香树篱阴影里，诅咒太阳，祈求上帝和所有的力量熄灭它，《婚礼的烦忧》对这些细节都有一定的漏露。

达格曼深信，成为诗人的秘诀之一是，不让生活、人群或金钱使自己戒掉会幻想的儿时的天性。很早就习惯于“编故事”的他乐于将现实稍加改造，让它变得更温暖、有趣。需要警惕的是，仅有回忆是不够的，达格曼认为，小说家与回忆录作者的区别之一在于对待记忆的态度，后者须假设记忆是完整的，停在所经历的时间点上，未被改变且不可改变；前者则需根据个人对记忆欺骗性的认识得出结论："记忆不是事实，而是一个借口——一片水域，他可以在那上头架设桥梁。"桥梁建造者达格曼关注三大问题的解决："首先是连接问题……希望通过一个支撑点稳固在自己内心，另一个则在那些我寻求安慰的人当中找到，以此打破我的孤立。其次是结构问题，即创造悬念的艺术问题。我想测试我的天赋……最后是周围环境问题。我希望提供一个新视角，以鸟瞰的方式俯视一片从未见过但值得一看的水域。"

消失的引号与自由的叙述者

乡村八月，怀着前男友孩子的希尔多在一个周六将与鳏夫韦斯特隆德成婚。小说从这一天的凌晨四点差一刻开始，直至次日凌晨。这期间，纷乱此起彼伏，包括前男友自杀。但小说的内容不止于此。小说出版不久，不少人赞叹作家出众的才情，也有人质疑人物和事件过于繁杂而作者的书写有失控之嫌。

事实上，在1949年夏秋创作这部小说时，达格曼处于名声和截稿期（圣诞节推出）的压力下。更大的压力，我以为还是达格曼对于表达内容的野心。这部小说并非细细打磨而成，不能说完美，但依然是深具深度和广度的杰作。这位不久早逝的作家当时正处于攀登高峰的途上。而作品的杂乱一定程度上吻合乡村素材的野生感。

出场人物确实众多，有人物必有对话。从现在时的对话，到个人独白、意识流及叙事中蔓生的过去的对话。一个显见特征是，除了当下的直接对话，其他有对话内容的句子一概不见引号。这很难用疏忽来解释，而更像特意为之。对标点加以设计的作家并不鲜见，近的就有2023年诺贝尔文学奖得主约恩·福瑟。作家的自我意志和出版审核部门的标点符号规则会产生冲突，然而，如果这一切是文本表达的需要，规则也只能让位于艺术需求，因为小说不是科普。

让不少引号消失，而让意识流在不同人物间转换，加大了阅读难度，需要读者细细梳理某个声音到底是由谁发出的。叙述者自由地进出人物意识，这一手法开篇即运用起来。

蜗牛维克多的思绪里再现邻人对他的说法，并自问自答。

接着，因为凌晨三点四十五分，新娘卧室窗上的敲击声，叙述者同时进出不同空间、多个人物的意识。新娘的父亲蜗牛维克多、母亲海尔玛、哥哥鲁道夫和姐姐伊尔玛、帮工索仁和他的情人，叙述人从不同空间，以不同人物的感知对这同一个时间点进行演绎。比如伊尔玛听着敲窗声苦涩地想起自己带着私生子的不幸。交错和叠加，放大了这一刻和那敲窗声。不单表现此刻，不同人物的意识里更有次生的对话和冲突，由此展示出一段段人物前史。

新郎韦斯特隆德出场后，他的美国经历、和前妻的对话与冲突再现在他躺在橡木床上的吞云吐雾中。如此，时间从婚礼的一日，后推数十年，空间从闭塞乡村延展到遥远的美国。最后一章，叙述者更将所有的生物带入一个超越时间和空间的沉睡里。

叙述者和角色声音的界限经常是模糊的。以第三人称再现人物意识时也会采用人物自己的视角。鲁道夫“他每个月用脚翻转一次石头。如果他活着且健康，那块石头最终会变得圆润。那时我就会把它带进来，他想，放到火炉上。但首先我得洗一洗”。“他”变成“我”。“伊尔玛也清楚地听到了尖叫。不过，让她叫吧！让希尔多高声叫吧！她怎知如何不出声地叫呢？那才更痛苦。那才是最痛苦的事。并且伊尔玛也听到了敲窗声。不过，随那声音敲吧，随它敲响在别人的窗上。从没有谁敲我的窗。可为什么呢，人们啊？为什么有些人就这么孤独？”第三人称的伊尔玛的思绪里出现了希尔多，继而出现了“我”。

反之，人物心中所想也会突然转为叙述者的声音。海尔玛坐在济贫院外的石头上想到年轻时的爱：“那时，当其他人觉得一切都无所谓时，对我来说却并非如此。但是你们，有件事比其他事都让人害怕……”“我”变为“你们”。又如，“她记得他如何缓缓把她拉向自己，却没怎么动手指头。还有她如何前倾着、用柔软的手指理他那绺头发，那时头发没白，那时也没谢顶。就是如此。而这一切都发生过吗？我们活过吗？”主语从“她”变成“我们”。

叙述中无论出现了内心对话或其他对话概不用引号，我将引号的消失理解为叙述者和人物无阻碍转换的需要。叙述里有顺序、有回忆，更有跳跃，甚至过去和当下交错呈现。意识的转换除了让引号消失，还有其他手法。如汽车事故一段：

> 这是事故发生以来他第一次开车，月亮消失了，他们驶入蓝黑的暗色里……事故发生在一座桥上。他们以最慢的速度过桥，就像在雾中，而那时并没有雾。她什么也没说，只是用手轻轻碰了一下护栏，事

故发生在一根护栏边。他们开过比约尔家的绿色大门，而后他跑进一扇门去，消失了，但他们还是找到了他……那时，他们在干草堆后找到了他。眼下她还什么都没说，她什么都来不及说了……玛瑞摇下车窗，摇得尽可能低。

“严松兄弟，”她在夜里喊，“严松兄弟！严松兄弟！”

他使劲向右转好避让，普利茅斯倾斜，路像海一样崎岖不平。他把刹车踩到底，车停了下来，但帕尔姆家仓房的墙壁像一艘黑船向他们滑来。总是如此，左前轮抬起，碾碎一条生命。为时已晚……

……被害人应该趴在地上，流血的头颅刺入保险杠下。他自己应该潜入光束下，抓住严松兄弟的肩，把他拉出来。他跪了下来，手伸进车底，却只摸到满手的草，他让车灯照亮双手，可手上没一滴血……哪儿都没有被害者，只有一根断在前后轮之间的粗粗的栏杆。所以那不是严松兄弟，那只是根栏杆。他松了口气……

而在草堆后……严松兄弟平躺着，双腿分开，手臂搁在散开的草上。尼塞跪在被害者身边……月光突然回来了，嬉戏在那睁着的死去的眼睛里。玛瑞从草堆的阴影中滑出……

“上帝啊，”她轻声说着也跪倒在地，“这是韦斯特隆德的帮工啊。”

尼塞再也无法区分已发生和未发生的事，他的食指顶着哈格斯特罗姆胡子下、腮帮上的一个小肿块……毫无疑问：韦斯特隆德的帮工确实死了。

比约尔家的大门和帕尔姆家仓房的墙壁相隔甚远，严松兄弟和哈格斯特罗姆并非一人。像是醉酒又怕重蹈覆辙的司机尼塞的梦魇，此前和当下的事故并行，如同交错押韵诗，也如同电影蒙太奇。过去的一幕鬼魅般对当下穷追不舍，这番描写富于冲击力和悬念，加大了紧张感，不受拘束的叙述手法行之有效。

当然，不难看到，时隐时现的叙述者时常以全知者姿态透露无人知晓的信息。就比如，“贡纳尔睡在厨房里，不知他是一个人，有一天他会知道”。

新娘希尔多的沉坠和一封读者来信

《婚礼的烦忧》里最令人费解的情节当数西蒙爬上新娘床后新娘希尔多的反应。婚宴后新郎烂醉，他工作上的对手西蒙醉醺醺爬上了希尔多的床。希尔多起先背对着他，看清西蒙的脸之后没去打他，相反“她抚摸……她讨厌这么做，但她还是做了。她带着某种快乐做了”。而不久前，她腹中胎儿的父亲自杀。也是不久前，她满足于做一头走向屠宰场的库拉，和屠夫做夫妻。

紧接着这段意外，叙述人提问，为何我们喜欢选择更大的羞辱，并将此问题包装成一封报社读者来信，标题是，“人为何选择沉沦”。

来信从当今社会人们求失败的倾向谈起，以为社会对高效的要求引发了人对失败的恐惧。声称受伤对更多的人来说是让生活变得可以忍受的唯一途径。而一些人有寻找最深层羞辱的渴望。“我们是否已过于深刻地体验了胜利、成功和提升的痛苦，以至于不再相信我们可以通过这条路达到救赎……我认为救赎是一种过程，通过这个过程，我们突然能够承受，这个生活是毫无意义、空虚、冷漠的，本身就是空无。”写信人相信，不只是自己，也许大家都在追问，到底在哪里可以找到一直寻找的朋友？“是否我们都能找到他，当血淋淋的、遍体鳞伤的我们自己血淋淋地、遍体鳞伤地躺在绝望驱使我们坠落的谷底？更深，更深，我们的渴望在尖叫，我们无法阻止自己的坠落。我们并不是因为喜欢坠落而坠落……但我们也许相信，在黑暗中我们可以找到一束光……”虽然有研究者相信这封信出自希尔多之手，但我以为，信里的语气和思想同希尔多以及其他人物并没有接近之处，只能是出自达格曼之手。达格曼似乎用整部小说提出了这封信里的疑问，并试图作答。读者来信传达的信息重大，遗憾的是它和充满比喻和象征的文本未能水乳交融。尽管如此，它提示了达格曼的深意。或许可以说，正因为要表达这些难以表达的深意，《婚礼的烦忧》并没有止步于对一场婚礼，对乡村里荒诞狂野、悲欣交集的命运的呈现，而寄托着找到人的存在的出路的愿望。

沉坠或可引来新的生命洞察和新希望。性爱行为可能是将自己丢给暴力、死亡和他者，进入存在的危机状态。新娘那看似不可理解的行为，或许暗示自我选择的羞辱正是穿过黑暗、通往恩典的途径，也是以存在主义推崇的接受态度解放自己。这巨大的自贬和最深的沉坠使希尔多遭遇溶解，得到启示，成为“我们的房子”里的一扇窗。

从个人的“蜗牛壳”到“我们的房子”

有理由相信，蜗牛维克多的原型之一是达格曼的祖父，这从《一个孩童的回忆录》中可看出端倪。祖父和维克多一样有农人对土地和家园的执念。衰老后的他神经脆弱，和维克多一样总怀疑邻人要来抢走自家的农庄，便关紧房门。和维克多一样，每年八月他咬一咬家人递来的黑麦穗，决定是否割麦和割草。蜗牛背着自己的壳，不是凭空的小说设计，而有生活基础。然而“房子”这一源自生活的意象在小说中被达格曼照出了强烈的象征意味。

房子是人的居所。蜗牛壳狭小而封闭；长女伊尔玛的床头板几乎触到房梁，她“在绳索中挣扎，拼命想逃脱，最终还是回到这里”；帮工索仁的房间是“该死的陷阱”，“囚犯”在房间里无目的地转着；济贫院“休息着穷人的命”；而流浪汉睡的是别人家仓房的草窝或路边的泥沟，“前方不存在”，如果一直走，就会回到“出发的地方”。每个人都感到孤独，有逃离现有生活的愿望，却“只有这该死的世界”。困境里的他们因为焦虑而恐惧。尽管面对的是日常，没有战争等灾难，恐惧却是这部小说里频出的字眼，孤独而窘迫的日常能带来恐惧。

达格曼深信：“被囚禁的人类需要的不是启蒙，而是作为慰藉的真理。”如果说他的处女作《蛇》带有政治批评文献的特征，透露出时任工团组织喉舌《工人报》文化编辑的达格曼受到工人运动的两个原则、个人自由和国际团结的深刻影响，在创作《婚礼的烦忧》时，政治批判的痕迹褪去，对人类普遍孤独的关注突显。1948年10月，达格曼表示自己因孤独而写作，目的就是为他人缓解孤独。焦虑和恐惧的意识一旦为“人皆孤独”的认识取代，那么人就可能接触到同样孤独的他人。共情和宽恕也许能成为改变现状的工具。

在1952年撰写的《我们对慰藉的需求是无止境的》一

文中，达格曼坦言：“我可以用脑海中燃起的最美的词语填满所有白纸。因为我渴望确认我的生命不是毫无意义，也不是孤独地存在于这世上，我将这些词语汇成一本书，献给世界。作为回报，世界给了我金钱、名誉和沉默。可我在乎金钱吗？我在乎自己为文学进步做出了贡献吗？我唯一在乎的是我永远无法得到的：确认我的话语触动了世界的心。”他剖白自己缺乏信仰，因此永不能成为幸福的人，因为幸福的人不应害怕自己的生命毫无意义地走向必然的死亡。然而，解脱的奇迹正在接近，关键在于，“像沙中的一块石头一般安然自得”。

而早在1942年，达格曼创作过短篇小说《秋日将至》。无名氏走进铁道工的小屋。铁道工问，你从哪里来，要往何处去。无名氏答：“我大概从某处来，我大概要往某处去。去哪儿，不知道。或者，我也许知道。这是我的生活，或者说我的命运……有一天，当所有人明白爱是唯一能给予我们活下去的力量的东西……那天起再没有谁想要死去。那一天，永恒的春天将会到来……”无名氏沿铁轨前行，在火车头灯光照射下，嘴角带着微笑死去。

显然在这则短篇里，达格曼已得出“爱是抵抗死亡的唯一可能”的结论。岁月更迭，他的表述更为清晰，1950年，达格曼回答杂志社关于“我们是否还对人类抱有信心”的提问时回复：“我相信团结、同情与爱是人类最后的‘白衬衫’。在所有美德中，我最重视被称为宽恕的那种爱。”“白衬衫”意象来自挪威作家塔尔耶·韦萨斯（Tarjei Vesaas）的一部小说，其中有一位人物临终为审判日穿上白衬衫。在达格曼看来，团结不仅关乎阶级或政党，还关乎人类和自然。1954年的诗作《你无法重塑世界》里有这么几句：“世界你无法重塑，平息你狂躁的灵魂！你只能做一件事：善待他人。”这一切都透露出基督教存在主义救赎观的特征。《婚礼的烦忧》中，最有爱心的是海尔玛，和嫌恶流浪汉的牧师不同，她最看重对人行善。而同情是西瑞将处女之身交给流浪汉的原因，她与他一同走进燕麦田，“月光洒落在肩，她走在右车辙上，挽着他的手臂就像背负着一座朝着月光照耀的各各他的十字架”。

至于宽恕的爱，众多登场人物正是用宽恕化解了生活难题。新娘希尔多和女招待露兰都说过，谁也不比谁更好，换言之，人都有缺陷和压抑，都需要宽恕和同情。索仁接受了怀着屠夫的孩子的斯维亚，感受到彼此情感上的相连。浪漫的玛瑞不再嫌弃丈夫，相反跪在地上擦他脚上的血，感到幸福。存在主义关于一切取决于自己的意识的自由观，在乡民的现实中得到自发的运用。只不过同情和宽恕这一类抽象的字眼，在女仆斯维亚嘴里化为一句具体而质朴的话，“你拿你有的”。这句话被其他人一再重复，它其实是达格曼从一本经典的烹饪书里借来的，似乎启发了达格曼笔下的人们如何烹煮艰难生活的食物，面对世界的无意义时，什么才最要紧。抓住手头所有，不是妥协而是实事求是，不是被动忍受而是积极应对。

穿过同情和宽恕，在新娘希尔多沉坠的梦里，出现了一座“我们”的房子。那时，西蒙摇晃着离开了，希尔多跪在床边，赤裸着在黑暗中、在地板上蠕动，却感觉自己在水边，躺在一块黑岩石上。她被扔进了水里、下沉。包围她的不是普通的水，而是酸。一条一条，她逐渐被分解，最后完全消失：

> 我什么都不是，她躺在那里梦着，而她被彻底毁灭，变成了一个新生命，发生在我身上的事无关紧要。但我必须存在。因为有一座房子。
>
> 有一座房子，它一定建在一个自有地块上。在那座房子里，我是窗户，你是门，我们都是那房子里的一部分。所以房子需要大家……房子也需要那道叹息着渴望自由的门槛……
>
> 那房子里还有些什么呢？是我们塑造的无人居住的房子，还是有人住在我们体内？我们必须寻找，门叹息着，寻找一个打开我们的人……
>
> ……她想，我们必须等待……现在我知道那等待叫什么。那叫平静。

在那座房子里，“我”和“你”都是房内不可或缺的存在。从“我”到“你”“我们”，不再是单独的你我在自己的壳里老死，而有了属于共同体的空间。共同体模式其实早在歌手站在雇工房门口时就闪现过：

> 歌手进来了，或者说并没有进来，他站在门槛上，他们注意到他带来一片月亮。接着他们几乎立刻发现他们看错了，他带着的不是月亮，而是一小块死亡。他已经很像另一个国度的公民，那里有另一轮月亮照耀……没有签证，他的目光在他们之间游离，没有任何地方是居留地，没有什么地方是他的灵魂可安息之处……当他说话时，他们一开始完全听不懂，除了感觉到一种非常愉悦的情绪。一个外国人来了，立刻就能感觉到：我不是孤独的，我有一个民族，我是众人

中的一个，大家都能理解我。每个人都能理解对方，这就是为什么他们突然如此热爱门槛上的外国人。

《婚礼的烦忧》中同情、理解、宽恕主题的显现，部分来自达格曼自己的焦虑，部分来自同时代瑞典小说家拉斯·阿林、一个路德教徒和社会主义者的影响。达格曼在过去的创作中沉浸于焦虑、恐惧和黑暗，如今他意识到穿过焦虑找到自由、透过黑暗看到光明的可能性。这方面，阿林可谓达格曼的理解者，后来他这样追悼达格曼："焦虑、恐惧。这些词对那些毫不动摇的人来说是不当的侵犯……这些词并非指向我们的情感，不只是将我们引入情感生活的丛林。不论是对你还是对克尔凯郭尔……这些词有着完全不同的范围和含义……构建了事物的形式及人物的生活，贯穿人的日子和工作……为什么人该忠于自己的恐惧？答案是自由……你希望将自由置于人类创造的中心……"萨特的存在主义认为，人类因存在而自由，无论外部条件多么难，仍有选择如何面对环境、看待痛苦的自由。荒诞主义关注人在追求意义的过程中与世界无意义的冲突，无解的冲突带来存在的荒谬，加缪接受荒诞，想象西西弗斯是幸福的。克尔凯郭尔信奉的基督教荒诞主义认为信仰是于荒诞中坚持，不靠逻辑或理性而靠对上帝的信任，让人类实现永恒的希望与救赎。《婚礼的烦忧》抛开达格曼早年的政治评论和心理分析，深入乡民的生态，向同情和宽恕靠拢，可以说具体施行了他的愿望，那就是，通过一座桥来打破"我"的孤立，这座桥的一端在"我"自己这里，另一端在那些"我"希望寻找安慰的人身上。达格曼的想法和存在主义、荒诞哲学和基督教存在主义观念有重叠之处。

意象与象征：以“婚礼”“屠夫”“心脏”为例

《婚礼的烦忧》因为描述婚礼前后的事件，聚焦乡民的原生态，似乎天然地带上了现实主义印记。然而，它除了具有诸如取出少女的心脏又放回这一类神秘而又超现实的段落，还处处闪烁着意象和象征的光影。

比如“婚礼”。

如前文所述，达格曼祖父母的农庄办过婚礼。婚礼是有现实原型的，小说里，达格曼赋予了它象征的意义，或者说，借用了《圣经》和基督教文化中有关婚礼的象征意味。《约翰福音》2：1-11中，耶稣在迦拿婚宴上将水变为酒，婚礼烘托出神迹的庄严。“婚礼”常被赋予精神含义，如神与人的关系、爱、契约或最终审判，与救赎、盟约、永生关联。有时新郎是耶稣基督，新娘则是信徒，“婚礼”象征灵魂的觉醒。《马太福音》25：1-13中，有十童女的比喻，“新郎”代表耶稣基督，“婚礼”反映天国的喜悦。《启示录》19：7-9中，“羔羊的婚宴”象征基督与信徒的联合，体现救赎完成和天国降临。《圣经》中“婚礼”和“死亡”经常交织，新郎与新娘的结合预示新的关系和家庭的建立，人类与神的结合和灵性的重生。死亡则意味着旧生命结束，进入天国“婚宴”，开启神圣的关系。

流浪老汉菲利普给新娘希尔多写诗，和喜庆的氛围极不协调地大写特写死亡：“你的床已为最后一夜铺好，婚礼的夜。你的黑色新郎已调好闹钟，他用唯一的那杯葡萄酒里沾湿嘴唇。很快，你的唇将擦干他的唇，你知道。你唯一的新郎名叫死亡，很快你将背上他的名。很快你将为这唯一忠实的爱人所爱，那么，宽衣吧，他的床单已热。”

而在小说最后，一幅诡异的图像升起，几乎所有的人都睡了，不知是在死亡中还是恩典中，“他们睡在各处，许多人都在最奇怪的姿势中入睡……”这番类似审判日的景象让我想起达格曼在《我们对慰藉的需求是无止境的》一文中所述：“我最终可以发现，这片大地是一座万人冢，所罗门王、奥菲莉娅和希姆莱并肩而眠。我可以从中学到，残忍者与不幸者享有与智者同样的死亡，因此死亡似乎成为对失败人生的一种慰藉。”不过，达格曼接着说，“可对于那些希望在生前找到慰藉的人来说，这又是多么恐怖的慰藉……对我来说只有一种真正的慰藉：那就是让我知道我是一位自由的人，一个不可侵犯的个体，一个在我自身边界内有主权的人。”

说到死亡，值得一提的是，小说开头写蜗牛维克多每年八月在蜗居里咬一咬儿子送来的黑麦粒。而在小说最后，维克多走出了家，站在黑麦田里几乎被黑麦淹没。黑麦在他周围涌动。当他走出时，手里拿着根黑麦穗，他掐下一颗黑麦粒，咬了一口。“他幸福，也很平静，这一定是黑麦。这一定是死亡，他自己心想。”黑麦代表着丰收和生命力，也意味着收割和终结。

比如“屠夫”。

新郎的屠夫身份不那么简单。屠夫与屠宰相连，屠夫有生杀权，屠宰象征死亡的确定性和存在的不自由。而新娘希尔多曾被父亲拿来和那头去屠宰场的母牛库拉类比。维克多问女儿，“你去见屠夫了，你，你高兴吗？”他想说的其实是：你要去屠宰场了，你很高兴吗？不过他为了自己的缘故中途改了口。她含泪回答：“是的，爸爸，我是那么高兴。”她站在阴影里，在那里眼泪不会被看见。可他站在亮处，她觉察到月光如何在他脸上刻出死亡的形象。她无法将目光从这景象上移开。因为从一天到下一天，最伟大的雕刻家都在用无尽的耐心、用小小的死亡线条来填满我们的脸庞。我们都是死亡雕像的模特。

又比如“心脏”。

牛栏间，有一颗新刻的心。新娘希尔多“拿指甲戳了这颗心一下。就像自己的心一样疼。她用手掩住男孩的嘴，悄悄进入谷仓阁楼，像一颗干净的良心一样安静”。雕刻的心出自前男友也就是她腹中胎儿的父亲。

心脏象征生命力，象征爱与情感，被看作灵魂和人性的核心。在宗教中，心脏象征神圣的爱，常与人的深层欲望和情感相连。心脏与爱、生命、勇气有关。

而当西瑞和流浪汉去黑麦田之后返回客厅。她的小心脏给取了出来，被细看、又放回。这一切或许象征纯真被剥离和控制，取出的心脏由蛋糕铲托着，也可能暗示无畏的自我奉献。西瑞的心放回体内后，新娘希尔多站在椅子上看向挂在桌上的灯盏，那里有一颗流血的心。“那是我的，”希尔多低声说，“我不想要。”这或许反映出情感的困境和牺牲。西瑞立刻表示她有一只箱子可代为保存。希尔多和她的继女主演了一出超现实的戏剧。

童话和史诗的光泽

达格曼生前未出版诗集，但他写过很多诗，是个十足的诗人。更重要的是，他的小说语言充满诗意，具体到《婚礼的烦忧》，对乡村自然的描写既是才华造就，也是生活和记忆的馈赠，赠他带着自然万物讯号的细节和画面。于是，我们读到，被冷落的情人眼中充满悲伤的露水，痛苦像子弹一样进入驼鹿体内，黑暗的词汇从深井中取出，而太阳发射了一些求救信号，丰富的比喻赋予叙事幻觉般的力量，极具抒情性。甚至，他似乎随手写下了一则特别的猫的童话。猫各自蜷在屠夫韦斯特隆德的沙发一角睡着了：

> 它们在月光下悄然而至，尾巴因露水而沉重。田老鼠跳进黑麦田跳了舞。猫在林间空地上悄悄蜿蜒前行，躲开追逐者，窜入阴影，突然间，在电话线下，它们停了下来，它们的心脏对着大地敲击。而只有刺猬，它身上长满刺而不是毛，它脑子真是有病。我们拿走它的奶，大家一致同意。可这时它们才发现奶盆空着。它们用爪子遮住眼睛，我们是在做梦，它们对彼此说。它们一跃跳入沙发，不过沙发是在的，在它们的爪子底下，感觉软软的，它们用胡须和鼻子去感受。在猫的天堂里，所有沙发都摆在屋外，所有围栏都挤满空着的软扶手椅。我们不能睡，它们说，当我们在天堂时，我们得保持清醒。
>
> 可它们还是睡着了，在天堂门口，你总会入睡，当它们醒来时，感觉仿佛在船上漂流。它们在沙发上航行着过草地，穿过月光飘在人类上空。现在我们走吧，一只猫对另一只猫说，现在我们一定是在地狱里了，因为这儿实在是挤满了人。

而当几乎所有人，活着的和死去的，以各种姿态睡着时，达格曼写尽了那么多人的睡姿，接着他更让读者看到，

“芦苇中睡着鲈鱼，树丛中睡着刺猬。井里睡着蛙，云里睡着雨。生命里，睡着死亡，死亡里，睡着生命。悬崖上，睡着洛雷莱，她有灰白的发”。

“而对光的渴望永不熄灭”

《婚姻的烦忧》这出以祖父母的乡间为舞台的悲喜剧，犷野而多彩，带着音乐性和抒情性。借八月乡村的一天，围绕一场婚礼探讨孤独、恐惧、爱、宽恕和救赎。情绪在烦恼、温暖、悲哀、滑稽和类似幸福的欢愉间转换。农民、屠夫、帮工、流浪汉、女仆、亲眷、同事、邻居等纷纷登场，个个都有缺陷和压抑。在忽隐忽现的月光下，有酒精、性爱、嫉妒、疯狂和灾难。达格曼对这群在记忆和想象中栩栩如生的人物充满同情。1940年代瑞典乡村的文本因为达格曼对存在的深厚思考跨越了时空的局限。时间从一天拉到永恒，逼近永恒的普遍真理。空间从闭塞的蜗牛房扩展到包容一切的大地。开头写到，总有一个人必须醒着，从觉醒和等待到庆祝和沉睡，最后只有新娘一人醒着。以超现实主义透视生活，尖锐而狂暴，荒诞而真实，所透露的救赎观与基督教精神接近，以人的自我贬低谋求通往平静与和解之路。达格曼带着对人类的悲悯，在灰暗的砂石中找到美丽，在激烈的冲突后觅得和解。正如传记《斯蒂格·达格曼》的作者，评论家乌洛夫·拉格克朗茨所谓：“万物都是痛苦的、令人愤怒的、卑微的，但这一切看起来仍是宏伟的、崇高和纯洁的。”四章小标题“谁在新娘的窗上轻扣？”“谁知我的苦痛在哪里？”“你拿你有的”“我到处找寻的朋友在哪里？”对应唤醒、痛苦、和解与拯救。

人类的自由可能性就是能拿什么就用什么，通过邻人之爱，让无意义充满意义。这是达格曼最后一本小说，让我联想起无声的歌者的天鹅绝唱和巨人草帽：

> 他手中的毛巾松弛下来，如一面旗帜，他闭上眼歌唱，歌声充满疯子安德斯的房间，旗帜在风中飘扬，它笔直地挺立在风暴里。此刻，在整个地球上都能听见他，刺猬们听见了他醒了过来，藻类因他的歌摇摆，他越过山脉，他是一股将沙漠抽打得血淋淋的飓风。他独站在黑夜下，一顶草帽抵着胸膛，那是最大的巨人草帽，他将用歌声把它填满。于是他把它放在唇边，让歌声倾盆大雨般灌入其中，但它永不会给填满。

斯特林堡的《海姆素岛居民》里有狂野的乡村婚礼描写。马丁松多次描写流浪汉，甚至他自己曾经是流浪汉。达格曼的这部小说能让人想起不少作家，包括福克纳等。但达格曼的文本绝非模仿和拼凑，而是服务于他一以贯之的焦点，即存在的孤独和恐惧，人类获得安慰、救赎和自由的可能。

《婚礼的烦忧》之后，达格曼只发表了戏剧《最后的日子》(1952)，探讨“我们”希望在“最后的日子”里完成什么，最终希望有怎样的和解。

很久以来，母亲的缺失以及达格曼对自杀的执念，推动了消极的达格曼解读。乌洛夫·拉格克朗茨在达格曼传记新版中反思，此前他把达格曼读成侦探小说，并且倒着读，目的是要证明结局的不可避免。然而“现在我希望将达格曼从笼罩在他形象上的焦虑中解放出来，多关注他的机智、幽默和温柔的人性”。确实，将注意力从达格曼传奇生平中错开，从文本出发，或更能看到其中对光亮的探求。

达格曼十七岁时第一次自杀，后来屡试屡败，1954年三十一岁时在车库自杀，这一次，他似乎中途又改了主意，因为发动机已关闭，身体移出车外，但为时已晚。达格曼以他的一系列作品在20世纪40年代至50年代深切关注世界的战争和地球的疼痛，呼喊“我是大地疼痛的一部分”。在他诞辰百年有余的今天，战争仍在世界各地爆发，地球还在疼痛，有必要重温达格曼写于1952年的几句诗，并相信即便在世界的夜花园里也不必熄灭对光的渴望：

而今一朵花儿绽放在寒夜。
而今一只火鸟飞向天空。
对这样的鸟来说，飞行短促。
光的花园迅速枯萎。
燃烧之物生命短暂。
很快，翅膀将在黑暗的屋上消失。
很快，玫瑰将在夜花园里凋零。
而对光的渴望永不熄灭。

王　晔

2024年12月3日定稿于马尔默

译者简介

王晔，作家、翻译家。瑞典作协会员。著有散文和短篇小说集《看得见的湖声》《十七岁的猫》，文学评论集《这不可能的艺术》《象牙的船，白银的桨》等；译有小说《格拉斯医生》《海姆素岛居民》《尤斯塔·贝林的萨迦》《严肃的游戏》等。《万象》《文汇报·笔会》《书屋》等报刊作者。在《文艺报》设有文学专栏“蓝翅街笔记”。2016年获得瑞典学院翻译奖。2019年获得中国“出版人杂志”主办的书业年度评选文学翻译奖。

目　录

谁在新娘的窗上轻叩？

慢慢来——上帝就是把蜗牛创造成这个样子的，或者谁知那创造者是谁呢。可无论是谁，都干得漂亮。因为蜗牛要什么速度呢？无论踩哪里，踩的都是自己的地盘。无论走到世界的哪个角落，它的建筑都在自己的地盘上。所以，它无须为了赶回家接受强制拍卖、扣押或强制屠宰而跑断了腿。蜗牛，它把自己的家驮在背上。这样的背，你也想有。

可想想看，真要是有那样的背，你会让人厌。那时，朗莫这地方的礼拜六佃农、犁地的、捡石头的，还有擀树皮面包的，会站在他们的门阶上瞪大眼睛嚼口含烟。有些人只这么点事可做。有些人破烂而摇晃的小窝前有该死的门阶，正好能从那里看到福克赛发生的最细微的事。如果你坐在外头的旱厕房里捧着一份《斯莫兰人》[①]，只要光线够，就能读。如果你加盖一层楼，站在门阶上的他们就会张大嘴巴，直到嘴巴里填满苍蝇。吐出来！

现在维克多怕是完全疯了。没错，门阶上就这么传说的。好像那破房子对自大的帕尔姆来说不够好了，就像当

① 据译者考证，这里指的是《家庭杂志斯莫兰人》，1924 年创刊，1962 年休刊。在 20 世纪四五十年代风靡瑞典全国。

年对他丈人阿斯普·约翰内斯来说一样。然而不行！他要在破房子上加盖一座破房子！他心里想的也许是座庄园。一座二十四桶地[①]的庄园。得喊从前的帮工庄园主了。听说庄园主的一匹马得了马腺疫，而庄园主女儿在城里一位会计师那儿找到位置，就是生下野种的那个。

你第一次受洗，那不算数。第二次才算。你唯一的名字是和耻辱一起背上的。从窃窃私语的人们和辛辣的舌头那儿获得的名字。如果你盖了座房，它驮着另一座房，那你就叫蜗牛，直到老死。无论走到哪里，你背脊上都驮着蜗牛。最后你的背驼了、断了，最后你受不了让人看见。于是你将自己紧锁在房间内，在那里头等死。于是你独坐在高处那房上的房子里，看自己的背，看一辈子。拉下卷式窗帘，这样，从门阶那儿没法看见你。

而时钟都在那里，所有的三只。挂在墙上，嘀嗒着、敲击着。这样你就知道时间如何向着宁静和解放前进。缓慢如蜗牛跋涉。老太婆该拿些吃的上来了。上楼的步子轻点，老太婆，别让门阶上的人听见。还有，把污水桶拿下去，那玩意儿泛着臭气。

房子这事是执念还是疯癫？无所谓了，执念和疯癫，在这里总一样。而在深夜，天开始发亮时，窗帘将缓缓往上拉起。缓缓地，你反正是一只蜗牛，一点不急。当你看到的一切全都是自己的，干吗还急呢？

就刚才，你割了草。你下楼了？没有，是他们上来了，

---

① 桶地是斯堪的纳维亚的旧时的面积单位，源自可用一桶谷物种子种植的土地面积。不同国家的桶大小不同，面积单位也不同。一桶地约半公顷。在瑞典，17 世纪 30 年代的土地测量指南中，确定一桶地相当于 4936.6 平方米。

他们其他人。我们打算割草了，爸。哦，刀够锋利吗？帮工磨好了，爸。那么，你有割草帮手了？我们从济贫院找了斯梅拉斯，耙草靠我女朋友露兰，她有些假期。那你就干吧，但要管好老母马，还要备上盐和磨刀石。什么？哦，好的，爸。

鲁道夫走路时脊背上驮着蜗牛吗？没错，一只小的。有一天，会变成大的。那时他多半会搬上楼去。那么他会把自己锁起来，被抬走前不会下楼。

黎明时分，黑麦闪亮。黑麦有自己的太阳。尽管很快就要给割光了。他又听见了楼梯上的脚步。我们好割了吗，爸？拿根麦穗让我瞧瞧。今年也该咬一咬麦粒儿了，因为没其他人懂。给车轮上油，记住。刀够锋利吧？是的，爸爸。那就走出栅门吧，儿子。

而现在，该下楼去吗？离开自己的屋子，走下去，走到其他人那里？落入门阶上人们的视野里？只因老太婆在鲱鱼端上桌时说，对了，希尔多眼下要结婚了。是吗，跟谁？跟马丁，那个朗莫的穷小子，那个她在夜晚，在门廊、在我窗下会过的人了。不是，马丁在他母亲过世后去了西曼兰省砍木头，所以都结束了。戒指给寄了回去。她要跟莫恩的屠夫韦斯特隆德结婚，在美国待过的那人。我们考虑在家里办婚礼。第三次公告礼拜天宣布。

“第三次”。所以，消息传到蜗牛这儿就是这么慢。可话说回来：蜗牛还关心什么婚礼呢？他会为一场婚礼离开自己的屋子？才不！婚礼还比不上走道上的坑要紧。而唯一要紧的是死亡。

现在是礼拜六拂晓，这一天正是婚礼举行的日子。昨天看见韦斯特隆德在这儿。雪茄和盛装。老太婆在楼梯上。你不下来吗？不，绝不。最好待在自己待的地方，做自己。

最好做他们把你改造成的那个人。那些改变了你的他们。

但有一扇门吱吱响，突然间，谷仓门开了。一个男人走过井边，一个又高又瘦的男人，蹚过露水而来，径直奔向大房子。额上一顶鸭舌帽。身子前倾。他想干吗？肯定来自朗莫，一个窥探者。最好缓缓拉下窗帘。最好是让他来，以为自己没被看见。

看，蜗牛让一切到来。而一切会来。所以蜗牛只走那么一小段。因为他的视线所及都是他自己的。尽管他看不远。去年他看到的比今年远些。去年能透过窗户看到小溪拉塞的野豌豆田，今年就看不到那么远了。所以今年更富足；最富足的人是能看到自己全部财产的人。感谢上帝给了我糟糕的视力——世界就是这么定的。

他自然听见了底下窗上的敲击声。听起来像希尔多和老太婆在说话。可这事跟一只蜗牛有什么关系呢？慢慢地，窗帘上的光褪去，他继续在自建的房里行走。独自绕着矗立于房间正中的烟囱体走来走去，烟囱体的刷白闪着光亮。继续走，直走到地板上现出凹槽，如果来得及走那么远的话。走啊走，永远走不到门口。正如一只蜗牛？不，正如一口钟。

是时候重新受洗了。是时候去死了。

*

海尔玛：跟上头那人结了婚。从不睡。一年年过去，听觉越来越敏锐。其他人，他们听到他怎么走。而她，他静止不动时，她听得最清楚。夜里她坐在带黑色摇杆的摇椅上，手放在膝上准备好了。准备好了什么？哦，她知道。

“您睡觉时得把裙子脱了，妈。在我之前工作的里尔奈斯济贫院就有个跟您相像的老太。她也从不脱裙子，说穿着济贫院的破衣服，两腿之间透风。可我很清楚哪里透风。而且她气味太大，你不得不向管理员告状。后来裙子是给脱了，妈。”伊尔玛是这么说的。伊尔玛会掐人。你是穷人吗？感觉是。不过希尔多心善，而且她今天要离开家了。

她的肩裸着。在那由缝隙透入的光线下，如白床单一般闪亮。冷不冷？这时海尔玛摆稳摇椅，起身给女儿把毯子重新盖上。看女儿头枕白皙的手臂睡着。看她黑色的发像悲伤的面纱铺在额头。还没有褶皱，还没有细纹，上帝啊。拿指尖轻抚，那冰冷的额头和鼻子，还有下巴上的绒毛。希尔多这时叹了口气。而海尔玛的披巾掉了。她不可以醒来，孩子们该睡着，只有当他们睡着，才能拥有他们。

她小心地将自己的椅子拉过去，坐在希尔多床边。现在希尔多踢开了下半截毯子。哦，她的脚那么干净。她对这些一向注意。如果睡前赤脚走过，就会拿来洗脚盆。韦斯特隆德也一样干净吗？韦斯特隆德配吗？她把右手放在希尔多胸前的毯子上。那里温暖而美好。韦斯特隆德会用力抓吗？韦斯特隆德会又抓又扯的吗？这时她弯下腰，靠近女儿的脸，近到不敢再近。

亲爱的，我最亲爱的，你不可以醒来。亲爱的上帝啊，让我的孩子们一直安睡，让黑夜永无止境。有一天，他们全都会离开，生活将变得荒凉和空虚。那时，我只有锥形纸包里的口含烟以及卧室里一把孤独摇晃的椅子。那时，我只是个贫穷的老妇，鼻下是口含烟，没人在乎我，没人在礼拜天给我写信。世上充满了想从我这里拿走我所有的一切的强盗。地球上满是围着屋角嗥叫的狼。亲爱的上帝啊，让我的孩子们永远沉睡吧。因为当他们醒来时，他们将不再爱我。为什么人会变老呢？为什么会变丑？为什么嘴里和身上开始散发臭气？为什么你不得不活着，当那些你为之而活的人想过一种没有你的生活，你想靠近时将你推开，你靠近，他们就离开？

希尔多的前额上落下雨水般的泪珠。控制不了。它们要来就来了，是内心深处流出的悲伤。可希尔多睡得浅。她突然从床上坐了起来，一边抬起乳房，塞进睡裙里。

“天哪，妈妈，您吓着我了。您不睡觉吗？”

睡觉！没人理解时很难。所有的人都睡着时，怕总得有个人必须醒着。睡不着的人，帕尔姆大妈，牧师确实对她说过，是不信上帝的。她还是信的，可住在上头的那人心里谁也没有。黑暗中，她听见他织着自己的思绪，咚，咚，一个只有她能听见的声音。而她知道，有一天，这台织布机将停止运转。那时，愿上帝怜悯那没醒的人。

但希尔多自己无法入睡，她舔了舔嘴唇，望向天花板。或许能透过天花板看到他。

“妈妈，您觉得他会下楼吗？”

海尔玛没回答，只看着那张说话的嘴。很快，那就是韦斯特隆德的嘴了。韦斯特隆德会咬人吗？韦斯特隆德是那种人吗？希尔多的左上颚缺半颗牙，因为她咬了一颗铅弹。那就留待韦斯特隆德补好它了。然后她抬头往上看。于是她看到希尔多在哭。她既不颤抖也不扭手指。只是跟海尔玛一样，任眼泪细细地、小心地淌着。这就是亲人间的联系。泪水一直流淌，像是眼里的雪一点点融化。

“你哭的时刻可别让韦斯特隆德瞧见，希尔多。”

“不让，妈妈。”

可你还是哭了，我的宝贝。我坐在你身边，也许能好点？韦斯特隆德应该是个好人。可你这么娇小、他那么高大。你年轻，我的宝贝，而韦斯特隆德老了，几乎长你一倍，还有个女儿西瑞都开始围着男人转了。可你怎么选了他呢？

“你是怀上孩子了，希尔多？”

这问题问起来沉重，答起来更沉重。希尔多已僵在床上，而雪不停地融化、融化。可怜的小脚，我的女儿。可怜的你，还有我们所有的人。我好搂着你脖子，拿我的手托住你的头吗？

“是的，妈妈，”希尔多轻声说，“怀上了。”

“和韦斯特……”

不过还是别问这种问题了。别谈那些只一个人该知道的事。

“对韦斯特隆德好点，希尔多。”

“好的，妈妈。”

“他喝醉时别哭，希尔多。”

“不哭，妈妈。”

“他想要永远别拒绝，希尔多。”

“不拒绝，妈妈。”

“对西瑞要好，虽说她不是你亲生的。善良总没错。这样人可以忍受更多，希尔多。”

“好的，妈妈。”

过了一会儿：

“您的披巾掉了，妈妈。”

当她弯下腰捡披巾时，她听到了他的窗帘往下落的声音。

“希尔多，看看几点了？”

女儿转过头。来自耶夫勒的闹钟在卧室盥洗柜上嘀嘀嗒嗒地走。很快是四点欠一刻。而老头的钟已开始敲响。一只接着一只，好像它们有什么话要相互倾诉。先是外祖父的钟，声音里听得出金属质地。接着是挂在客厅的那只，教区执事拍卖会上买来，玻璃般清脆。最后一只声音听起来很糟，像垂死之人呼哧呼哧地喘气，老头还是个年轻帮工时在射击节上赢来的。而现在，老头开始走动。围着烟囱体转圈，拖鞋趿着、吊裤带拖着。我有的就是这么个父亲，一只蜗牛，一个躲着人的怪物。他不会跟着去教堂，不会下楼参加女儿的婚礼。她将毯子裹在胸前，忘记了那个默默托着自己头颅的老妇。我必须让他下楼来，她想，态度变得坚决。为了韦斯特隆德，他得下楼，不是为我。不，为我可没啥要做的了。可你对韦斯特隆德得友好。因为焦虑，她的嗓子发干，两手发潮。她把手紧紧扣在腹中的孩子上，不再哭泣。雪又变回了雪。

而老妇已踮着脚尖走到时钟跟前，没错，现在是差一刻。马上就是四点。但有些事有些反常。因为当一切跟平常一样时，老头会在自己洞里待到五点。最好去楼梯边听听。可与此同时，她听见了另一个声音。有个男人从屋角走过来了。不是家里人，因为鲁道夫走路像个穿靴子的军人，重重地踩着地面，踢踢打打。而年轻的男帮工会一路小跑，尽管不用赶。可这个人蹑手蹑脚地走，然而他动静大。

“希尔多，上沙发这儿来，”她低声说，“有人来了。”

她想把窗帘往上拉起，却突然拉不动了。感觉有人紧紧抓住了她手腕，紧得她能喊叫。

随后，她看出希尔多很怕。可这孩子强壮，窗帘就随它去吧。那个悄悄绕过屋角的人正站在窗前，在窗帘上投下影子，黑得像恐惧本身。接着是她们等待的，敲击声，五声轻轻敲击，紧抓着的手抓得更紧了。但海尔玛已感觉不到，就怕到这程度。不是怕外头的他，而是怕里头的她。为希尔多，为希尔多的恐惧。害怕的人对每个人来说都是陌生人。你对自己的孩子知道些什么呢？突然间她感到力气流出来了，她伸开了手，窗帘拉了上去，希尔多尖叫起来。叫得连上头那个他都听见了，并停住了脚步。

然而没什么好叫的。窗外只有露水，湿润而明亮。太阳匆促升起在福克斯湖后的森林上方。因此，希尔多敢把窗户打开。但那个她不想看的地方，她看着。

“怎么回事？”母亲嘟囔道。像一只害怕的狗。

“没什么。”希尔多生硬地回答，却关了窗。

尽管她看到了露水里的那条路，看往那里去又从那里回来。还有灌木丛中惊起的乌鸦，惊恐地嘎嘎叫着飞过湖面。还有潮湿草地上、洗衣房里那几张面孔，那里通常只有男帮工住着。太阳升起，照耀着新的该死的一天。她躺下来，双手放在发烫的脸上，就像井盖压在焦虑上。老太小心地朝椅子走去。只有那张椅子是她的，再没别的。她坐在那儿，头枕在暖炉管边。暖炉没了，他们拿《耶夫勒日报》把它给塞住了。可有时她仍然能通过管子听到上帝的声音。还有那个住在上头，又一次将窗帘往上拉起的人。可怜的你。可怜的，我们所有的人。

“睡吧，希尔多，”远远坐在椅子上的老太小声说，“今天可有你忙的。”

“睡吧，妈妈。”希尔多回答。

但没有人能入睡。每个人都有自己的想法。

而希尔多的眼睛后头有冰。

*

伊尔玛也清楚地听到了尖叫。不过，让她叫吧！让希尔多高声叫吧！她怎知如何不出声地叫呢？那才更痛苦。那才是最痛苦的事。并且伊尔玛也听到了敲窗声。不过，随那声音敲响吧，随它敲响在别人的窗上。从没有谁敲我的窗。可为什么呢，人们啊？为什么有些人就这么孤独？

她在自己床边找到一条手臂。又瘦又硬又热。她把它紧抓在自己手里，紧得像抓着一只执拗的把手。突然，她掐了一把。她没想这么做，没想，可她没法控制自己，接着她默默尖叫，默默地。男孩仍未醒来，他只哼哼。于是她松开手，自由了。一时之间如此短暂的自由。做坏事的感觉真好。疼痛消失了。你觉得孤独得好些。而当你觉得孤独得好些时，就以为最终一切会好起来。总有某个人会来敲你的窗。

睡吧，男孩儿。你存在，你也没法子。有他存在，谁也没法子。这就是可恨之处。九年。如果不是因为有个野孩子，谁知道九年有多么长。像脚上的镣铐，像游水时的水草，像——不过睡吧，男孩儿，我不会再对你做什么了。有一回却相当危险。

她睡的床很高，高到床头板几乎触到天花板下的房梁。她能看到整个阴暗的大厨房。通往卧室的门，通往外头的门，两扇门之间是生锈而有漏洞的绿色集雨桶。还有放猪肉和鲱鱼的大柜挨着分离器，他们叫它阿法拉伐[1]。窗边的

---

① 阿法拉伐原文为 Alfa Laval，是瑞典的一家全球领先的泵、阀门、换热器和分离器制造商，成立于 1883 年。

白色报纸架，去年冬天，一个流浪汉在上面画了三颗心，以示对食物的感谢。还有靠窗的矮沙发，鲁道夫整夜打呼噜的地方。还有另一扇窗边的折叠桌，上面放着闹钟，那是他们最后一次得到的，爸爸陷入他最后的一次疯狂、那巨大的钟表狂时。还有窗台上的花，妈妈总拿只杯子给它们浇水，一天十次，也许十五次。还有爸爸有一回喝醉了，要朝妈妈头上砸去的蓝色小凳，而鲁道夫，刚受了坚信礼，挡在他们中间。凳子重重地砸在他的脖子上，鲁道夫倒下了。第二天，爸爸拿起斧头，到木柴棚把凳子砍成一块块。那么大块，手巧的人足以将它们重新粘在一起。鲁道夫忙活了三天。然后，一个晚上，他把凳子拿进屋，放在屋中央。“把凳子拿出去。”爸爸喊道。“现在，它就要在它待着的地方。”鲁道夫说，而他成人了。如今凳子就在那儿，而爸爸在别处。

可她从床上看到的不止这些。她能看到所有的岁月，它们像黑暗的云朵挂在烟黑的房梁下。她的整个生活都如黑暗一般满满地挤在房梁和地板之间。天花板很低，生活在低矮天花板下的人想要高高的天花板。于是他们逃跑吗？然而，注意，人给拴住了，希尔多。人总回到这里。总回到这里并且透不过气来，希尔多，会在今天坐车去屠夫的白楼的你啊。

评议员那儿的天花板很高，没房梁，而城里会计师那儿的天花板还要高。可正当你以为一切会好起来时，希尔多，你的肚子突然变大，在所有高高的天花板下，你发现自己孤独地与自己的肚子相伴。于是你乘火车回家，去生孩子。所以，现在适合回家了啊，他们说。没有招架之力，回不了话，苍白地躺在床上。疼痛来了又走，紧挨在头顶上的就是房梁。

而后又离开。远离所有房梁。工厂的天花板很高。高得跟教堂里的一样，希尔多。可是带孩子的那个她白天在哪儿呢？在外头所有的楼梯上说三道四。孩子差点儿饿死。所以，晚上你独自一人躺在自己高高的天花板下，希尔多，这么想：也许也没那么糟。于是你就自由了。

晨光强烈，透过窗帘的缝隙洒入。而且，这时一只乌鸦叫着，有人朝马厩方向跑去。多半是跟姑娘胡闹的男帮工。而在房梁间，黑暗越发浓密。谁知道自由是什么呢？一天晚上，希尔多，妈妈说过，有一天晚上，那是妈妈小的时候，家里的女仆克里斯汀走进这间屋子，当时他们雇得起女仆，因为那是爸爸来之前，为了建房子而卖掉土地的爸爸来之前。一天晚上，克里斯汀飞奔着回到这间厨房。就是通过那儿的门，走到房梁下。她已出去两天了，在森林里跟母牛待了两天。她走时很胖。现在她很瘦。现在办妥了，她喊着，充满快乐。他们不明白她办妥了什么。她说：我自由了。眼睛闪闪发光。可第二天他们看到了那是什么样的自由。他们在一条沟里发现了那婴儿，被一块石头砸死了。而后，他们拿抓钩把克里斯汀捞上来，希尔多，就在外公的芦苇丛外。

有时在夜间，她醒着，觉得门给打开了。一个头发蓬乱、双手放在腹部的人，站在门槛上。这死去的女孩走在房梁下，周身全是水草和婴儿血。这时她害怕极了，无声地尖叫。她不得不叫醒男孩儿。

这里天花板很低。济贫院的很高，希尔多，比屠夫家的还高。所以人就该留在那儿，对吧？那里怕是很合适。可那样的话，我的孩子就永远没法走出去了。走廊里爬来爬去的孩子，跟满是唾液的痰盂玩耍的孩子，脸色变得苍白好像济贫院的穷鬼。能这样吗？不能。所以，现在合适回家了。野狗！或许你就是。我们在自己的束缚下挣扎，试图逃跑，终究还是回到这里。回到这里并且腐烂。不像你，希尔多，你要是想，就能骑上自行车，跑路。而现在你要永远地跑了。可你把我留下了。所以你尽管叫吧！感谢上帝，你能高声尖叫！

兄弟在睡梦中胡言乱语。大概是梦见了他的露兰，那个在本特松咖啡馆当女招待的。她抽细长的香烟，把烟吹到他脸上，好让他看不清，她到底是个什么样的人。她在他背后笑，而他是聋子。可怜的他。还有可怜的、困在苍蝇纸上闹闹哄哄的苍蝇。还有可怜的、站在马厩里的马。现在她内心痛苦极了，她得起床。起床稍许走上一会儿，一般会有帮助。在桌边坐上一会儿，把冰冷的刀按在额头。一天晚上，她拉上窗帘，大概拉了一半，掀起塑料桌布，写了封“信”。那么做很痛苦却有帮助。而且没人瞧见。她从架子最底下抽出报纸，撕下结婚公告，没折就塞进了信封：

屠夫
黑尔默·韦斯特隆德
和
农场主之女
希尔多·帕尔姆
福克斯
7月18日

就是如此，公告很大。她在纸边画了个同样大小的，因为有足够的时间，而且她想伤人：

前紧急救助工作者

马丁·恩格

和

蜗牛之女

希尔多·帕尔姆

摇摇欲坠之地

7月18日

她走到橱柜前拿出些吃的。吃上点儿也能好受些。她坐在桌边，在一片面包上抹上越橘酱。鲁道夫醒了。他妹妹尖叫得像给刺着了的时候，他没听见，可当你吃上一口，他听见了，这个贪吃鬼。他打了个哈欠，挠了挠胸口，说道：

“你能给旁人也抹上一片吧。”

“以为我会给你端上床吗？才不，那种事露兰可以干。如果她愿意，那个大长腿。”

他叹了口气，从沙发上慢慢爬起来。睡衣紧贴在身上。他怎么能出这么多汗，鲁道夫。难怪露兰会做鬼脸。虽然除此之外，他还挺帅。

“希尔多尖叫了。”伊尔玛说着把窗帘往上拉开一点。拉开那么一点，足以让她脸上所有的皱褶被看见。卧室里一片寂静。他们在听吗？他们知道吗？

“哦，”满嘴果酱的鲁道夫嘟囔着，“怎么了？”

“有人敲窗。”

姐弟俩默默吃了会儿。光线更强了，他们偷看彼此。这样交谈还真不习惯。不过看得出鲁道夫在思考，因为他额头的静脉鼓着，让他咀嚼困难。

“你觉得是谁？”

“我怎么知道，”她急切而低声地说，“我要记住所有和希尔多有过来往的人吗？再说了，可能是农庄的帮工，或是帮工的某个姑娘，或是卡勒·比约尔，或是——”

突然，她不作声了。她的脸红了，从鲁道夫这边看。他姐姐用手遮住了脸颊。可他还是能看出事情有些不对劲。不过他不想说什么。她就是这么敏感，有时还很刻薄。

“我绕屋子转上一圈。”他说了这么一句，而不是别的，然后套上蓝色工作裤。

可他姐姐一个字也没说。

草上湿漉漉的，而太阳已升起，站在乌夫山的松树上，并把光线喷射在湖里。陆地上，妈妈的向日葵低着头。你是丢了什么东西吗，小女孩？一只松鼠在石头围栏上飞跑。你该为露兰剥几只这些家伙的皮，她总抱怨自己没件皮草。他站在屋角，在一块小小的、凹凸不平的石块上撒尿。石块周围的草都湿漉漉的。每月一次，他抬脚将石块翻个身。如果他活着且健康，这石块慢慢会变得圆滚滚的。那时我会将它带到屋里，放在壁炉边，他想。不过首先我得清洗它。这是他生活中的一个目标。还不是最小的那一个。

现在，他走过了丁香几步、朝着上头的马厩和木柴堆走。锯木架上躺着一根扭曲的桦木根，被雨水浸湿了。接着，他左脚里扎进一根刺，他咒骂了一声。他绕着庭院和外屋走了一会儿，又看了一会儿，然后来到他在成年日栽种的一排桦树旁。树苗是从森林里直接带回来的，所以不需要额外支出。现在它们长大了，就像他也长大了。有些树上有牛角造成的伤口，就像他身上也有伤口。他摘了一片叶子咀嚼着，想起今天要拿白桦叶做装饰。正是今天，他妹妹要跟屠夫结婚。他们当中最小的，也是第一个结婚的那个。才二十三岁，他自己三十三岁（中间有两个，婴儿时就死了），要是露兰不想那么快结婚，谁知将来会怎样，对于没一辆摩托的人来说，不容易。而伊尔玛三十五了，恐怕永远不会结婚了。他可怜她。也许他该进屋去了。

然而就在这时，他看到仓房门开着。他的确是个农人，会发火。可能是某个流浪汉出去办了点事。尽管他们可能不名一文，可他们也得做那种事，他们至少得把门关上。他们三个，一个病了，甚至昨晚的粥都没吃。看看他是否吃早上的麦片。他躺在那儿吐吗？不，那个上了年纪的流浪汉说，他不是那么生病的，不是那样，上年纪的流浪汉说。他到底怎么生病的，谁他妈知道。

鲁道夫关上门时想起了草耙。它就在工具屋里，他把它拿到阳光下的坡上。这么出色的耙子此前在这座农庄怕是从未见过。而他用了一个礼拜的空余时间，拿砂纸磨好手柄。而后把它涂成蓝色，外加黄条纹，又在手柄底部安上镍把手。要是这手柄在露兰手里成了碎片，她拿粪叉或本特松家厨房里的银叉子耙地也行。今晚她会得到这根草耙。今晚她会将它拿在手里，觉得：虽说没一辆摩托，可鲁道夫是个男人。还有谁像鲁道夫这样，这么想着别人吗？根本没有！

当他又走出工具屋时，他看到老头的白发在窗口闪亮。老人肯定看到了草耙，并且疑惑。不过随便看好了！因为现在是我决定了。虽然您以为是您。您朝别人头上砸板凳是很久之前的事了。现在板凳是我的，所以您进去吧，把窗帘拉下。突然间，鲁道夫变得特别愤怒，以至于他从锯木架上抓起桦木根，将它扔给丁香树篱里的刺猬。尽管琢磨去吧，老东西！

但洗衣房的一扇门尖厉地关上了，声如枪响。鲁道夫急忙走到屋角。他看见一条白裙溜进后头湖边的灌木丛。他听到女人的鞋敲击湖岸岩石的声音。原来如此。难怪这儿大男帮工在餐桌边睡着了。七月份，他在一堆干草上睡着了，而后这堆干草和他一起进了谷仓。幸运的是，草装得低，不然村里就少了一名帮工。

然而那姑娘会是谁呢？出于好玩，鲁道夫拿起一块石头，嗖地投进芦苇丛。那姑娘在最远的一棵白杨树后停了一会儿。白色闪过，再没别的。然后她笑了一声，消失了，这白色魔鬼。一声高亢而丑陋的笑，像水精老太会发出的那种，和水精老头结婚，天一暗，就要把小孩拖进湖里去的那个。鲁道夫身上发寒，打了个哈欠，擦去脚指头上的一坨鸡屎，而后进了屋。

屋里的桌上放着果酱，他舀了一勺。就在这时，老爸的钟响了。一只接一只，靠得近，好像赛跑似的。最后出来的是农舍的钟，穿着破靴子。

“现在老爸的钟响了。”他胡乱地往床上倒去，正如他先前做过百回，而后脱下裤子。

但伊尔玛一声不吭。那么她大概睡着了。最好自己也睡一会儿。因为很快就要起来，为自己喜欢的妹妹装饰桦树叶。然后很快会喝醉。他吞下果酱，躺在沙发床里，已经四点半了。

*

然而伊尔玛没能睡着。她闭上眼睛，却仍感到恐惧从房梁中释放出来。我到底做了什么？上帝，请保佑我一切顺利。黑暗笼罩着房梁，呼吸变得困难。可就在她沉坠，在恐惧的黑水中快要给淹没时，她感到一只手臂搭在胸前，这胳膊撑起了她。她用双手紧抓住男孩儿的胳膊，仿佛那是最后的救援。

“马丁，”她喃喃地说，“我的马丁。”

*

三点半，斯维尔醒了，跟往常一样，她一醒就想马上离开。因为一到白天，她就感到羞耻。为自己躺着的房间羞耻。更多的还不是因为房间本身，而是房间的名称。因为有些事她可以做而不感到羞耻，这些事不好，名字却好听。比如，在热爱秩序的名义下清理院里的流浪汉，这不是冷酷无情。可她醒来后躺着的农场帮工房间，除了农场帮工房，没别的名字。这就是事情变得这么困难的原因。而且墙上还有个难看的字眼儿。或更确切地说，有过，因为最近索仁已将它削除了。他自己并没一开始就刻下那字眼儿算是个借口，但仅仅是个小借口，她说。

此外，和农场帮工睡在一起很挤。帕尔姆家的床垫薄，其中的弹簧她能清楚感觉到，清楚得跟感觉索仁的肋骨一样。跟屠夫睡，她觉得那里的床松软多了。屠夫家的女仆就该有松软的地方睡。韦斯特隆德这么说过。

“现在该放我走了。”半睡半醒的她对睡着的索仁说。

可索仁什么也没听见。她像一条在陆地蠕动的鱼一样扭动着，好引他注意。然而没用。他只是更紧地抓住她的肩，把她拉得更近。

“你疯了。”她嘟囔着，总之很满意，在他的两根肋骨间掐了一把。

于是索仁像一匹瞌睡的马一样眨了眨眼睛。他强壮而结实的腿搁在她身上。就是这样。洗衣房很暗，老鼠在阁楼窸窸窣窣。听起来就像它们在读报。外头多半大亮了，她得在村子苏醒前回家。因为人都知道一个迟迟在周六早晨归家的人会给看成什么。而她自己对别人又怎么想呢？很坏。但她摩挲着索仁，手指斜着划过他的脊背，罪恶和羞耻的刺痛穿过她的身体，就像最美妙的战栗。索仁又睡着了，她让他继续睡。就只再睡一会儿。就这样再睡一会儿。

她不爱他，可如果你没钱，就不能要求一切。一次她在民众之家看电影，那里有个男人点了两支香烟，一支递给贝蒂·戴维斯。第二天她告诉当时的男伴，奥尔松五金油漆店的跑腿小伙，他抽烟斗。是吗，我操，男伴说，那就来喷一口吧，不过也别自作多情了。

所以这儿恐怕没人会那样去爱。谁知道城里是个什么样呢？有些人去了城里，没得到爱而回来了。这农庄的伊尔玛就去过。而她八个月后回来了。独自一人，除非你算上她试图藏在大衣底下的那一个。那一年流行宽松大衣。现在她总孤零零的。这也没什么不好。对这么个刻薄的蜗牛女来说，也许正合适。但你得小心。活着不易。你会随着时间学会这些，没别的。就像咖啡馆的露兰，你可以相信他们说的关于她的一切。

你也想跟医生太太一样有辆车，小小的车，能到处跑，去更好的地方。一辆车，屠夫说，这很容易安排；你只要按我说的做。可那又意味着什么呢？你们都这么说，她直白地回了屠夫一句。许诺，许诺，许诺！然后女孩站在那儿。连一次订婚也没有。或者说得更准确些，是躺着。哦，是吗？他说，缺了戒指？我倒也不反对，屠夫说，不过，来吧，现在让我们上床吧。

没错，受够了屠夫骗子！因为第二天你从村里回来时，驾驶室里坐着的难道不是希尔多·帕尔姆吗？并不是原打算从瑟朗的农庄带回的母牛。而后就是送花送礼，又是生熏软猪肉肠，又是火腿肉。于是到晚上便直截了当地说，我可不想再碰这张床上的床单了。要是弄出点什么来怎么办？而屠夫怎么回的呢？好，那首先得能证明。嗯，必须证明。韦斯特隆德应该打开头就这么说，那就容易明白韦斯特隆德是哪一种暖床器了。

睡吧，索仁，别梦见我的什么不好。醒来时也别恼怒。因为人得尽力活着，为那不确定的抓住确定的。一个姑娘得到屠夫，另一个得到农场帮工。你反正又暖又好。有些人在自己男人那里连这一点都感觉不到。油漆匠尼瑟醉酒时拿烧火的木头抽打阿伊娜，还有那个装假手的抽水机约翰，知道的人说，每回他拿右手去摸玛雅，玛雅都会发抖。

不过，快闭上我的嘴！闭嘴吧，我这说“今天他们要结婚了”的人。今天你要站在雍松牧师面前，韦斯特隆德，你的补牙料将闪闪发光。你会站在镜子边，韦斯特隆德，站上半天，梳自己的秃头。张大嘴，好让补牙料闪光。虽说总有一天，那地方会短路。斯维尔以前一下子见过这么多补牙料吗？美国造。可你让我在这里、在那里的，韦斯特隆德，你再也看不到我仰躺着了。

而这会儿索仁醒了。

“你躺在床上叽咕些什么？”他温和地轻声说，用力拽住她胳肢窝下的毛。山羊胡子！

“我现在得回家了，”她说，“在韦斯特隆德醒来之前。今天他肯定醒得早，好赶得上结婚，那个无赖。”

索仁不是那种非要把人拽住的。床上又热又挤，而且他筋疲力尽了，筋疲力尽又满足。其实他本可以有别的女人。不过人要抓住手头有的。要是能有辆摩托就好了，妈的。那就可以跑到比福尔森舞会更远的地方。就好开到莱克斯特罗姆，倒立行走。不过莱克斯特罗姆有摩托的人都上这儿来。所以总是在某个地方有些事出了问题。

在床脚，斯维尔跪在粗壮的膝上，她把自己的衣服与他的分开，仿佛他的差上一级。

而索仁在床上摊开了，又把床弄成他自己的。因为起初的确渴望得发狂，想要一个人。可你得到之后，为独享一张床，简直要感谢上帝。每晚都能平平静静，在收音机上调着台。想想以前听到过的那些人。有一晚，躺在那里，听到嘴唇带铃铛的中国人。还听那些业余爱好者：喂喂。谢谢，我很好。昨天我出去采蘑菇了，采到两升漂亮的黑毛菌。喂喂，你听得见我的声音吗，2WC[①]？我妻子正在煮咖啡。昨天我与TOK 3 FAN通过话。声音听起来很好，除了一次一只乌鸦飞过，干扰了电波。星期一我将和H2O一起在花园喝咖啡。这里天气很好，但现在开始下冰雹了，所以我最好关了。再见再见，2WC，请代我向你太太问好。

① 2WC以及下文中的H2O等都是业余无线电交流者的代码。他们在特定频段内进行无线电通信、对话。收音机可调到相关频段，接收对话。20世纪中期，在瑞典尤其是乡村一度流行。

PI PPI说完了。

所以，现在，你走吧，斯维尔，跟屠夫的帮工待在一起，虽说他只有一只耳。上礼拜三在福尔森，那另一只耳还挨了一拳。而我会去拿个资格证书，然后躺在床上，做自己的收音机。喂喂，“印度”和“哪儿也不是”。昨晚我洗了脚，如果一切顺利，明天我可能会洗脖子。今晚希尔多将在农庄和屠夫韦斯特隆德结婚，还有今天一早我看到一块大石头躺在路中间。天气好的话，我打算请这块石头喝杯咖啡。可现在我得擤擤鼻涕了，所以最好还是结束。那么，再见ABCDEFGHIJKLMNOPQ 3。

他看着斯维尔，可他的口水没在三点半流下。他饱了，而内在的索仁，内心深处的那个几乎要吐。因为跟斯维尔在一起就像吃打发的奶油，一开始你吞上一大块，然后突然饱了。他们说她追在屠夫后头。不过在这村子里他们总说三道四。索格佛斯家乡就不是这样，在那里他们只谈论约恩松。索仁伸开手臂，把窗帘往上拉开一些。外头很亮，不过光亮对斯维尔来说这会儿不合适。她的眼底是墨，她的乳房铅袋一样垂在腰部的褶皱里。他摸了摸她，轻轻地。她就跟斧柄一样凉。

“拉下。”她低声说。

她眼里有着一头将被屠宰的牛的恐惧。可他把窗帘扯得更高了，因为他现在厌倦了，厌倦了她的乞求，也厌倦了总听从命令。他把她的头硬生生转向日光。“把你的美挂外头吹吹，让我们看看是不是还扛得住！”但她没像他希望的那样哭。她躲闪着，凝视着。

“有人在敲希尔多的窗。”

一个男人站在新娘的窗前，而索仁在坚信礼得到的钟还不到四点。鸭舌帽、黑裤，毛线衫一直拉到脖子。矮矮的，背部瘦削，他在跑，瞬间跑到了角落里。看不清是谁。但希尔多的窗帘往上拉了，她自己就在窗前，脸色苍白。索仁和斯维尔从窗前躲开，将窗帘拉下。

帮工在床上舒展着身子。而斯维尔走到了帮工的小地毯上。这块毯子在她纤细的脚下感觉粗糙。而屠夫的地毯软如苔藓。有一回，只一回希尔多赤脚走在那地毯上。也许她更愿意赤脚走在别人的地毯上，而不是韦斯特隆德的？也许那敲窗人自己的地板上铺着地毯？

“是的，她的背我可见过。”她听到帮工在床上做证。

不过那恐怕只是吹牛。女孩们游泳时，哪个男孩不在桤木树丛中偷偷看呢？所以她一点没脸红，而是平静地说：“如果你再待久一点，也许能看到她的肚子了。”

“没错，希尔多的肚子和鲁道夫的草耙。”帮工咧着嘴笑。

然后他说了点别的。而那些话不重要，因为她现在没想着帮工。她想的是那个跑掉的人。她想的是又高又胖的韦斯特隆德。有人在新娘窗上敲击——有人会敲响婚礼的钟。那么，韦斯特隆德，谁会弄出更大的声响呢？有耳朵的人就会听见，即使只有一只耳。她如此高兴，口水都流出来了。高兴于正发生着不可思议的事。那将在屠夫的井中腐烂。如今，韦斯特隆德，我们处于同等位置。而平等给了她力量，就像达到平等地位可以做到的那样。她背对帮工的背脊坚定。声音安定，她拿它杀死了他的自由。

“我要有孩子了，索仁。”

她一边默默穿好衣服，一边听着帮工的动静。她有足够时间完成，甚至绰绰有余。如果她想，她也有时间离开。

夜就要过去，所以她必须离开。可当她转身时，她几乎不敢看他。若是看了，她会迷失，比她已迷失的程度还要厉害。因为她已感觉到那是怎么作用的，感觉到谎言如何与惊惧黏合。她陷在床里，在索仁身边躺下，痛苦在她眼前拉上了它的帷幕。她将手按在他粗糙的脸颊上，还从没有按得这么紧。可怜的你，索仁。可这就是生活。幸好电影里不是这样，否则就太难忍受了。

可索仁把她的手挪开了，那么轻柔，轻柔得让人疼痛。那么现在是时候离开了。

“咱们晚上在帕尔姆家见吧。”

她轻声说着，人已在门后。没回答，没有。但早晨不存在烦恼。外面感觉更好，几乎实在是很好。就像一旦说出口，一切就都结束了。湖上吹来了风。鼻子里满是风，让她沉醉，而快乐到来。帕尔姆家的船在木码头边嘎吱嘎吱响。一条鱼跃出水面。在湖的另一边，云杉下的砖瓦堆闪着光。国王庄园在修建。但她最高兴的是她没看见却知道的事。卧室窗帘往上拉开了。所以希尔多在等待。等谁呢？

农庄上，紫丁香树篱那儿传出动静。怕是有人来了。她刚跑到树丛后，便看见走来的是人称小蜗牛的鲁道夫。她踩着岸边的石头跑，为自己有绿色的庇护高兴。看见也没事，可最好还是不被看见。她听见鲁道夫往湖里扔进一块石头。可石头并不能真的看见。在古老的捣衣桥旁，她停下来，大笑，笑他的蠢，还笑他的草耙，然后在早晨的清凉中继续啪嗒啪嗒地向前。

但索仁起床了，裸着身体，把两扇窗都打开了。一扇朝着湖，一扇朝着农场。可即便如此，房间依然拥挤而闷热。怎么才能有更大的空间？怎么才能走出去？东边矗立着乌夫山，像一堵没贴墙纸的墙。西边是蜗牛的房子。一个该死的陷阱，这就是全部。也许如今他该跑走。该死的，他可太想逃离了。因为儿童福利官手很长，手上有胶水。它们会像刚才的斯维尔那样紧紧绕着你的脖子。然后，余生你都是邮政客户，像里尔斯文和图热·奥尔松一样，因此被称为救济群。

不，别再听收音机了！他抓起那只该死的盒子，粗暴地扔在盥洗橱脸盆架上。现在听中国人叮当作响的又少了一位。而那些业余爱好者好闭嘴了。他找到烟斗用烟草，然而手一抖，盒子翻了。他气急败坏地将烟斗往墙上砸去，斗柄断了。这一定就是在地狱里抽烟的感觉。而对一个男帮工来说，在地狱进餐也就是如此吧：小酒杯倒在猪肉上。黄油化在面包上，滴在手指上。牛奶发酸，麦片粥在灶上焦了。酱汁从桌上滴落，掉在衬衫上。餐叉正落在农庄的狗嘴里。在草莓上撒盐，为食物向恶魔感恩。可最糟糕的是在地狱里做爱：床总是太窄，而且你忘了洗脚，而她从不刷牙。所以得打开窗从东边通风。床上满是小石子，咯吱咯吱响着，像演说者。你怕有人会来。事前事后都怕。事当中当然也怕。因为枕下哗哗响，那是红色邮政汇款单。并且是谁站在墙外咧嘴笑？谁在夜色消退前敲窗？没错，是那个儿童福利官，在露珠上留下了大破绽。

囚犯在房间里继续漫无目的地转着。从一个角落到另一个角落。一切都有角，而这个早晨一切都很尖锐。并且他的前额近处箍着栅栏。最后，他站在墙前，凝视那块被毁的字留下的斑点。这时，一种奇怪的力量控制住了他。迄今为止最大的力量。他冲进洗衣房，在一只旧平底锅里找到一根生锈的钉子。他在炉上找到一把大锤。最后，他站在墙前，敲了又敲。他像疯子一样敲打，似乎知道自己在做什么，又不知道。他一个字母一个字母地敲打那个被禁的字眼儿，直到它永远留在那里。钉子热了。锤子也热了。地毯上滴下温热的汗水。

这是他可怜的青春，从他身上淌走的火热激流。

*

三个流浪汉躺在干草堆里。或者该是睡着了。因为这会儿还是睡眠时间。可老头菲利普躺那儿醒着。伊瓦尔·隆德也是。而生病的西克斯滕自打忙完他的事从外头回来，还没来得及入睡。

于是三个流浪汉在干草堆里醒着，而上帝把光线如蜂蜜一样铺在屋顶瓦片上。流浪汉们躺在大谷仓地板各自的角落里。那里平时不放干草，不过今年他们有七十车，老头不愿把干草堆得高高的。所以他们就摆上一圈，在黑麦收割前。菲利普睡得最深重，因为他最沉，伊瓦尔睡得最轻浅，因为他厌恶自己。可西克斯滕几乎没怎么躺下。他现在又站起来了。如果那两个人在意，他们能看见他在谷仓的黑暗里兜着圈。在脱粒机旁站了会儿，手搭在喂料台上。就像他想脱粒一样，手。然后把轮子转了有五十回，尽管它嘎吱响。他嗅着脱粒机，从肚子直到秸秆出口附近。最后轻轻抚摸最前头秸秆出口的舌头。

确实曾有个人爱脱粒机。但不是这个人。不，那是个走了很长很远的道路的人。那么长远，以至于最后他不再说自己走坏了多少鞋，而是说走过了多少条路。他走啊走，当然，永远走不到终点。因为终点恐怕根本不存在。如果你一直走，那么将走回出发的原点。他也是如此。可他爱脱粒机。和其他人一样，他在农庄过夜。有时他浑身都是虱子。但别以为他因此会在马厩睡觉。只有谷仓才行，因为谷仓里有脱粒机。所以你不禁要问：他在脱粒机上看到了什么？嗯，部分可能是颜色，黄色和红色。黄色是机体颜色，红色是接缝处的颜色。蓝色喂料台他特别喜欢。但他不喜欢的是前头的木质延伸部分，那里是秸秆出口，为了到堆场的路不至太远而设计的。

他爱脱粒机胜过动物，自然更远胜人类。他最喜欢机器休息时，那时它们因睡眠和平静的力量而一动不动、沉重地站在谷仓的地上，六七条脚紧紧固定在木板上。所以，虽是囚徒，但它们背负着自己的囚徒身份像其他人背负着自由一样。睡着的脱粒机周围有一种比其他所有睡眠者更大的宁静，因为它没有梦。在暮色里，他在沉睡的脱粒机周围悄悄走，感到随岁月增长的平静。收割结束时，他的灵魂像一个谷仓，一个没人会来的安静地方。当他最终死去时，他愿像脱粒机一样死去：沉默的手把脚从地板的囚禁中解放出来。他一生中第一次的自由。

然而，当然了，他也不是对工作着的脱粒机之美毫无感觉。咀嚼时下颚的残酷力量。黄色侧面因愤怒而颤抖，而谷物的生命在滚烫的体内被撕裂。狂怒中，嚼碎的麦捆给吐了出来，分解为它那贫瘠的组成部分：谷粒、秸秆和谷壳。来自黑暗内部的低沉声音：一座火山在它克制的爆发中。从它滚烫的呼吸中腾起的烟雾，如一片云在谷仓里。生活在最好的时候就是如此，他常对那些倾听的人说，但听众不多。生活就像一台脱粒机，它脱出我们的谷粒，敲出我们的秸秆，将我们从谷壳中解放。当生活处于最好状态时，它把生命从我们这里夺走。

他是怎么了结的呢？哎呀，一天晚上在马厩坡，有人对菲利普说，这座农庄再也不留流浪者了。噢，为什么？唉，上回出了桩糟透了的事。哦，怎么了？是这么回事，上回脱粒正忙时来了个流浪汉。我可以睡在谷仓吗？他问，因为我爱脱粒机。哦，当然可以。第二天，他问能不能帮着脱粒？行啊，如果喜欢脱粒机，自然能给机器喂料。尽管他看上去又弱又老。可事情变麻烦了。女仆救下了他的手指头，阿格奈斯。他没法站着装车，也没法扛麦子。所以最后他只能满足于谷壳，这老头儿。脱粒机转动起来，老头儿突然不见了。这也不失为一件好事，因为他在大部分时间只是碍手碍脚的。可到了中午，帮工站在机器下，要把谷壳倒出来。第一叉之后，一只脚露了出来。老头儿完全被谷壳盖着，躺在那里，已经死了。所以他没有因为喜欢脱粒机得到什么。这地方，我们再也不留流浪汉了，就像我之前跟你说的。不行，不行。晚安。

至于这个人，他是这种人吗？尽管他看起来不像是有能力去爱的。瘦弱、沉默、胸部平坦。第一天晚上：曾经让一块石头砸了，他嘀咕着。这就是他所说的全部。第二天晚上：差点儿就这么死了。是吗？谢谢你的话。可如果有一把钳子，也许能多了解些。可为何要了解呢？知道地球是圆的就够了。所有流浪的路都走回同样的干草仓。就这个写首诗吧。

这首诗其实写了，尽管还没完成。菲利普将它放在口袋里，从干草仓到干草仓。它有二十四诗节，但远不是全部。有一天，当它真正完成，有了标题和结尾，它将在蒂尔普的一家印刷厂印出来，那里应该有一家。而后菲利普会卖到路边的每一幢房子里。你是四处走动叫卖的货郎吗？不，太太，我在卖一首诗。可我去年买了一首，我不知道会不会再买。那多半是另一首，太太。这一首有一百个诗节。一枚瑞典塔勒[①]。一节一厄勒，太太，如今可再也买不到更便宜的诗了。哪怕在斯德哥尔摩也买不到。

但也许它永不会完成。有一天你会想：我的眼睛看到了一切。现在该让其他人知道我所知道的一切了。但时间流逝，诗永不会完成。时间过去，声明成了疑问。我在第一节里说：看，这里有一个我完全了解的灵魂，而我在最后抱怨——谁知我的苦痛在哪里？

这会儿有人从外头走来，在那个病了的他之后关上了门。菲利普确实看到了他可怕的恐惧，他叫西克斯滕。或者至少他这么称呼自己。伊瓦尔·隆德也看到了。看到这人躲到脱粒机后，像一只野兔一样蜷缩着，直到关门的人离开。那么谁知他的苦痛在哪里？

你从哪儿来？第一天晚上他们这么问他。斯科纳，这是那只闷罐子的闷声回答。伊瓦尔和老人远远地看到他站在路边往美兰黑德站的指示牌下。他自己就是个指示牌，而翅膀已折断，指向自己的某个地方。离我的苦痛两公里。鞋里有沙子而悲伤在背上。不习惯行走，顶多习惯站着不动。他们从五十米外还是两米外看过去，得到的都是这个印象。

菲利普说：哦，这么说你熟悉拉卡兰加了？不熟，怎么了？当然和文学相关，菲利普回答。就是说那是埃萨亚斯·泰格纳尔[②]的第一个教区。这跟我有什么关系？伊瓦尔·隆德说着在美兰黑德的沙砾上吐了口水。那天他比平

① 瑞典塔勒，瑞典旧货币单位。

② 埃萨亚斯·泰格纳尔（Esaias Tegnér），瑞典著名诗人、牧师。

常更敏感。但那新来的人喘着气：我说了斯科纳吗！不，我的意思是东约特兰。哦，是这样。那么，现在的索尔平是个什么样？嗯，也就是和往常一样。可是你看，大部分时间我待在弗若维。

一个说谎的男人，菲利普和伊瓦尔·隆德悄悄补充。最好把眼睁大，把嘴闭紧。如果他没有一支铅笔，那么很可能在下一个路口，通往拉姆斯站的地方，说再见。他们会说：现在我们走我们的路，你走你的。可他有一支铅笔。而菲利普在威尔博的干草仓里丢了他的铅笔。任何时候，一首诗会朝他飞来。于是他就走下沟渠或走入最近的草场，任笔行走。但没有笔的人写不了什么诗。不。他失去了诗。还有什么比失去更糟糕的事呢？那天早些时候，菲利普对伊瓦尔说了四次同样的话，在早晨、在威尔博，在中午、在斯凯普，在下午四点的特伦，还有在晚上的美兰黑德：在下一家店我要进去讨支铅笔。每说一次，伊瓦尔的脸色就白一分，到最后他说，我们可不是讨饭的，我们只是在外头徒步。记住这一点！

所以他只是在外头徒步，伊瓦尔。这没什么不对。每个人都有自己受苦的方式。可如果你想不花钱而得到一支铅笔，就不能骄傲。现在这个人有过一支铅笔，所以他才得以同行。后来笔没了。不过他看起来不像会写的。此外，他口袋里藏着把刀。用来削铅笔的吗？一把带鞘的莫拉刀！有些人喜欢夜里割马。假如他是这样的人呢？走过他们躺着的谷仓地板，直接进马厩。那里有扇刷白了的门，通向马厩。他走上这条路，带着刀，小心地踩着碎步子走在草上，叹气叹了四次。他的整张脸看起来就像眼白。但他先停在马厩入口，拨弄马蹄钉和废弃的马蹄铁，拿着马勒和绳子，找些能发出声响的东西。终于，伊瓦尔火了：

“行了，牵匹马，带着脱粒机跑路吧，他妈的，我们好不用看见你。”

这话起了作用。沉默像一只仓房老鼠，也和仓房老鼠一样敏捷，一样惊恐，它缩进了他的角落、它的洞穴，这个失眠者，一声不吭。他藏在干草里，好不被看见。他把干草散在身上，好像再不打算爬起来了。可他在外头做了什么？刚从提尔山脊看到福克斯湖，他就变得那么虚弱，以至于脸色苍白如肮脏的床单，还没了食欲。我们不是要去这座农庄吧？正是。老头儿疯了，但他在阁楼上。老太人很好，可那儿子小气。帮工懒。大女儿刻薄。可最小的那个，她美好。行啦，你们进去吧。西克斯滕说，我在这沟里坐会儿，因为我累坏了。

这会儿安静了。只有马在撞击，而屋顶有只鸟叽叽喳喳。脱粒机的某个地方咔嗒一声响。一只母鸡闹得要命。最好趁还有时间睡一会儿吧。可当黑暗降临，当你要入睡，当你像一只疲惫不堪的老驮畜时，空气会带来一首诗。在你脑海中闪现出一小段，一遍又一遍回响。铅笔在哪儿？纸在哪儿？纸在，可铅笔不见了。跪着，在干草中挖。可周围暗乎乎的，木板屋顶的孔洞像小小的冷星星一样闪着光。

“你怎么了？”伊瓦尔从他的角落气呼呼地说。

菲利普抱怨着打了个滚：

“我丢了铅笔。”

“那关我屁事！可现在别出声了。”

于是，慢慢安静下来。虽然公鸡啼叫，马在槽边大声咀嚼。伊瓦尔先睡着了，他的手盖着脸，像一把锁。菲利普躺了会儿，感觉到疼痛。这疼痛在他孤独时就会出现。左侧灼热。像碱液一般的一团腐蚀的火焰。他将拳头放在上头，试图把疼痛关上。可有时它还是会释放，就像所有我们的痛苦。最后，他还是睡着了，嘴边挂着一串呻吟。

　　但那第三人或许一点也没睡着。

谁知我的苦痛在哪里？

韦斯特隆德躺在他的橡木床上。一个大块头男人在一张大床上。而那更大的是韦斯特隆德的口味。可他真能掌控得了吗？一座更大的农庄，一个更大的屠宰场，一匹更大的母马，一个更大的侏儒。不只是大，因为大之中没有慰藉。慰藉在“更大”之中，在于不是最小。在于比别人厉害。

他曾去美国，带了一大笔钱去，带了不是很大的一笔钱离开。不过那是很久以前的事了，久得他已把主要内容跟一场梦一样忘得差不多了。久得以至于当他在别处时，他时常在那里。最经常的，是他刚醒时，他躺在床上等斯维尔给他送来咖啡。八点左右。

那时他躺在他的橡木床上。美国橡木床。在橡木屋顶下。在美国，在橡木板壁之间。在美国，在他头顶、在橡木床头板上有三个橡木按钮。第一个是玛丽。只要韦斯特隆德按下它，很快，他就不是独自躺在床上。因为玛丽穿着丝绸内衣穿过橡木门进来了。而后那第二个按钮是为了解渴，叫威士忌按钮，为橡木干杯，在橡木板壁之间。他按下按钮。是的，主人——侍者乔推门进来了，黑人男佣，在橡木门厅吹响喇叭，韦斯特隆德转动橡木杠杆，门开了，卡车驶入，啤酒和威士忌车厢以电动方式脱离，乔又一次吹响喇叭，而后把车开走。第三个按钮呢？咖啡按钮！比其他两个磨损得更厉害，用得更多。人对所有的奢侈品会感到厌倦，韦斯特隆德这么说。也许什么时候该让橡木木匠来瞧一瞧了。

韦斯特隆德对乔说：让他们进来！呃，让他们上来！呃，叫牛排主管过来听指示！牛排经理还在上这儿来的路上，韦斯特隆德查看了一下今天的信件。看看，又是签名！如今当个屠夫真辛苦。还有所有讨要香肠和软肉肠的乞丐。不过你看！又是一枚大勋章，可以别在裤子拉链上。嗯，那个，想出售的亚利桑那那家厂怎么样了，切肉厂。不过别担心，只要耐心等，价格肯定会降个几十万美金。

牛排经理来了。哦，好。那么，牛排的情况如何？83000！不错，啊，谢谢。我想我得把火腿经理叫过来，听听火腿的情况。可今天你最好穿上白外套，经理，把猪洗了，拿阳光牌肥皂刷斧头，因为总统四点钟要来。

八点，斯维尔来了。敲门好像警长。进来吧，乔！韦斯特隆德躺在他的橡木床上，斯维尔站在门槛那儿。那么他是错按了第三按钮，那个咖啡按钮。她个子小而身子圆。据说很快会更圆。所以韦斯特隆德又回到了家，他并不为此感到悲伤。因为韦斯特隆德有想象力，但没有幻觉。有些人有幻觉却没想象力，他们的事往往糟糕。对韦斯特隆德来说，情况相当不错。或者说更好了。斯维尔走过地毯，手上的托盘歪着，这就是日常，那小小的日常。

“我没说过信该放在托盘上吗？”韦斯特隆德说，这简直成了他的晨祷，因为十一点前根本不会有信来。

“我还要说上多少次信十一点才来？”斯维尔回嘴。今天她简直就是烧着橡木棍的灶台。

“哦，是吗？”韦斯特隆德咕哝着，“这将要改变。”

然而，要是斯维尔相信那才怪呢。斯维尔像只狐狸一样。早上九点看起来像一件夜里穿的内衣一样疲惫。托盘上又是有缺口的杯子！就像他买不起完好的一样。她倒咖啡时微微一笑，却保持沉默。而韦斯特隆德也什么都不说。他只看，看第一个按钮。按还是不按，这是个问题。当斯维尔背对着他准备把椅子移到床边时，他轻轻碰了碰她的屁股。要伸向她的腿还很远，韦斯特隆德有了狠狠抓住她的欲望。想抓住的欲望。可这次斯维尔不愿意。

“韦斯特隆德就要结婚的今天，”她说，从他身边挣开，“还有那一切。”

“不会吧，”韦斯特隆德说，惊讶地转过身，“是今天吗？”

“是啊，韦斯特隆德不记得吗？”

可怜的家伙，她变得那么开心。直到她明白：他在开玩笑，这混蛋。不过后来她还是高兴。这并不好。因为她一开心就危险。于是眼睛闪闪发光，蛇的舌头抖动。我大概怀孩子了，韦斯特隆德。跟韦斯特隆德。就是那一次的事。可后来她沉默，火熄灭了。最好现在把火灭了。但首先他要按那第二个按钮。

“早上来杯酒怎么样？”

“韦斯特隆德要结婚的今天，还有所有的事。”斯维尔唠叨着。

但她走到写字台前，打开锁，拿出白兰地，却只倒了一杯。这样挺好，甚至更好，这样到明天早上还够。因为明早还要继续救火。因为地下室里满是烈酒，福克赛村还是渴得要死。一个有趣的回忆在他嘴边挠痒痒，是这么回事，昨夜小转弯这家伙给抬走前，说，你有那么一丁点儿却算得上扎实的教养。这是个一次签三份配给书的人说的。

“你知道谁有一丁点儿却算得上扎实的教养吗？”他问斯维尔，看她怎么倒酒，已感觉到胸膛的温热，尽管她把酒瓶拿歪了。

“那肯定是韦斯特隆德自己了，”她咯咯笑，“可他有时大概也不那么有教养，所以他知道昨晚谁在楼梯上呕吐吗？因为当我回到家……”

然后她咬住舌头，把话整个儿咽了下去。因为即使他在楼梯上呕吐，甚至在他的单身派对后，他也不会喝得不知几点。三点，斯维尔！所以你上床很晚。我是说上你自己的床。这样恐怕挺好，不过以后要是来吵吵婴儿补助和对堕落处女的资助，那韦斯特隆德可就要吹口哨了。

“给我雪茄！”

于是韦斯特隆德以稳稳的眼和稳稳的手点上早晨的雪茄，第一口烟让他往下吹到了衬衫和胸毛之间。这是来自美国的一个习惯。这样他能直接闻到哈瓦那雪茄，好味道，值八千美金。

“斯维尔可以拿把椅子坐下。”

她就坐在椅子上瞪着他，手肘搁在大腿上，手托着下巴。但她眼睛深处有某个必须给弄走的东西。她拥有所有微小弱者的武器：我，我知道你一些事，你不知道的事，你不知道。所以韦斯特隆德抵着床头板坐了起来，背靠橡木。斯维尔只有榆木。他咳了一声，然后用尽全力说道：

“从今天起，关系会改变。如果斯维尔理解我话里的话。”

“当然，人明白你说什么，”斯维尔说，“至于关系，我不是要和韦斯特隆德有任何关系的人，除了已有的。”

韦斯特隆德喝光了，韦斯特隆德又喝光一杯，实在是被这简单的话打动了，他打开橡木盥洗柜的一只抽屉。里头有枚胸针，他把它拿了出来。

“斯维尔可以把这个作为纪念。”他说，他整个人都感动了，有一天他会把爱国奖章佩戴在斯维尔的老太胸脯前，眼下这个只是练习，可眼泪已在眼眶里了。斯维尔因短暂而不忠诚的服务获得奖章，她把奖章立刻放进围裙口袋。然后她又坐了下来。时间流逝。屋内和屋外都是，韦斯特隆德躺在他的橡木床上。斯维尔坐在榆木椅上，直挺挺坐着，并且知道，知道韦斯特隆德暂时还不知道的事。

“把帮工叫来。”韦斯特隆德说，他有些害怕，也许是他的神经，他有时在早上感觉到它们，待它们如老友。斯维尔去了，帮工来了，戴着帽子走了进来。这是他的习惯，一个漂亮习惯。因为这么一来，那半只耳就看不太清了。有些人叫他“一只耳”，也有些人叫他“半只耳”，韦斯特隆德还没决定选哪个。他慢慢喷着雪茄，随帮工站在地毯上，终于，韦斯特隆德抽完了整支雪茄。

“你去打扫通往屠宰场的走道，”他的命令中有一丝烟升起，烟里含着闪电和雷声，“因为今天一定要整洁得要死。”

“为荣耀的今天。”帮工补充道，这是他的习惯。补充而不是表达。这样他就不用自己去想要说什么了。有时他补充得太多，不过他确实会屠宰。

“别让山羊皮挂在外头。”韦斯特隆德命令。

“不会。年轻的新娘子们，她们的鼻子灵，”帮工补充道，“不过事实上我们有三个月没宰过山羊了。因为西蒙，根本挡不住他。”

“这将要改变，”韦斯特隆德说，“要是再让我看见那狗娘养的在路上，我就撞上去。”

“那最好还是等韦斯特隆德拿到结婚证书，”帮工说，“不过，西蒙他昨天拿到他的车了。他在村里到处炫耀，说在朗莫，他现在也要把韦斯特隆德打出棋盘。”

“这将要改变。”韦斯特隆德说。

但现在这只是一声祈求，勉强算得上。战争就在屋角，或者雷声阵阵。这将会改变，韦斯特隆德说。然后就真发生改变。我说到哪儿了，韦斯特隆德问。嗯，这将要改变！可帮工却站在那里咧嘴笑。恐怕要不了多久，他就是西蒙的帮工了。而斯维尔做了西蒙的女仆。那时，爱国勋章就没用了。那时屁股口袋里带着一座农庄更便利。总之，有个大屁股口袋是个好主意。可那帮工笑不了多久了。

“在屋内给我把帽子摘下。”韦斯特隆德说。

帽子摘了，半只耳露了出来。笑声戛然而止。

“别忘了中午十二点上比伦德家取小牛，因为我还是那个在朗莫取小牛的人。两点我需要你开车送我。你知道要上哪儿。可如果你在这之前看到了西蒙的车，撞他。那肯定是辆破福特，我敢打赌。”

“嗯，不过那是今年的型号。”帮工补上一句。这么尖刻是被迫摘下帽子的缘故。

就好像一辆29年的车运一头牛不够好似的。不过他能吹，他，西蒙，这混蛋。这骗子只擅长这个。可他没本事追到一个女人，更别说六七个了。

“哈格斯特罗姆现在可以走了，”韦斯特隆德说，“要是看见西瑞，叫她进来。把狗关好，因为今天可不能让谁给狗咬了。今天有庆宴，哈格斯特罗姆，哈格斯特罗姆！”

“你”用来谈小事，“哈格斯特罗姆”用来谈大事。有个叫哈格斯特罗姆的人真好。我的帮工叫哈格斯特罗姆。你的呢，西蒙，他叫什么？对，卡尔松。哈。尽管有那么只耳朵，哈格斯特罗姆永远别想追到女人。韦斯特隆德用他的耳朵听着。哈格斯特罗姆关上了大门，西瑞进来怕还有一会儿。

盥洗柜里有一面带手柄的镜子，韦斯特隆德独自一人时会将大拇指抵在镜背，细看自己。这么看，那么看，把雪茄放在嘴当中看，又放在一侧。他拿床单边缘擦去鼻头的光亮，让前额外露。补牙料不少，少说七处，不过只三处看得见。即便如此，他的笑声还是有一米高。他摆弄着光线，皱着眉看，斜着眼看，韦斯特隆德有许多模样，只一样好看。如果他有耐心并将大拇指放对了地方，最终，那样子就会出现在镜子里。然后他就可以把镜子摆在一边，接下来整个一天看起来都像那个样。对对对，就像希尔多说的，虽说不再是服兵役的年纪了，你还是有魅力。就像希尔多说的，虽说有了些肚子，凸在被子外像个小脊背，但你还是有特别之处。而现在又能怎么样呢！甚至没一根靴带。他想着，随你们盯着看，虽然没人盯着他。至少眼下没有，可当他和希尔多一同出现在车里时，肯定会有人盯着看。他告诉她，那是辆35。的确，六年的谎言，这对一出戏有什么影响呢？卡车现在看起来和六年前一样，六年后会有辆新的。随你盯着吧，他想。这次他想着某个确定的人。更准确地说，他想的是弗瑞达，在新沙发上方的墙上，她坐在椅子上，在玻璃和画框里。准确地说是在摇椅上，盯着。那是她去世一年前，血栓到达终点前，那一年她只是盯着空空的蓝色，还有空洞的黑色，因为她长时间失眠。再就是空空的白色，因为她是冬天走的。那一年，她甚至让法典歇在书架上。这之前，她翻得很快。事情是这样的，她从奇尔福斯的教区执事那里继承了一床的书。床可以躺，书却不那么好读。大多数的书她根本看不懂，尽管她吹嘘她懂。有神秘学家、哲学家和顺势医疗论者的著作，把整个橡木床都堆满了，而她都想读。所以她最后变得头脑混乱就不奇怪了。最底下的是一本法典，18世纪的，所以那时一定也有了法律，封面上刻着弯弯曲曲的字，封面是金色的，教区执事金。她坐在摇椅上，一页页地翻，从封面翻到封底。

一天夜里，他从萨拉·克瑞斯托弗家回来，那时克瑞斯托弗在韦姆兰备战，所以萨拉一人在家，可怜的萨拉。但弗瑞达没坐在摇椅上，她把灯点着，法典打开着。他蹑手蹑脚刚进门，她立刻说，在过去，你这种人要处死刑的。随后她读了一段有关通奸的条款，韦斯特隆德后背起了鸡皮疙瘩。那天早些时候，她曾威胁要抽帮工五大鞭子，因为帮工在周末借了把斧子回家。终于韦斯特隆德的鸡皮疙瘩消失了，他发了火，熄了灯。他大喊，想给我念法规是吧，你最好拿出1809年宪法，然后再说！或是牲畜管理条例！她回了一句。

而后，那一夜一片沉寂。但不是其他夜晚。不过也是：最终一切变得死一般安静。后来那些书慢慢给扔进了暖炉。弗瑞达爬上了墙，不出声，没一本书。弗瑞达走了，而克瑞斯托弗回了家。

不过眼下她该下来了。她那固执的眼睛也瞪够了。悲伤之年已过去四五六年。今晚，新娘希尔多将躺在教区执事的床上。西瑞来了，正赶上这一决定。可她的眼睛红红的。她哭了吗？还是这么早就一直在剥洋葱？

“进来坐下吧，”韦斯特隆德说，“把背后的门带上。”

所以她坐在斯维尔坐过的地方，而事情不那么容易。因为她们连在一起，弗瑞达和西瑞。那么谁敢猜西瑞今天想些什么呢？双手放在膝上，又小又薄又好看。这双手都没怎么洗过碗。只需要在书页里翻动。一直翻到镇上的初中。走这条路，她也让他花了不少钱。很明显，她反正是哭过了。所以最好别忘了钢琴的事。

“我躺着一直在考虑钢琴的事。”韦斯特隆德说。

这一套在弗瑞达那里曾经很有效：“我一直在考虑钢琴的事。”有时对西瑞也奏效。然而，不行，今天不行，西瑞不吭声。尽管他考虑的是一架昂贵的钢琴。弗瑞达有话要说时，也是这个样，那时一架大钢琴也没用。两人都保持沉默，静静等待对方。所以最好还是占得先机。

“没错，就是说情形会有些改变。”韦斯特隆德说着朝弗瑞达看，而弗瑞达回望着他。

然后他看向西瑞，西瑞却只盯着自己的膝盖。瘦弱的小膝盖。一个瘦削的女孩，嘴巴又红又大，大大的眼睛滴着泪，越来越多的泪。韦斯特隆德咽了咽口水。

“就是说情形会有些改变，”他越说声越大，“就是说，会有个新成员加入这个家庭。”

可她知道。这事已众所周知了，连镇上的人都知道，像洗衣房里说的。很快它恐怕会在全国传开，登上《快报》。那干吗还要说呢？

“你会有个新妈妈，西瑞。”

韦斯特隆德把所有的线连在一起，这整个的一切成了老太婆结。新妈妈？果真如此吗？十六岁和二十三岁。也许最好说姐姐？可话已出口，最好啥也不说，他盘算着。姐姐？姐姐希尔多！不，最好还是啥也不说。于是他下了床，毛茸茸的腿伸了出去，西瑞还坐在那里。去摸摸她金色的头发吧，可那样又能给这可怜的小东西什么帮助呢？他默默地把相框从墙上取下，暂且放地板上。她愿怎么想就怎么想吧。而后他走进厨房，对着水龙头冲头。透过窗户，他看到帮工在清理通往屠宰场的宽敞的棕色通道。墙在浓郁的绿色衬托下显得白而清晰。没有毛皮挂在外头。没有水桶乱丢乱放。没有动物在死亡的恐惧中哀嚎，树上挂满塞夫斯塔苹果，一切还算不错。但斯维尔从树荫凉亭那边摇晃着走出来，手里拿着封信。所以斯维尔写信给帮工了，而不是忙做事。这将要改变！一切都将改变。韦斯特隆德系好吊带，砰地关上门。回卧室前又砰地关了一次，最终，他可真生气了。

可当他回到新娘床上时，一切都没变。西瑞跟先前一样坐着，哭着。角落里有一只更大的苍蝇飞转。可还是有些变化，他很快注意到了：弗瑞达还在墙上的老地方。牢牢地在椅子上，牢牢地在墙壁上。韦斯特隆德的脑子里燃起烈火，一团小小的火魔鬼。他拿两只手分别夹住女儿瘦削的双肩，把她往上提，让她直面自己的愤怒。但他遇到的火不比他自己的小，而是更大的一团火。在她眼睛里，他看到一双熟悉的眼睛。他总避而不见的眼睛。它们有声音，那声音说：根据法律，韦斯特隆德，要是你活在过去，会被砍头的。那些死去的人就是如此，你没法看他们的眼。还是把自己的眼闭上吧。

于是韦斯特隆德松开他抓着的肩，坐在自己的橡木床上。西瑞仍坐在原处。弗瑞达还在那里。弗瑞达掌权。总有一天这都要改变。

“该换床单了。”韦斯特隆德疲惫地说。

然而，甚至没有回声来作答。

*

有一条路通往济贫院，路很长。道路里最长的那条是去那里的路。海尔玛要走那条路，但她不说为什么。

“妈，你全少要戴上帽子。”希尔多说。

可海尔玛还是拿起披巾。

“把篮子给我，”她只这么说，“谁知道篮子在哪儿？”

伊尔玛知道，但她坐在桌旁，盯着咖啡杯中的沉淀物。希尔多也知道，可她有别的事在意。因为现在她像是围着块石头建起来的。一块越长越大的石头。很快会变得那么沉，沉得她没法再站起来。而在石头周围，恐惧的脚步在疼痛。就像楼上那个人的一样。

钟敲八下。一下又一下的钟声响起。玻璃、铜、铃铛。他停下脚步，倾听。所有的人都停下脚步，倾听。

“就没人拿篮子吗？”海尔玛在门口问。

她只能自己找。其他人都有自己的事要办。伊尔玛向希尔多展示她的杯子。杯底有很多沉淀。沉淀是因为那个黑暗的陌生人，长时间的拜访，短暂的旅程。

“你在等什么人吗？”

是伊尔玛这么问。她一边问，一边凑得更近。希尔多一直怕她姐姐，她总回避姐姐的眼睛，那眼睛就跟一簇灼人的荨麻一样。

“我能等谁？”

“我怎么知道！杯子里可是这么说的。”

别碰我！那石头在长。这是我最后一次在厨房了，接下来会发生什么？只有不确定，以及长长的迷雾的一整天。她把手坚定地放在桌上，好像要抓住它，抓住那个存在，抓住自己。保护现在免受将来的影响。伊尔玛走开了，可杯子还在。希尔多往里头倒上牛奶，这只需一瞬。

“我想知道妈为什么出去，”伊尔玛捏了一把天竺葵，从窗前走开，“想知道她去济贫院做什么。”

老妇在苹果树下的斑斓里移动，她穿着黑色，孤独地走着。露水还没给取走，黑裙下的靴子闪着黑色的光。她们看见妈妈在一根枝条和又一根枝条上采摘那些最先成熟的苹果。她一只手采摘，另一只手拿树枝当着拐杖。她和所有伊尔玛见过的上年纪的人一样：在室外会缩小。而不那么熟悉老人的希尔多却怕了。怕死亡来临前，她赶不及完成一切。

“我出去帮上一把。”

这时，姐姐的臂膀像一把轭压在她肩上。希尔多在窗前站了好一会儿，借寂静和孤独拖着伊尔玛的痛苦。突然间，她变得如此害怕失去自己拥有的一切，疯狂地抓住了姐姐的肩。但伊尔玛自己的麻烦已经够多了，她不希望再有别的。她把自己的痛苦收回，厉声说：

“壶里还有咖啡。不过，是谁把牛奶倒进杯子的？”

那个怕黑暗的陌生人的人，那个希望他们，那些黑暗的陌生人，会到来的人。她把牛奶倒进泔水桶里。

“你如今要走了，你，”她平静地说，带着苦涩，“可以说，另一个人留了下来。”

她们坐着，完全沉默，搅着杯子，楼上的钟嘀嗒响，向着婚礼的时间迈进。却还没有谁为婚礼换衣服。伊尔玛身着黑裙，自豪地穿着破羊毛衫，仿佛戴了条真丝披巾。两肩都有破洞，那里，裸露的皮肤闪耀，像两枚因为忍受痛苦而获得的奖章。突然，她从希尔多手里拿走杯子，不是要尝，而是要看。

“想想，你有钱，希尔多！”

希尔多的咖啡杯里是满满的泡沫，虽说这不是她的错，可她还是因为自己的咖啡开始哭泣。她踩着嘈杂的步子逃进卧室。伊尔玛脚步凌乱地跟在后头，站在门内侧等待从枕头那里流出的话。最后，希尔多的眼睛肿了，喉咙呜咽。

“不是，你别以为黑尔默有钱。你见过他的车。那辆35。还有那晚上……那时候。”

“他没向你借钱，对吧？”

“没有，那可没有。不过他给我看了他的储蓄账户。”

“他给你看了？”

伊尔玛往前走近，最后，她坐到了沙发上。丝绸般，软而柔。别发抖，我的妹妹！可希尔多还是发抖。逃跑，像所有人一样逃跑。但怎样才能让人保持原来的样子呢？为什么有能力的人们会嘲笑着从你身边走过？为什么他们把我们弄成现在这副模样？这也是个问题。

“没错，六百一十。而且那还是为了吹嘘。”

希尔多转过身去。她往外看着那扇有人敲过的窗。而在底下的湖边，男人们扛着斧头走着。他们要去砍下白桦枝。为我的婚礼，他们要砍下白桦枝。为我，年轻的桦树将被砍倒。而在白桦变黄前，就会发生。这么近，这么远。而结果怎么都一样。

“反正够订一份《家庭主妇》了。”

伊尔玛说得轻巧，她希尔多从现在起，每个礼拜天都能看《家庭主妇》了。虽然希尔多可以轻易地回上一句：也许够买一件新开衫了。或者说，够买些毛线补毛衣上的洞了。又或者提育儿津贴。不过她没搭这话茬，因为反正都无所谓。因为有一块正长得越来越大、越来越强壮的石头。这石头叫怎么都一样。

“而且你也许好把牙补上了。”

她可以回上一句：“这正是我想做的。不过谁来为你腋窝或下巴下的肉疙瘩花钱呢？”不过希尔多没接这话茬。

“或者换一扇新窗户。”

“一扇新窗户？”

“是啊，如果有人敲窗，而且敲得很重。我是说更重。”伊尔玛说。

在这里，活人别想逃得了。疼的地方还是疼。

“你看见他了？”希尔多低声问。

她的声音冰冷而苍白，她的眼睛找寻一个朋友，却没朋友可得。只有伊尔玛，而伊尔玛说：“只是听见。”

“那么，和我一样。”

是呀，和你一样。可又和你不一样。因为习惯于躺着却睡不着的人听到的更多，知道得也更清楚。而现在她们听见外头的大门嘎吱响了，还有咔嚓咔嚓的脚步声。流浪汉的脚步。短促，一步步地。抱歉打扰了。而后是一个流浪汉小叩厨房门的声音。悄悄地，仿佛并不期待答复。

“流浪汉来了。”伊尔玛说着站起身。

伊尔玛站在那里，高个头，脸色苍白，眼里有一丝光亮。而希尔多躺着，看上去渺小，渺小地请求着。别走，她请求，石头发疼。别问。伊尔玛！但她肯定请求得过于小声了，就像流浪汉的请求一样，小得似乎知道自己得不到什么。伊尔玛走了，眼下已站在那扇关上的白色厨房门外。希尔多听见她在问，悄声问。问不该问的事，那人同样悄声答，脚步声咔嚓咔嚓，缓缓移动，朝着厨房的桌子，朝着咖啡。伊尔玛返回来，绝望地站在卧室门口，眼里的光灭了，脸颊泛黄。你是颗糖果，我的妹妹，被生活吮吸得太久了。

“他叫西克斯滕。”伊尔玛颓败地嗫嚅。

然后默默转身，去满足两个流浪汉默默的饥饿。

可谁来满足我的饥饿？谁会阻止我的石头继续生长？希尔多独自躺在卧室，朝着左侧，这是不那么疼的一侧，她听到所有时钟的敲击。而所有的钟都像闹钟一样，叫醒人去行动。你这楼上的，你给我等着！因为今天你要下楼！叹息着，她要往楼上去，仿佛这将是最后一次。叹息着，却并不害怕，因为这怎么都一样的石头哪知什么害怕呢？希望的死去让她重重的、坠坠的，她打开窗，那扇她拥有过的窗。它面向东方，面向外公的芦苇。她听到咳嗽一般、湖对面阳光明媚的树丛中斧头砍伐的声音。很快，门廊会给装饰起来，所有的门也是。

为了我，为了我！可我什么也感觉不到。

*

这条云杉树篱笆她要穿过去。一米深，五十米长。它沿着道路伸展，像早晨的阴影、夜晚的黑暗。淡淡散发着被埋葬的森林的气味。保护那些活着的死者不被那些据说活着的人看到。或者相反？可如果她畏畏缩缩并四处张望，是不是奇怪？奇怪吗，如果她在济贫院的篱笆旁看起来更矮小？她把篮子放下，它像一个虚假的朋友一样把她拉向路上的砾石。她小心地张望。她看见山谷，看见湖泊。爬坡后她喘着气。把那该死的鸟带出去，维克多在她爬楼梯时这么说。海尔玛，既然你已经来了，就坐下歇会儿吧。所以海尔玛在路边一块石头上坐下。

现在篱笆在她背后。而背后是济贫院，那地方让很多人头晕。老人之家，年轻人这么叫它，还有那些永不去那里的人。但对穷人来说，年老是一份安慰吗？这座在这个市级行政区内最高的建筑，以它高度的威力吓唬人，就像所有塔楼吓唬它底下的人一样。曾经它矮多了，矮到不见屋顶，除了从湖上看去。可幸运的是：穷人没船，也没水，所以没关系。然而房子长高了，穷人变得又老又穷。他们又加盖了一层，决定者们。他们在顶部安了两根黑铁烟囱。他们该在那儿也安上个十字架。现在至少在提尔山脊，它高高耸立，并宣告：这里休息着穷人的命。从所有的窗户都能看到，而从小窗口看尤其清楚，那些最不起眼的小窗口。从维克多的窗口也看得见。有一个晚上，他从城里回家，醉着，坐在一辆建筑承包车的地板上回家。他摇晃着，口齿不清地说：尿身上了，你们是不是都这么想！但是，不，因为现在已经解决了。因为现在没问题了。现在轮到我说了：我们也是，我说，听到了吗？！我们也是！怎么了？是这样，我们继续加盖，我说。

她看见一只蜗牛从湖里爬了出来。一动不动地，爬着。有蜗牛在这儿爬，挺好。她远远地抚摸它。跨过山谷，跨过比约尔的田地和小溪拉塞的荒地，她延伸着自己无边的爱。所有我爱的都上我这儿来吧！但没有谁来。路上不见人，除了一个在自己闪亮的自行车上的小精灵。湖上没人，马在草上自在漫步，母牛躺成一堆，可能在思考什么。要是希尔多能来就好了，要是希尔多待在农庄就好了，可如今，来农庄的人在她看来什么都不是。一个流浪汉或一个经理。有的人把车停在仓房后头。比如韦斯特隆德。他不难为情吗？

不，没有人来。她坐在冰冷的穷人椅上，没人来。要是她能哭一哭也许有帮助。但她知道什么也帮不了。所以最好还是继续赶路。穿过篱笆，走到她要去的地方。不过，很痛。失去了的一切，碘酒一样刺痛。她本可以做却没做的那几次。可以爱却放弃了。当你想着："时间还充裕。"年轻时就是如此。第一次很糟。可最后一次，你爱了，爱得最深。那时，当其他人觉得一切都无所谓时，对我来说却并非如此。但是你们，有件事比其他事都让人害怕。那就是面对着死亡，却从未有过一次，就一次，让想要的人靠近自己的心。石头冰冷，肋部刺痛，胸口喘鸣。卡勒·比约尔的三个男孩站在田里，抽着烟，他们的镰刀很可能在沟里。没有哪个农民会在田里抽烟，还打牌决定谁清理马厩，谁给马刷毛。一个月用坏一副扑克，就像卡勒·比约尔说的，好像那是什么值得夸耀的事一样。

"哎呀，你坐在这儿哭了，海尔玛。"

在她背后，有人嗅来嗅去。嚼舌头丽萨在后头。她一周绕村子转上七次，同一只肚皮上同一条围裙，年复一年。她捕捉住消息并散播出去。她口袋里装满糖，是她以为没人看见时从糖罐里拿的。她弯着腰像弓，但没有箭。她对所有的人直呼"你"，尽管她什么都没有，除了围裙和一些糖。她的嘴巴说个不停。她这人，你没法爱。而今晚整个福克赛都会知道，就在希尔多和屠夫韦斯特隆德结婚的同一天早上，蜗牛海尔玛，她坐在一块石头上，在济贫院外头哭了。

“你好，”海尔玛寡淡地说着走过马路，篮子轻些了，“一定是眼里进了什么东西。”

“没错，一滴泪，”嚼舌头丽萨说，“你篮子里有苹果。我给自己拿一只。不过小溪拉塞的床单啥时候换的？你肯定想知道！没错，那是一个月前。他们怎么换的？拉塞拿了维勒的，维勒拿了埃瑞卡的，埃瑞卡拿了拉塞的，他们是最脏的。虱子在桌上爬。我亲眼看见的。有一只在糖罐里。你自己看！”

这会儿嚼舌头丽萨从口袋里掏出所有的灰糖块，在篱笆内一棵苹果树下的草地上铺开，一棵阿斯特拉罕苹果树。海尔玛见一把空椅上放着一副黑框眼镜。她悄悄拿起。那是他的！

“你看。”嚼舌头丽萨喊道，趴在地上，翻转着每一块糖。

跪在潮湿的膝上，口水耷拉，她用弯曲的手指在糖块里翻来翻去。最后她找到一只蚜虫。她用刚刷过的手拿起它来，济贫院的西格瑞德有一把坚硬的刷子。她手捧着它像捧着什么宝贝。然后追赶着正慢慢向门廊台阶走去的海尔玛。那里站着三个穿黑裙的老太，她们挡住了海尔玛的去路，形成给海尔玛准备的监狱。海尔玛慢了下来。有“点头”，二次脑出血后，头点得比以前更严重。还有新来的桑德博姆太太，桑德博姆先生在管家仓房里死了，那是六月的一个晚上，小牛出生的时候，他突发中风。还有克拉拉，浸礼派的。她会突然间停下，双手合十，眼睛朝天，就像盯着一架飞机。现在的情况就是如此，而乌夫山上空看不见飞机。

“嗯，上帝他看见一切。”她说，好像这是条新闻。

而后她低下头，眯起眼睛，以上帝必须审视的样子看着海尔玛。“点头”点点头，桑德博姆太太挥动杂志，那是教会通讯，牧师一定刚刚来过。但他们知道些她不知道的事。现在嚼舌头丽萨走到了海尔玛前头。她把蚜虫放在手掌上，对海尔玛说：

“你看，就是它！虱子。看上去你匆匆忙忙。但你肯定能再给我一只苹果。还有，歌手他快死了。”

海尔玛差点儿把眼镜给掉了。现在老太们用苍老的手指在篮子里摸索，经历生活的曲折后留下的弯曲手指。她们是找苹果，还是找她的心？那只小苹果，那只充血的小苹果，很快将全是蠕虫。

“歌手不行了吗？”

“点头”点头，克拉拉用手兜住苹果，不能让上帝看见她拿了一只苹果。

“我们都会走那条路的。”克拉拉说。

说得好像由她决定一样。好像是她坐在那里给上帝写信，说：我认为现在你该把歌手带回你那里去了，或其他地方。海尔玛慢慢从老太太监狱里走出，一步、两步，而后是整个台阶。左手提篮，篮子已空了不少，却感觉更沉。右手拿眼镜。门敞着，像一张没牙的嘴。这嘴巴黑乎乎的，透着邪恶的气息。济贫院散发着贫穷而衰老的味道、腐烂岁月的味道，还有生命的癌症。她几乎立刻找到他了。她看见他站在两扇白门间的走廊里，身子倚靠灰墙，背负着沉重的自己。他没死。甚至并非奄奄一息。从巨大苦痛中解脱出来的她缓步向前，她在光线下时，他注意到了，她的阴影爱抚着他。站在满是飞虫斑点的灯罩下，她递出手里的眼镜。

“眼镜落在你椅子上了，约翰。”

不过反正那里是有些什么，一阵新的颤抖传遍他的手，他不能戴上眼镜。而他的皮肤更黄了，很快可就不光这些了。绿色无边便帽底下挂着一缕白发。歌手的头发，她第一次看到时是吉卜赛人一样的黑色。现在她把篮子放在地板上，把眼镜牢牢地戴在他鼻梁的旧印记上。然后他们开始沿着走廊走，没说一句话，只管走。也没互相看上一眼。不敢看。他的房间在最里头。在最后一道走廊，最后一盏灯亮着的地方。日间康乐室里，疯子安德斯坐着，安德斯这人需要别人帮他洗澡。此刻，他正坐在一株棕榈树下的地板上，他在给袜子唱歌，那双他脱掉的袜子。其他人不在。歌手停下脚步，扶安德斯站起身来。安德斯咧开嘴，他停止了歌唱。手懒洋洋地挂着，头懒洋洋地垂着，舌头从嘴里伸出。歌手对安德斯耳语了些什么，然后安德斯脸色苍白，舌头伸出来又缩回去，他匆匆地离开了，带着惊恐的步子朝红灯走去。他坐过的地方有一摊水。歌手很尴尬，拿了把椅子放在那上头。

“我们就待在这儿吧，”他低声说着，环顾四周，不过没人在听，“因为马尔姆的时间不多了。牧师正跟他坐在一起。”

马尔姆和歌手住同一个房间，马尔姆得了癌症。歌手和海尔玛坐在日间康乐室的黄色木沙发上，在棕榈树的阴影下，棕榈树由会计林德曼遗赠。灰尘在黄色的阳光下如雪花飘落。

“我带了些苹果。”海尔玛说。

歌手看了看篮子，额头沁出的汗水好像露水，眼睛疲詹而泛红，似乎近来用眼过度。他拿起一只阿斯特拉罕，尽力咬上一口。他双手抓着苹果，尽管苹果不大，他的手却抖得比上次更厉害。她害怕地问：

“约兰有信来吗？”

她看得出，没来信。约兰也没再寄雪茄。现在他可能自己在抽雪茄，这个工厂主。海尔玛心里涌起一股狂怒，对那些年轻而冷漠的人的愤恨。那些和爱着他们的人说话时懒得将烟斗从嘴里拿出来的人。他们的信这样开头：我事太多，没空写信。而后这样结尾：我忙得要命，现在必须搁笔；一切都太贵了，我今年也买不起回家的票；我刚买了一辆车，它不便宜。不过，歌手从嘴里取出苹果。

“约兰确实很忙。”他说，“车间里有十四个人，办公室三个。你也不能指望他太太写信，她母亲是个贵族。”

自尊与痛苦搏斗，痛苦胜了。他的手沉重地压在她的手上，几乎滑落。

“亲爱的。”海尔玛说着紧紧抓住他的手。

抓得紧紧地。听得见他内心的哭泣。哭泣着渴望有人紧紧抱住他。

“你的鲁道夫呢，”终于，他问，“他怎么样？”

“他还行。辛苦干活。有时很激动。会生气。不过总体上他还行。”

“他有时会不会说：‘上这儿来，妈！我真高兴你跟我在这里。我真高兴你精神着，还是你自己。过来，妈，让我抱抱你。’”

“嗨，他哪有时间做这事！”

可这不是事实。时间不是问题，不是。可如果不是时间问题，那又是什么问题呢？但是，放过我吧，让我相信！然而歌手越来越靠近她，问道：

“你的伊尔玛呢？她偶尔拉起你的胳膊吗？偶尔握住你的手，这么问你：‘今天我们去教堂墓园扫扫墓怎么样？你只要穿上外套，当然披巾戴着，虽然我们要上村里去。’”

拉我胳膊？哎呀，是掐！还有：出门戴上帽子！擦擦你的鼻子！顺便说一句，你该戒了口含烟了。在里尔奈斯济贫院——

“我早猜到了，”歌手说，仿佛他听到了她心里的话，“我就知道，我。那么希尔多呢？”

不过关于希尔多可没什么坏话！这一点她很快意识到了。理智首先发言，低声说：她没有！这个你唯一拥有的孩子没有！

“嗯，希尔多今天结婚。”

这时，歌手从沙发上站起来，从高处俯视她，就像站在歌剧院高处俯视一个渺小的观众一样。在他面前，她现在有些惊恐，几乎就像她曾体验过的那一次。她惊恐地想起他曾经的样子。记得他曾如何站在绿植凉亭里，低头看她，而鸟儿在唱歌。他的额头光滑，眼睛亮而黑，一绺头发垂在额上。他身上散发着潘趣酒和某种洗发水的味道。她记得，不过如今已不再恐惧，而是有了某种更伟大的东西，她记得他如何缓缓把她拉向自己，却没怎么动手指头。还有她如何前倾着、用柔软的手指理他那绺头发，那时头发没白，那时也没谢顶。就是如此。而这一切都发生过吗？我们活过吗？她看着篮子，仿佛梦藏在篮子里。然而梦不在任何地方，事实是，它消失了。

“是吗，”歌手喃喃自语，“她今天要结婚了。”

然后他补充道：

“而你在这儿。”

因为他确实无法理解。这儿，他想说，在这儿，马尔姆正于死亡谷的阴影中叹息。在这儿，疯子安德斯在会计林德曼的棕榈树下唱歌又撒尿。可从另一方面来看，她上这儿来也不奇怪。她从某个遥远的地方，某个高高的地方找到了勇气，她说：

“你会来参加希尔多的婚礼并演唱吧？”

她坐着看他，当他走向窗子时，步幅短小，几乎一步只迈一小步。

福克赛的孩子都能模仿他走路。这就是为什么他现在一般总要到天黑才出去。喜欢聒噪的人这么说。但有些孩子有灯。或者他们可以找人借。

“我很久不唱了。”窗户那儿传来声音。

可是，我的朋友，你昨天唱了的，而前天也唱了。因为大家都知道每天下午森林里发生着什么。要是没别的事可说，他们总谈论这事。他是怎么去了森林并歌唱的。为了什么？为他的未来，那光明的未来。还有，他是如何偶尔发信到斯德哥尔摩去的，为一些重要问题。现在他慢慢转过身，朝她走去，却不像先前的他那样，而像另一个人。他走得越近，先前和眼下的他区别就越大。他似乎长高了几英寸，步幅大了些，无边圆帽尊贵，绅士绿色。

“我要的不是同情，海尔玛，这你知道，”他说，“不是同情，而是正义。早晚管理层必须明白他们做错了。他们对一个受人尊敬的艺术家做出了恶劣行为。是的，我毫不犹豫地用‘受人尊敬’这个词。有些花，开得辉煌却短暂。我不属于那一类。很快人们会意识到这一点。这就是为什么我今天敢对海尔玛说：‘很快，约翰·博冶在一段短暂的缺席后将再次站在舞台上。那个夜晚到来时，我不会忘记我在这里的忠实朋友们。'”

“不会。”海尔玛低声说，带着呼吸，带着痛苦的叹息。

因为看他站在那里的样子真难受。看到自己的男人醉了，自己的朋友，唯一的朋友，丧失理智，真难受。听到自己唯一的朋友把三十年称作短暂的时间也难受。那唯一的朋友——没错，确实如此。因为孤独给了自己那唯一的朋友。一个同样孤独的朋友。

然而歌手拿他的文件夹去了。他总在拿文件夹的路上，或正在离开它们的路上。文件夹黑色，带金属固定件，很沉，因为里头装满过去三十年里他收集的一切，侮辱和苦痛。他离开时，克拉拉的女儿西格瑞德带着抹布来擦拭。她还年轻，总吹着口哨。你离开哭泣之谷的那天，可能口哨吹得最响，克拉拉自己这么说，当她不在天堂时。而这会儿，西格瑞德非常仔细地看着她。简直太仔细了。然后说：

“所以，希尔多今天要结婚了？”

“对，她要结婚了。”

“对有些人，来得快；对有些人，永远不会来。哈哈。”

然后她拿着抹布、吹着口哨走开了。所以现在全都知道了？如果事情掉入嚼舌头丽萨的袋子，还有谁会不知道呢？谁都知道，除了一个人。这时候，牧师和歌手一起走来。歌手没带文件夹，头上的帽子压得很低。牧师的帽子放在手上，祷告在唇边。慢慢地，她站起身。

“他不是快死了吧？”

牧师摇摇头，歌手摘下自己的帽子，他们三个都朝着红灯走。牧师走得相当快，因为他可能赶时间。可突然间，歌手落在了后头，海尔玛感到背后有一声祷告传来。她放慢脚步，转身。只见歌手的脸苍白而扭曲，颤抖的手找寻着她的手。

“但是他会死的。”

几乎连低语都算不上。不过她停住脚步并且听明白了。他说的是这样的话：别让马尔姆离我而去。别让马尔姆死在我房间里。因为他是我房间的一部分。因为他是我生活的一部分。要是他死了，我也会死。我很怕，海尔玛。我有太多事还没做完。牧师走开时，她挽住了他的手臂。

“来吧，来唱歌吧，约翰。”

于是，他不再虚弱，迈出了一步。甚至在牧师走到灯边之前，他已再次在这地球上站立起来。颜色回来了。帽子回到原位。他跟着她走到门口。谢谢你的话，海尔玛。

“我来的时候把篮子带上。”他喃喃地说，喜悦好像铁丝网一样缠着他。

歌在他体内膨胀，他蹒跚着走向后台阶，像一只瞎老鼠。他在歌曲的篱笆后的树丛里蹒跚。牧师邀请海尔玛搭车。他们一起走下长廊，年轻牧师和她。她环顾四周，却没有一个老太站在那儿看她。甚至连一个老头也没有，尽管他们平时总在周围。只有疯子安德斯微微前倾、站在一棵桦树下，双手背在身后。可他能明白这些事吗？此外，即便他的世界也发生了一些事。他们靠近时，他朝外屋奔去，他的背驼着，他的笑还留在桦树下。她恼火地走过。没人笑得出时，疯子安德斯有什么好笑的呢？他们走过时，嚼舌头丽萨在后头哭着，倒在草地上找寻。可能跟往常一样，有一个糖块不见了。但丽萨的眼睛只盯着自己的糖，没看见牧师和海尔玛：我走的时候十三块，现在只剩十二块了。唉！

海尔玛先坐进车，牧师跟在后头像一片阴影。林德发动了车，没开多远，牧师挪得近些，海尔玛退到自己座位的角落里，看着比约尔家的田，男孩们在田里割麦，嘴里叼着烟。

“帕尔姆大婶,”牧师柔声说,“他没多少时间了。”

她没有回应。在这样的一天，就别管马尔姆了，明天很快会到来。可比约尔家的男孩该修修石头围栏了，而不是打牌和吸烟。并且他们该为母牛跑上道路的事儿羞愧。只有小溪拉塞家吃不饱的牲口才会这样。林德不得不停车，因为母牛挡在路中间做着自己的事。海尔玛感觉自己因为牧师在场而红了脸。但牧师就像克拉拉眺望天堂和福克赛的所有天使一样看着天空。如果有天使的话。

“多久？”她问，无论如何，必须回牧师的话。不管你是什么心情。

“在马尔姆之前。”牧师轻声说。

有那么一会儿，一切静穆，母牛离开了道路，林德继续开车。

“他的声音在礼拜天的教堂里就要听不到了。”他轻声补了一句。

将要死去的是歌手！当她明白这一点时，她胸膛内苹果里的血流了出去。它空了，瘪了，很快所有的蠕虫都会钻进去。她牢牢地挂在吊绳上，处于最危险的境地。因为如果她失去歌手，她就失去了所拥有的一切，就失去了残存的唯一希望：最终为某个人做些好事。慢慢地，悲伤的黑暗之河开始流进她的心。

“他知道吗？”她轻轻低语。

“不，不知道。”

而后，穿过一层灰色面纱，她看见自己到了家。林德把车停在门外。牧师大概是想说些好心话，但他太年轻，帮不了。需要年老了，自己已接近那即将到来的事才成。不过她下车时，看到老流浪汉摇着曲柄从井里打水。牧师也看见了，无疑，她明白，牧师对流浪汉并不友好。他把头伸出车窗说：

“您是个很善良的人，帕尔姆大婶。”

她的视线朝着天空，但她还是无法原谅牧师如此年轻。所以她只把后背的黑外套拉拉平整，等他还没说完的话。林德在方向盘前坐着，显得怠惰，想要离开。她受不了林德。有一次，他撞了帕尔姆家的小母牛，据说是故意的。

“但要小心，帕尔姆大婶，别让自己给骗了。”牧师柔声说。

这下海尔玛怒火中烧，这一刻，她恨所有年轻和肤浅的事物。尽管她用披巾紧系着下巴，还是没法阻止自己的愤怒。

“耶稣也受了骗。可他还是善良的。”她气呼呼地说。

这时，林德踩下了油门，他一定也听见了，这样蛮好。她走到井边，碰到流浪汉。井杆吱吱响，它也老旧了。

“你留下吗？”她问。

“没错，里头那人病着。”他回答，指着仓房，“所以您女儿说我们今天可以留下，也帮点忙。”

然而拉水桶让他的脸色发青，他几乎把井盖掉到自己脚指头上。他需要一双鞋。

“你老了。”她说。

“是啊，六十五啦。”

他推着车，拉着一桶水，贡纳尔的车、维克多的桶，她跟在后面，他突然撞上一块石头，感到很难为情。

“要是上了岁数，就别到处跑了。你只是出来走走对吧？”

“是啊，我也能写诗。”他自夸道。

听上去像吹牛，看上去他也不像受过教育。可她必须友善，必须在所有的苹果落下前，爱所有的人。

“那么你可以为希尔多写上一首，因为她今天结婚。”

哎呀，他能办到。于是她跟着他走进凉亭。她让他坐在一把绿椅子上，而她自己坐在一把白椅子上。她没看向那些已退休的丁香，而是往上看，朝向北方，那里的天空歇在济贫院高高的烟囱上。别让他死，她默默祈祷，把他握在她合起的双手里。让他在济贫院树林里唱出的歌穿入她敞开的大门。

“也该写一两句和新郎有关的。”流浪汉说着，咬着西克斯滕的铅笔。

可这句话她没听见。

*

希尔多忍不住要去看钟。而他肯定注意到了。就让他注意好了。他把它们挂成一排，一般高。就像三个钉在十字架上的强盗，反正有一个正在钉子上呻吟。而钟摆是三颗挖出的心。把我的挂上就有四颗了。她几乎只看钟，不看他。可当她和他在一起时，钟声响起。那时她听见他站起身，在地板上走动。他站在正敲响的钟前，背对着她。因为她没看着他的眼睛，看的是他的背，而且看到的也不多。他一直很瘦，眼下更瘦了。头发如秋草一样乱糟糟的，背心歪斜地挂着。虽然她不想如此，但最后她还是不由得生出一丝同情。

而后她听见他好像在和什么人说话。她想：也许是跟我说。她走过去，踩在粗粗的地毯上，可他没听见她。

“也许事情就是这样，”她听见他说，“可有件事我得告诉你，那就是我宁愿你先把我的皮剥了，再把我的肠子掏出来。”

她走得更近了。但他现在沉默了一会儿，让钟声先敲完。耳朵朝着钟的方向点了点头，看来钟也同意。因此她终于明白，她的爸爸站在那儿正和钟交谈。还有这毛病。

“爸爸！”她大喊，仿佛要从更大的危险中把他挽救出来。一头公牛，一脚马踢。

他抓住她的胳膊，把她推到一边。她看出他几乎忘了她在那儿。第二只钟开始敲响。他想松开她，可她抓着不放。她数着钟声，心怦怦直跳。他紧得像绷着的弦，笔直如一根柱子。第十响，钟声停止。她抓住他的手，感觉他在收缩。她把他拉到床上，他的坚固性已经一点不剩。只有疲惫，年老，软如肥皂。

“库拉，”他哀叹，“她什么时候才会好？”

库拉，那头母牛，天哪！我这是怎么了？她问自己：我上次到这儿来是什么时候？我上次和他说话是什么时候？我什么时候没觉得这蜗牛、疯老头丢脸，想因此去死？眼睛因羞耻而流泪。这都是我的错，她想。她开始哭泣，可她的哭声让第三只钟的响声打断了。她把手放开，他想走就走吧。现在钟声的间隔很长，像是没有休止的永恒。可除了这病态时间的喘息，听不见一点声音。

“爸爸，”十点过后，她说，“钟敲过了。”

她低头看脚，自己的和他的。他光着脚，他的脚皱缩而发黄。他整个人看起来也是如此。他身上发酸，她靠近了就能闻到。

不过她的哭泣让他感觉好多了。没人到这楼上来哭。他们只上这儿来说：现在我们要做这做那。还有一只水桶拿上拿下。一只深底盘子给扔在桌上。但从没有谁来哭。虽然他忘了如何对待哭泣的人。他甚至可能从不知道。所以这方面他没什么变化。当她请求他下楼去时，他只简单地说："不！"

可他不想故意回绝，所以立刻补了一句：

"我做不到。"

"为什么？"她坐下来问。

然后他走到窗前考虑。

"我没衣服。"他说，却偷偷听着身后的动静。

"你不是有那套黑衣服吗？你在外公葬礼上穿过的？"

"而且我不干净。"他说。

"水箱里有热水，爸爸。"

"谁帮我洗背呢？"他嘲笑地问。

"我来，爸爸。"

就在这时，一辆车开进院子。从引擎声中她听出是谁的车。25，鲁道夫取笑过。35，韦斯特隆德说。但老人大概以为有人来接他，便立刻从窗边跑开了。

"有辆车开进了院子。"他焦虑地抱怨。

她安抚地拉住他的胳膊。他的衬衫肘部破了，骨头突出来，白而尖锐。

"那只是韦斯特隆德的车，你明白吗？"

"是吗？但愿他现在可别朝农田割草机开过去。"

她把他拉到窗前，指给他看卡车停得离机器的车辕有多远。农田割草机是老人的心爱之物。有一天夜里，鲁道夫从露兰的奥斯曼沙发那儿回家来。他悄悄穿过院子，天还没完全黑下来。这时他看到老人坐在车座上，假装手里握着缰绳。“驾，驾。”老人对着看不见的母马喊。似乎马立刻跑起来了，鲁道夫自己笑了。他悄声进屋，叫醒伊尔玛和希尔多。伊尔玛也笑了。但希尔多沉默不语。

现在她注意到老人从侧面看着她，带着不寻常的理解的表情。

“你撒谎，”他带着嘲讽的语气说，“从什么时候起，女婿这么虚弱了？”

她站在他身后朝外看。“一只耳”穿着脏兮兮的围裙站在院子里，他从驾驶室拿出排骨。他肯定坐在他通常坐的那些东西上头，脏椅子。但很快事情会改变。货箱上，一头小牛哞哞叫着。老人用力握住她的手。

“这只是韦斯特隆德的帮工把肉拿来，知道吗？”

她在找斯维尔，可斯维尔不在，也许还在床上懒洋洋地躺着。但很快斯维尔会足够清醒，那条懒虫。然而老人越来越紧地握着她的手。他脸上闪耀出胜利且傲慢的神情。

“可小牛是我的牲口，”他得意扬扬地喊道，“罗莎的小牛。女婿到我的牲口棚拿小牛。我要和这种人打交道？为这种人下楼去，啊？”

她叹了口气，朝门口走。

“那就跟我一起下去，看看小牛还在不在。”

她在楼梯口停下脚步，诱导。可他仿佛在地板上扎了根。她看出他渴望却又不敢。她看到他全身心地向她靠近，最终还是来不了。她走到楼梯口，站在那儿倾听。一、二、三，脚步声慢慢离她越来越近。她满意地下楼。客厅门敞着，透过窗户能听见伊尔玛的声音，没平常那么凶了，于是她偷偷往里头看。没错，伊尔玛正和一名流浪汉一起挂着花彩链。流浪汉站在椅子上，伊尔玛站在下面，看着他把一个花彩固定在房梁上。希尔多只需一眼就看出，现在又变得那样了。伊尔玛换了衬衫，也换了举止，为一个流浪汉，尽管他长得帅。而另一个流浪汉站在门厅，手里拿着帽子。

“我的同伴想问，他可不可以得到些牛奶。”

希尔多从门厅橱柜取出带嘴陶碗和杯子时，脑子里闪过一念。但她不愿让别人知道自己想什么，所以她只是对着鲱鱼和软奶酪说：

“你去打水，我会亲自把牛奶送去。”

流浪汉咳着喘着，把痰吐在门外。

“那家伙没啥可看的，”他说，“虚弱、悲伤还皮包骨头。”

于是她转过身，带着勇气盯着他眼睛小声问：“他长什么样？”

流浪汉将帽子戴在头上，抓着屁股。

“像发酵的黏牛奶。”他突然说。

她几乎生气了，发酵的黏牛奶，这算什么话。他一定注意到了，因为他继续说着。

“没错，又长又干，会黏住，而且挂在一处地方。”

也没变得更睿智，她拿着鲜牛奶进厨房，那流浪汉咳着喘着，把水桶往外拎。“一只耳”坐在沙发上，双腿交叉，已经和在自己家里一样。帽子戴在头上，排骨卷在《工人报》里，摆在桌上。楼上有一只钟在响，是一只报刻钟的好钟。他拿一根手指朝上头指，咧着嘴笑。他想说什么？他想对老爸做什么，这个什么都不了解的他！钟声敲响时，他继续咧着嘴笑。可他笑谁呢？

“现在规定把排骨放报纸里了？”她开了火，开心自己找到了个由头。

“这不是今天的报纸，”他这么辩解，凑上前瞧了瞧，“上礼拜的。”

事情变得尴尬。但她不想让他过分，不然他会很危险，甚至连黑尔默都这么说过。所以她继续坚持。

“还有斯维尔呢？她不是要来煎肉的吗？”

“她就来，就来。不过你知道，她早上有些事要做。”

现在他几乎忍不住笑。希尔多生气地走了出去，而他意味深长地笑着。他挠了挠自己那一只耳的后根。他是袖子里总藏着东西的狡猾狐狸，而这只狐狸盯着她的围裙，说：

“很快就有王冠和面纱了，我听说。”

他居然敢说出这种话！她往草地上走上几步，觉得疼。王冠？也许是一枚两克朗硬币在小木桶里咣当响吧。而她的面纱是黑色的。你能穿上中国绉纱，韦斯特隆德说过。可到关键时刻，没有绉纱也没有中国。不过，怎么都一样，但不该由着帮工咧嘴笑。

“别指望什么王冠了，就满足于‘一只耳’吧。”

愤怒到极点时，她也会尖刻。悔恨刺痛她，折磨她。她慢下脚步等他，想让阳光也照在他身上。而流浪汉推着吱吱呀呀的车。她停下来，伸出手来道别。他看着玻璃杯和带嘴陶碗。

“我要给猫喂点牛奶。”她柔声说。

“妈的，给猫灌牛奶，”屠夫的帮工笑了起来，看着她手里的带嘴陶碗，“如果它也喝烈酒，我就拿出我的配给本来。”

他笑得那么厉害，帽子差点儿掉落。他拍打了一下自己的围裙，假牙晃动，而后一跃跳进卡车。希尔多匆忙赶往仓房。她看到老爸把鼻子凑在窗玻璃上。小牛在后头哞哞叫，母牛在牧场上吼。韦斯特隆德的帮工发动了那辆“25”。大概是想向农人展示绅士如何驾驶。他挂了倒挡，把车倒了回去，撞上了谷仓门。希尔多转头一看，帮工把车轮正好压在农田割草机车辕上。车辕芦苇一样裂开了，卡车的发动机熄了火。片刻的寂静后，传来咔嚓声，一扇窗碎了，老人的手臂从破开的窗口垂了出来。但屠夫的帮工发动了引擎。下车道歉吗？当然不会。相反，他按响喇叭催促那个拉着小车的流浪汉赶紧让开。然后他驾车穿过大门，身后拖着一屁股的烟。就像黑尔默说的那样，只要按喇叭并且开车就行了。只要按喇叭和开车，并在婚礼上穿上无畏晚礼服[①]。至于无畏晚礼服在哪儿，他忘了提。

老头儿，她不敢朝他看。她揪着心溜进仓房。里头寂静而黯淡。不再有人在里头哭了。不久前，她还躺在饲料通道的干草上，心在啼哭，手里拿着邮递员送来的一封信。韦斯特隆德的话还萦绕在耳边：如果你还想多看看，礼拜五上我家吧。她那时想看什么？没错，是有一把银项圈，可那真有多新奇吗？库拉就要给屠宰了，它那年十五岁，将步入永恒。可老爸又把它买回来，他不想失去它。鲁道夫每个月都上一次楼。嗯，我们是不是该宰了库拉？不行，别想。所以韦斯特隆德来时，他得把车停在仓房后。她偷偷走到那里，看见他过来了。他吹着口哨，舞着项圈，她从未见过那么漂亮的项圈。它闪着银光。她把手插在围裙

① 小说在这里用了一个生造词，småcking，而不是无尾晚礼服的正确写法 smoking，可推测是为了表现屠夫和他的帮工并不了解晚礼服，只是听说过类似的发音。

口袋里，就在肚子上，一只手捏着戒指，另一只手捏着一封信。马丁要她等待的信。只需等上几年，等经济情况上路，孩子在哪儿都会很好。谢谢，再见，她想，而后将锁扣上了心门。变成伊尔玛那样？一个谁都不注意的可怜女人？在她的手下，躺着胎儿，生长着，一个月又一个月。

什么驱使她走出去，走到了仓房后？五步外，她明白了。从屠夫的大手里扔出的项圈告诉了她。我想要他。我要抓住他。她把项圈抓在自己手里，屠夫站着不动。仓房门口，帮工解开后门的门闩。韦斯特隆德有一把好项圈，她一面说，一面微笑。韦斯特隆德的狗在草堆边吠叫。他比她高出一头，衣袖卷着，指头沾血。他走近，她没后退。如果你还想多看看，礼拜五上我家吧。七点来。他的嗓音嘶哑，她举起银项圈，把自己的脖子卡进去。他带她走了一圈。这把项圈很好，是老爸唯一没喝光的东西，在阁楼里，因为遗嘱露了脸。这个我要了，韦斯特隆德说。

可现在，屠夫的帮工站在仓房门槛上，看着。现在，发生了的没法当它没发生，就像是给写了还给印刷了。她抬起银项圈，看着韦斯特隆德的那双眼睛，蓝色，眼角有血丝，微笑着。来吧，她说着，先走进仓房。她甩着项圈，仿佛那是她的。她走在屠夫和帮工前头，还有屠夫的狗。她走进库拉的牛栏，跟这头无角牛道别。她解开帕尔姆家自己的项圈，给它戴上屠夫的。库拉转过头，看到男人和狗在走道里，发出惊恐的哞声。你们走吧，希尔多说，我会带它出来。他们走向卡车，她把牛拉出去之前哭了一会儿，觉得是她自己正走向一把斧头。可她这么想着并没有一丝后悔，只有一种恐惧。

去它的项圈，她走来时，帮工对韦斯特隆德说。他们站在那里，各自大口喝着啤酒。韦斯特隆德擦了擦嘴，把啤酒瓶扔进秸秆堆里。帮工把他的扔进了沟。希尔多走上通道，泪水一滴滴地流下来。银子给大地主，黄铜给佃农，屠夫说。帮工讥讽地笑着，而库拉一步步走向死亡。屠夫放下车尾板，他站在路中间，两腿分开。突然，他张开了双臂。跳，他说，希尔多爬上车尾板。接着她倒在屠夫怀里。信在韦斯特隆德肚子上摩挲出声响。而后，她从后门跑回家，跑进卧室。她坐下来，在恐惧和发烧中书写。

第二天夜里，一封信写好了，和戒指一起寄了出去。信封背面没写发件人，但它还是回到了她这里。每天晚上，直到结婚公告完全发布，以及发布后。在梦中，回到她这里。在梦里，她坐在桌前，面前摆着一大摞文件，她必须填满每一页。可在她开始之前，一只蜘蛛横过桌子向她爬过来。蜘蛛很大，她感到害怕。她拿了几张纸想压死它。文件堆倒了，蜘蛛躲进几张纸下。她将一叠文件扔过去，却听见蜘蛛还在爬。蜘蛛肯定在纸下的某个地方。于是，她压着纸直到它不再动弹。所以蜘蛛一定躺在纸底下的什么地方。可它在哪里呢？她一张张地翻开文件，最后几乎翻到底了也没找到。这时，可怕的事发生了。最底下的文件自己把自己给掀翻了，蜘蛛坐在上面，变得越来越大。最后，它变得像一只拳头那么大，朝她冲了过来。她惊醒了，胸口充满恐惧，她在床上四处搜寻。可她找到的只有孩子。

她从头到尾仔细地读了本解梦书，却没找到相关内容。所以她现在情愿醒着。有一天，一切都会过去。现在她站在库拉的牛栏，手里拿着牛奶。爸爸问起库拉。可能是感觉到了已发生的事。在早晨，牛儿蹒跚着走向草场时，他会数它们的头数，第一天早晨，发觉少了一头。他敲击窗户，喊鲁道夫。鲁道夫上了楼。今天库拉在哪儿？哦，它病了，所以在牛栏里。那么，喊兽医来。第二天，就来了假扮的兽医。可我没看见他。没有，因为他是骑自行车来的。车在修理。那库拉还得在牛栏里头待多久？嗯，一夏天。到了九月一日，他们怎么办？

她走到牛栏边，拿杓喂小牛喝水。她想留在这里，隐藏起来，直到一切结束。可现在快十一点了，只剩四小时了。哦，她吓坏了。感觉有人在身后，眼下她常有这感觉。不过这一次真有个人。只是个男孩，是贡纳尔。她放下牛奶，抱着这孩子。

“我的小未婚夫，”她说着，把他放在牛奶凳上，“你妈又打你了吧？”他的左臂发青。

“她结婚了会好些，”贡纳尔说着往一块牛粪上吐了口唾沫，“那是鲁道夫说的。”

她卷着他的金发，这头发来自他那不知名的父亲。帕尔姆家的人头发全都是黑色。她看着他的眼睛，他躲开了。伊尔玛让那双眼睛变老了。其他的是鲁道夫让他变老的。教他像农人一样说话，关于交配。他吐唾沫的样子也像鲁道夫。他们在同一块石头上撒尿。而她把他教成了什么呢？什么也没有。她怜惜他时抚摸他，只有这。现在她想在三点之前再做一点弥补。于是她坐在凳子上，轻轻捏他的耳朵、鼻子和嘴巴。

“你会到我搬去的家来看我吧？”

“如果我能看他宰杀的话。”他说。

她亲了他的脸颊。

“别腻歪。”贡纳尔嘶嘶地说着站起身。

她看到他嘴巴周围有些黑色。不是普通的黑。她走上前闻了闻。是烟草。然后她看到他左边短裤口袋里有东西鼓着。她快速把手伸进去。她抓到的第一样是两条蚯蚓。而后是一块鸡屎，硬得像石头。最后是老爸的烟盒。贡纳尔想要逃离，身体抵着墙移动，怕被打，怕被抽，眼里闪烁着仇恨的光。

“我没偷，”他吼道，“只是个小东西，像小动物，就落在割草机底下。”

她打开盒子，里头有面镜子。她看到了一部分自己。一张新娘脸，灰灰的、疲惫的泪眼，在微光下显得丑。她把盒子关上。这么说，昨夜老头儿又下来了。而他不想透露。他不想说：“去找找盒子，希尔多，我把它弄丢了。”会有一个夜晚，他将走得比割草机更远。他将走进仓房，走进空荡荡的牛栏。那晚上她不在家。那晚她什么也做不了。她把盒子塞进口袋。

“我不会打你的。”她带着疲倦的嗓音对贡纳尔说。

然后他挤了过来，最后他完全靠近。

“如果你不那么激动，我会给你看样东西。”他说。

“什么？”

“一颗心。”贡纳尔说着，走进谷仓。

她拿着牛奶跟过去。

“哪儿？这里头吗？”

“不，在马厩里。一颗全新的在墙上。”

墙上的一颗新的心脏！昨夜刻下的心！她自己的心变得僵硬而肿胀，对蜘蛛的恐惧占据了她的心。当他们走出来，走到坡上时，院子里挤满陌生的母牛。她沉浸在自己的梦中，以至于起初并没注意。不过接下来她看到屠夫的帮工把栅门敞开着，小溪拉塞的牛正在乐园里游荡。因为在小溪拉塞的地上，草往下长，那些坏心眼这么说过。流浪汉还没开始给水桶装水，他坐在井边的草地上，可能他走到那里就耗尽了力气。年轻流浪汉站在门口，抽着烟，仿佛他是这一家的男人。看不见维克多在哪里。可玻璃碎片在门廊闪着光。

“把牛赶出去，把栅门关上！”她朝老流浪汉喊道。

今天她很严厉，而她的蜘蛛不断长大、长大。很快就要填到头了。她牵着男孩的手，他们一起走进马厩。男孩静静地带路，她跟着走，牛奶洒在干草上。左边墙上，鼻勒之间，有一颗新刻的心。她把牛奶放在铡草机上，拿指甲戳了这颗心一下。就像自己的心一样疼。她用手掩住男孩的嘴，悄悄进入谷仓阁楼，像一颗干净的良心一样安静。畜棚门关上了，鸡舍门也关了，阁楼的木地板上空无一人。她走到干草堆上，感受睡在那里的人弄出的凹槽。第三个凹槽还带着温热。她害怕得赶紧返回畜棚门口，站在门中间，拿杯子和带嘴陶碗碰了四下。声音传开时，她四处看着，为了能看到危险。最后一次敲击声消失，一切都安静下来，她以轻柔的声音呼唤，就像呼唤一只害怕的猫：

“马丁。”

就在这时，她身后的畜棚门突然打开了，她赶紧转身。她丢掉了带嘴陶碗，丢掉了杯子，她朝她的敌人走去。男孩尖叫。井边的柱子发出古老的受折磨的哀鸣。一只母鸡从舍顶掉下来，好像一枚羽毛炸弹，几乎正落到两人头上。

*

十棵白桦树给砍倒后，他们去湖边坐了会儿。斧头在肩上发光，油脂在靴上闪耀，感觉像一个隆重的日子。今夏干燥，湖面萎缩。芦苇花开了，在一些长得发疯的地方，他们割掉些芦苇，然后坐下来看着水面。鲁道夫往湖里吐唾沫，感觉很舒服。帮工也跟在他后头吐唾沫。一条大大的死鱼漂在湖边。帮工拿斧柄拍了它一下。

“小溪拉塞今早在这儿，他也提起你的捕鱼笼了。”

“他得了什么？”

“可能有那么几条鱼。我看见底下有东西扑腾。”

鲁道夫的脸阴沉下来，他很容易发脾气。索仁开始后悔自己多嘴。

“给我拿个树杈来。”鲁道夫对他咆哮。

帮工从一棵白杨树上砍下个叉子。然而鲁道夫可能有点发狂，他叉起那条腐烂的鱼，开始朝着小溪大步走去。

“今天小溪拉塞好请人吃鱼了，也不是他妈的每天都有婚礼。”

他突然高兴起来，嘿吼，甩着那条鱼，帮工犹豫不决地跟着。斧头危险而锋利，很快他们就站在黑色溪流边，小溪不是很宽，而是一条有石头的宽沟，他们踩着干燥的石头跨过去。一条高高的土坡通向小溪拉塞的土地，鲁道夫先抛出斧头，像是一场预告。

“也许他根本没得什么。”帮工嘟囔着。

可话已经说了，村里不是每天都有一场婚礼。他们慢慢爬上陡坡，帮工手里拿着斧头。

“我们也得喝上喜酒！”鲁道夫喊道，一边拿着鱼，一边拿着斧头。

但帮工在伤口上撒盐，他拿斧头砍掉一株蓟，却没因此变得更勇敢。

“我们又不是要结婚的人。”他嘟囔着，退在后头。

鲁道夫转过身，见帮工红着脸。看来是有什么触动了帮工的神经。他们穿过田野。虽说径直走着，但没什么好踩踏的。小片的土地上蔓延着荒芜，蓟在燕麦中密密地生长，而燕麦在蓟丛中长得稀稀疏疏，像是跪在地上，乞求着它可怜的生命。他们的脚步掀起尘土，靴子时而碰到生锈的铁罐，鲁道夫咒骂着。帮工眼睛往下盯着蓟丛，像一只为差事感到羞愧的狗。

“他这田里应该长黑麦，而不是罐子。因为这里可不长凤尾鱼。”

鲁道夫现在很有力气，他扔开斧头又抓住，他们走之前都喝了一口，雷默尔斯霍尔姆酒厂的烈酒。大清早的你们就喝上了吗？伊尔玛尖叫，妈妈朝他们摇了摇头。这可从来不会太早，鲁道夫说，在这个家里，不是每个人都能这么早结婚。是吧？伊尔玛沉默，帮工也沉默了，否则他通常会咧嘴笑。所以今天他参加婚礼的心情并不迫切。

现在小溪拉塞的房子离他们只一箭之遥，他们停下脚步盯着土豆田，没人看见他们。从家里到这里只需走十分钟，可鲁道夫上一次来这里是二十年前了。小时候偶尔会来，一回家就挨打。你不能去那儿。为什么不能？闭嘴，混蛋！我说话的时候你闭嘴！跟那个骗子！给马吃砒霜的家伙。你也会得上一勺，那样你也会挂掉。眼下，鲁道夫在田里站了会儿，回忆和燕子一起在破烂的仓房门周围盘旋，帮工点了根比尔烟。下面的泥土里躺着把断柄的锄头、一只破底的箱子、一只喷嘴碎了的水罐。仓房屋顶中间有个凹陷，仿佛有一个巨人夜间曾坐在那里。仓房门歪着，里头空空。老人曾四处借马割草，但他没来找我们。最后他只能从屠夫那里买了匹瘦马，价格微不足道。像蜡烛一样能给吹灭的马，韦斯特隆德吹嘘。它在路上倒下，就在警察开着福特车经过时。也许会因虐待动物被起诉。

帮工两腿发颤，小溪拉塞有个儿子，力气大得要命。但鲁道夫站在那儿，斧头扎在地里，回忆着过去。那时也是乱糟糟的。老头站在木柴堆边给他和维勒做箭，或是拿铅弹打丁香丛里的乌鸦。有一次，比约尔老头的草帽上给射中了一箭。射得好，小溪拉塞说，因为比约尔为斧头付的钱太少，简直是羞耻。那时他们已开始卖地，小溪拉塞为了有酒喝，爸爸为了盖房子。

他们走近了一些，土豆长得瘦弱，木柴堆的锯木架上放着最后一截旗杆。斧头让鲁道夫想起一件事。因为在那里，他第一次割下一只公鸡的脖子。十一岁，维勒说，你不敢割一只母鸡。鲁道夫说，把斧头拿来，我来割公鸡。他不得不从车棚里的母鸡那儿弄来一只公鸡。维勒稳稳地把砍柴木桩放好。公鸡挣扎着反抗，小溪拉塞坐在凉亭里和一个骗子喝酒，他老伴去了教堂墓园。鲁道夫说，把斧头递过来，抓住公鸡。第一下砍掉了一条腿，第二下它死了。我们把它埋在粪堆里。不过最后他们把它扔进了湖里。

门阶上放着一双木鞋，只有一双。而埃瑞卡站在那里，她是刚去世的一个女人的妹妹。她老了，脏兮兮的，跟大家嘴里传的一样。长椅上放着三条鲑鱼，她正要剥第四条，剥鱼刀生了锈。

“你好，看来今天鱼儿上钩了。拉尔松在家吗？”

老妇因为这两个男人和那在肩头闪亮的斧头而感到害怕。鲁道夫又严肃起来了，帮工躲在他身后。老妇点头，对，拉尔松在家。

“那么维勒在家吗？”帮工问，四处张望，试图保护自己的背。

老妇拿围裙擦眼睛，鱼鳞黏在鼻子上，她刚哭过。

“不在，维勒今早就去耶夫勒了。可能再也不回来了。”

鲁道夫用斧柄敲了敲门，没得到回应。于是他打开门，走进去，踏进门槛就想回头，厨房闻起来有腐肉臭和煤烟味。黏虫纸在横梁下发了霉，每个角落都有只水桶，小溪拉塞坐在桌边，既听不见也看不见。

“你好。”鲁道夫说着向前走去，斧头在肩上，鲑鱼在木叉上，老头儿动也没动一下。

鲁道夫站在那里看了老头儿很久，所有他本打算说的、有关别人的鱼塘和偷鱼的话都在心里腐烂，他把鲑鱼扔进最近的一只水桶里。帮工想打开卧室门，想把一只里头有些绿色东西的水桶移开。可门从里头给插着，他把斧头放在门柱旁。

“你好。”鲁道夫抬高声音说着，他把斧头从肩上甩下来时，斧头从房梁上砍下了一块木片。

帮工走上前去打开窗，可那是冬窗，填充料还在。小溪拉塞任由苍蝇爬上他的身体，手在膝上麻木。鲁道夫走到桌前。

“你们怎么了？”帮工说着，把一只发霉的盘子推开，左手握住斧头，他朝卧室门溜去。

“滚出去，你们这帮混蛋！”小溪拉塞说。

“好啊！”鲁道夫抬高了嗓门，可他看到老头儿在哭，就不再说了。墙上挂着一把猎枪，老头儿从桌边站了起来，脸上已开满死亡的霉斑，这个月他还没刮过胡子。鲁道夫把斧头放在桌上，帮工把眼睛放在钥匙孔上，小溪拉塞的裤子破了，他抓住了枪。

“滚开，你们这帮混蛋！”小溪拉塞咆哮着，老太跌跌撞撞地尖叫着冲了进来，枪管对着鲁道夫的眼睛，鲁道夫赶紧站了起来。帮工跑到了外头门廊上，老太拿着切鱼刀跟在后头，鲁道夫用斧柄击打老头的手腕。枪在地板上咣当一下，老头儿走了神，鲁道夫抓住他的胳膊。

“维勒在哪儿？”鲁道夫一边对着小溪拉塞肿胀的耳朵问，一边让他坐在桌边，把斧头放在最近的一张椅子上。帮工回来了，脸色苍白，老太跟在后头，拿走帮工的斧头，把它扔到外头的地上。

“维勒……”小溪拉塞喃喃自语，眼泪涌出就像是从悬崖上流下的，他努力回忆着些什么。

帮工走上前，没斧头了。他低下身子，轻声说：

“这里头闻起来像一具尸体。”

鲁道夫咧嘴笑了。

“卧室门锁着。”帮工轻声说。

鲁道夫不再笑了，斧头放在膝盖上。

“出去上窗户那儿瞧瞧。”

“你不一起去吗？”

“如果你害怕，拿上我的斧头。”

帮工离开了。眼泪从岩石上蹦出，水晶一样清澈，好像它们来自别的人，不是这个脏老头子，而是来自某个干净的人。

“维勒在哪儿？”鲁道夫固执地问。

“维勒死了，埋了。”老头脸色肃穆地说，鲁道夫紧抱住斧头。

“对我来说，他死了。”老头补上一句。

“只是对你来说？啊？”

“鲁道夫，”老头说，“跟我握个手吧。”

鲁道夫握住老头儿的右手，后院传来说话声，老太不见了，眼泪流成小溪，鲁道夫的右手开始湿润，斧柄也湿了。

“你有个儿子，”小溪拉塞继续说，“你拼命工作，干得内脏都要爆了。为他干了三十年。为什么为他干三十五[1]年呢？为了有一天早上你被人称为贼吗？”

“鲁道夫，”老头儿哭了，“小溪拉塞是个贼吗？小溪拉塞是个贼吗？他是个偷鱼的吗？他私自酿酒了吗？早上七点提着鲑鱼回家时，他活该让儿子打一巴掌吗？”

鲁道夫放开斧头，好像一群人正绕过屋角走来，他轻轻扶住老头儿的手臂，摇晃着安抚他。

“小溪拉塞是个好人，”他说，“福克赛最好的人。”鲁道夫心地善良，今天晚些时候，一场快乐宴会等着他。他想分给老人一点自己的快乐。

“可是维勒在哪儿？”他轻声说着，小心地提起膝上的斧头。

这时，三个人走进门来。货郎拿着手提包，帮工半举着斧头，老太是最后一个，脸通红。

“这混蛋在卧室里，”帮工说，用斧柄拍了拍货郎的背，“我进去时，他正从窗户往外爬。”

鲁道夫站了起来。小溪拉塞啥也不管，只坐在桌边痛哭。

“你去卧室卖什么货？”鲁道夫问道，手紧握着斧头。

货郎的帽子歪着，今天显然不是他最清醒的一天，他

---

① 原文写了三十五年，和前一句的三十年不一致，可能表示老人在极度哀愁中思维不太清晰。

身上挂着包，鼻子发亮，眼神飘忽不定。

“嗯，老头儿在我进来时大喊大叫，让我滚出厨房，说他今天不接待客人。所以我就进了卧室。这有啥好奇怪的？”

“如果你偷了钱，就把钱放桌上。”鲁道夫说着，他举起斧头，眼下货郎的脑袋就在两把斧头之间。这时，疯老太冲了过来。

“放开他，我们的父亲可是堂兄弟！”她尖叫。

“没错。”货郎点了点头，他从两把斧头间躲开一步，“我们的父亲可是堂兄弟，我们。请记住。”

老太抓住帮工的斧头，鲁道夫也放低了他的斧头。

“维勒离开了我。”小溪拉塞边说边哭。

“现在你们将因擅自闯入私人住宅受到起诉，”老太抱怨，“而且是在最近的法庭上。”

鲁道夫怒火中烧。

“我们路过这里进来打个招呼。”他说。

“你们手里拿着斧头！”老太大喊，“而且你把房梁砍成了碎片。”

鲁道夫气得斧头都掉了，帮工试图把自己的斧头藏在背后。

“我们来打个招呼！”鲁道夫大喊，“这就是回报吗？！”

他拿起碎片，重新安到房梁上。货郎将它扯下来。老太的肚子朝鲁道夫的方向挺着，就跟要把他刺穿似的。

“现在轮到我去找警察了！”老太嘶喊着，她的肚子咕噜噜响。

“还有那头驼鹿！”鲁道夫大喊，“你们对驼鹿这事怎么说？”

“驼鹿？”

老太脸煞白，鲁道夫走到她身边，用斧柄碰了碰她的肚子。货郎溜出门去。

“你以为我们不知道你那桶里是驼鹿吗？虽然你在上头铺了些苔藓。我可不是昨天生的。也不是在门厅生的[①]，而是在卧室里。把驼鹿拿出去，挖个洞埋了吧，因为它都烂了有个把月了。”

鲁道夫把斧头扛在肩上，帮工也把斧头扛在肩上，他们走了。

“鲁道夫！”老头儿在后面喊，“要是你看到维勒，叫他回家。否则，他屁股上会挨枪子儿。”

小溪拉塞孩子一样哭着，为他儿子，像小牛一样号着，为他儿子，甚至把头撞在一只盘子上，盘子碎了。

“上帝啊！”老太说着在他们身后关上门，她最后看见的是那两把斧头。

货郎站在院子中央，对着他们咧嘴笑，公猫悠闲地蹬着腿，爪子抓住了一条鲑鱼。鲁道夫四处吐唾沫，帮工脸色苍白，几乎要吐，把斧头靠在屋角。

“这会儿就需要来口酒了。”货郎说着拍了拍包的锁扣，他走向土豆田，走向小溪。鲁道夫跟在后头，帮工靠着墙角呕吐，很快追了上来。货郎和鲁道夫并肩走下陡坡，鲁道夫把斧头扔过小溪，帮工把他的扔进了水里。货郎踩错了步子，鞋子进了水，帮工擦干斧头，鲁道夫把他的斧头扛在肩上。对面坡上的空中监视塔清晰可见。

“我认识个人，夜里他巡逻监视做爱。”鲁道夫对帮工

---

① 我不是在门厅生的，本是一句俗语，意思是，我不是三岁孩子，我不傻。

说，好让他振作起来。

“我可没有，”索仁吼道，他不想谈姑娘，也没心情，有这心情的是货郎。

“跟我来，伙计们，我给你们看点东西。”他咧嘴笑着，拿着包走在前面，鞋子在泥泞里吱吱响。

“在家里我有块石头，我尿在那石头上，”鲁道夫说，“它比你值钱了八十倍不止。”

货郎咧着嘴，鲁道夫和帮工跟着他，他们坐在一堆砍下的白桦树中，货郎在中间。他放下包，杂货当中有一瓶烈酒，他们把斧头放在那堆木头中最大的那根木头下，风在芦苇丛里沙沙响。

“这是你从老头那儿偷来的，”鲁道夫说着拧开瓶盖闻了闻，“这是真正的私酿。”货郎咧嘴笑，鲁道夫喝了一口，帮工也喝了一大口。

“那么你们今天想买什么呢？”货郎问。

他们看了看包里，是些普通破烂。鲁道夫拿起一把梳子，插在货郎脏乱的头发间。索仁翻看的货品，货郎说那都是些适合孩子的玩意儿。从包底的最深处，货郎拿出一只锁着的盒子，打开来，里面装满胸针、别针和其他女人用的东西。

“给你们的姑娘买一枚胸针吧。”

这会儿他咧嘴一笑，跟个疯子一样，吐了口唾沫在帮工斧头上，手里拿起一枚胸针。

“韦斯特隆德买了四枚。”

鲁道夫瞪了他一眼。

“希尔多要四枚胸针做什么？她又不打算到处乱跑像只货郎包吧，啊！”

货郎用力吞了口唾沫，咧嘴一笑，看似他说了太多的话。

“不，希尔多会有一枚。还有西瑞，她估计也会得上一枚。以此类推。等等，等等。”

“你什么意思？”鲁道夫说，眼睛扫着斧头，帮工又喝了一大口。“他们今天要结婚。你不知道吗，你这蠢货？他什么时候买的胸针？”

“昨天，”货郎挤出一句，眼里闪着一丝狡黠，“我昨天从耶夫勒的珠宝商那里拿到的。”

帮工喝光了，鲁道夫又喝了几厘米的酒，把瓶子夹在腿间，抓住了货郎的肩。

“把刀扔了，孩子。”

货郎把刀朝斧头那边扔去，从帽檐下盯着他们。

“现在你快说出来，不然会有麻烦。”

货郎解开领带，看了看斧头，看了看刀，扯了片希尔多的白桦树上的叶子，帮工站了起来，看上去有点醉。

“是的，就是昨天，”他卸下了包袱，“我走过村子，溜进本特松咖啡馆。”

索仁的眼睛亮了，鲁道夫放开货郎，丢下瓶子，随它躺着，该死的，如果是露兰。帮工走到鲁道夫身边，货郎继续往下说，现在他咧嘴一笑。

“那里坐着韦斯特隆德，喝着咖啡。露兰出去买小面包。‘你给自己买梳子吗，韦斯特隆德？’一个人说。‘不，可如果你有台草坪割草机的话，倒可以考虑。’韦斯特隆德说。‘嘿嘿，’我说，‘反正韦斯特隆德的头跟一只球一样光，哈哈，哈哈。’总之，我这么说。”

“别扯这么多废话。”鲁道夫阴沉着脸说，帮工拿起他的斧头，用叶子擦了一把，货郎挠了挠帽子下的头皮，眼睛快速地转着。

"'你明天要结婚了，也许你需要来点小玩意儿，'我说，'直接从耶夫勒的珠宝商那儿拿来的。''所以就是这样。这里是小玩意儿，那里是小玩意儿，'韦斯特隆德说，'把包拿过来，让我们瞧瞧。'我真是惊呆了，韦斯特隆德边看边说：'这看起来不错。'然后他拿起一枚胸针放在盘子上。'是啊，我知道一位新娘会高兴。给我四枚，就这么定了。'韦斯特隆德说，'一枚给希尔多，一枚给西瑞。''这样正好六克朗。'我说。'那最好是拿出钱袋子了。'韦斯特隆德说。"

"该死的，现在我要拿斧头了。"鲁道夫说，他起身抓住自己的斧头。帮工坐下来，小心护着他的斧头。鲁道夫额上渗出汗水，他把斧头转了一圈，愤怒使他的眼睛变得狭长。货郎弯着腰像一只猫。

"你快要吐了吗？"鲁道夫喊着，站起身，用大拇指试了试刀刃，货郎向前弯着腰，鲁道夫把脚放在刀上。

"还有两枚，"货郎颤抖着躲闪，"'那是我的事，'韦斯特隆德说，'但我可以告诉你的是，我知道去买小面包的女孩今天穿什么颜色的内裤。'"

帮工咧嘴一笑，开心得很。鲁道夫在头顶舞着斧头，货郎蹲下求饶，帮工躺在希尔多的白桦树下，鲁道夫的斧头砍进了那棵最大的白桦树。木头颤抖，斧头像一只蚂蝗挂在白桦的心脏上，鲁道夫俯身在颤抖的货郎面前，吐出无法理解的声音。

"什么？"货郎打了一声嗝。

"颜色！"鲁道夫咆哮着，手放在货郎身上。

“浅绿。”货郎在那只控制不住的手下喘息着低声说，帮工站起身，咬住斧柄，几乎忍不住要笑出声来。

“混蛋，”鲁道夫喃喃自语，“还有我的草耙。”他的膝弯曲，倒在了砍下的桦木堆顶部。货郎自由了，伸手拿他的刀，帮工再也忍不住了。

“还没完呢。”货郎以更高的声音说，现在他又咧开嘴笑了，帮工也笑够了，鲁道夫和帮工两人都听着。

“我还可以说的是，韦斯特隆德说：‘我知道坐在车里的那个姑娘哪条腿上有个胎记。’”货郎说，帮工站了起来，眼里闪着家酿酒和不安，他把斧头重重地放在货郎腿上。

“没错，我当时正透过窗户往外看。”货郎说着，手放在刀上，“总之，是斯维尔坐在车里。”

这下子帮工跪在了货郎身边，鲁道夫站了起来，背靠最大的桦木，帮工疯狂的眼里有个疑问，斧头压在货郎腿上。

“左边。”货郎低声说，与此同时，帮工站起身来。“砰！”索仁的斧头钉在了白桦树上，距离鲁道夫的斧头只一柄宽，两把斧头从同一个胸脯上吸着汁液，两个男人看着彼此，只一秒，无须更多。货郎挣扎着站起来，盖上饰品盒。

“那么，不买胸针了啊。”他抱怨着，可他们没听见他的话。

鲁道夫拔出自己的斧头，帮工也拔出他的。

“那么我们去拿下那混蛋。”鲁道夫说，他俩看着彼此的眼睛，慢慢分开。

可货郎以为他们指的是他，把包背在肩上跳着跑了。他们听见他在小溪中拍打的声音，听见他急匆匆爬上山坡。

他现在可能要跑去找他爸爸的堂兄弟的女儿，去偷更多烈酒，他把瓶子忘这儿了。而两把斧头从不同角度嵌入白桦，鲁道夫和索仁一阵疯砍，挥汗如雨，越来越深的裂缝在白桦树的肉里出现。他们没让自己有喘息的时间，斧头呼啸，砍击声响彻湖面，回声堵住了耳朵，白桦树向湖的方向倾斜，也向索仁的方向倾斜，刀刃在树的内部相遇，发出金属碰撞的声音，火星飞溅，最大的白桦树摇摇欲坠，朝着湖面倒下。

“我们把这混蛋炸飞。”

他们从树脚开始，枝条飞舞，最后几根沉入水中。

“我们把这混蛋扔湖里去。”

他们抓住树干，抬起它，推出去，最后它漂浮起来，树干在水面摇摆，又长又白又细。他们相互看着，对它的大小感到惊讶，然后把斧头扔到了身后的草地上。

“现在我们把它炸了。”帮工拿着根火柴走来走去，像是庆祝婚礼。鲁道夫走到白桦树下，他害怕一切爆炸声。爆炸过后不久，他又回来了。白桦完好无损，只是漂向了河口。那里很深，两个黑色漩涡嘴巴一样狂饮着河水。鱼儿肚子朝上漂浮，一整群鱼在漩涡周围直打转，白桦树干浮在水流上。

“现在我们钓鱼。”帮工说，他异常地开心。

他们在斧头边脱了衣服，赤裸而白皙。他们站在白桦树下，看着树桩，在阳光和白桦下感到一种不可思议的无限自由。汗水顺着大腿流下，他们走进水中，两三下就游到了白桦树干旁，跨在树上，抓住鱼肚子，把它们扔上岸。漩涡在他们的腿间逗弄，他们在水中跟死鱼在一起，感觉到无边的喜悦。突然，索仁开始笑，他笑得太厉害，直接从白桦树上滑了下去，张着嘴掉进漩涡里。鲁道夫赶紧把他拽出来，可他的嘴巴刚露出水面，他就又笑开了，又往下陷。最后他自己爬上了树干。

“你笑什么？”鲁道夫边问，边把最后一条鱼扔上岸。

可帮工笑得太厉害，没法回答，只是他突然想起是韦斯特隆德让斯维尔怀了孕。乌夫山上的天湛蓝无云，毫无忧虑。于是他没回答，而是唱起一首老歌。

我买了枚胸针给我贫穷的母亲。
我买了枚戒指给我的姑娘。
我给我父亲买了双破鞋子，
给我妹妹买了只银托盘。
我买了把梳子给我爬虱子的兄弟。
我买了杯酒因为我打嗝，
拿我给我可怜的母亲买下的胸针付了钱
还有我给我的姑娘买的戒指。
我给我的酒买了只大酒杯。
我给我的打嗝买了酒杯，
拿我给我爬虱子的兄弟买的梳子付了钱
还有给我妹妹买的那银托盘。
我为我喝酒买了个酒馆。
我为我打嗝买了酒馆，
拿我给赤脚的父亲买的破鞋子付了钱
还有我给我的姑娘买的戒指。

但鲁道夫将身体倒向水面，于是看到自己和帮工赤裸着骑在一棵白桦树上。他开始大笑，笑得肚子疼，笑太阳，笑水，笑岸上的鱼，笑高处的空中监视塔，笑小溪拉塞和货郎，笑桶里的驼鹿，笑私酿的酒，笑韦斯特隆德，笑露兰，笑草耙，笑草上闪闪发光的斧头。他最后笑的是正往湖边跑来的贡纳尔。贡纳尔朝他们扔了块石头，他不会游泳。

“你们怎么了？”他喊道，喘着粗气，他有好多话要说。老头发疯了，砸碎了窗，妈妈在客厅跟流浪汉亲嘴，“一只耳”开车把农田收割机撞坏了，希尔多拿着没人要的牛奶四处跑，外婆把老流浪汉带到凉亭，棚屋里的人全疯了。所有人都疯了。你们也是。

“别管那些，”鲁道夫说，“一年顶多也就一场婚礼。去他的！你知道小溪拉塞住哪儿吗？”

“他以前常给我做箭。”男孩说。

“现在你把鱼拿到他那儿去，”鲁道夫说，“多拿些，多得他就从没见过那么多。”

他们把白桦划到岸边。

“天哪，鱼真是太多了。”贡纳尔说，“你们怎么弄到的？”

“靠手，孩子。”

“可我拿什么装呢？”

“拿我的衬衫。”索仁说，他把衬衫拿过来，扎起袖子。他们往衬衫里塞满鱼。

“你把鱼倒在门阶上，别让谁看见你，”鲁道夫说，“然后赶紧跑。”

男孩走了。

“把我的衬衫带回来。”索仁喊道。

他们走上岸，穿好衣服，就着瓶子喝上一口浴后酒，一辆车在路上按喇叭，那男孩在小溪里嬉水，一头母牛在牧场嘶吼，一条鱼在湖面跳跃，他们清晰地听到所有声音，就像他们刚刚让护士玛瑞洗了耳朵一样。身体凉爽而舒适，散发着鱼、水、白桦和烈酒的气味，这是一个真正的节日，一个前所未有的节日。

“现在要干装饰树叶的活了，他妈的！”鲁道夫说。

他从地上拿起斧头，把它钉在最大的树桩上，帮工在旁边夯上自己的斧头。

*

韦斯特隆德有间办公室。他常坐在那儿思考，他在那儿推动一切。办公室在后门廊，西瑞的阳台就在那上头，她只能在晚上待在那儿。你疯了吗，姑娘，站在办公室顶上咚咚地走来走去！但她听话，她听，不像弗瑞达。她把留声机放那儿，从早到晚，整天都在转动纺车，放着“看爷爷跳他古老的华尔兹”。不过如今是纺完了。爷爷再也不跳老华尔兹了，最后肯定是断了腿。韦斯特隆德对留声机没多少兴趣，他想自己转动又想自己跳舞。西瑞尊重他，没叫他坐在厨房板凳上打理小屠宰场的生意，没说你不需要办公室。

而这正是他需要的，有一天他将拥有保险柜和电话分机，墙上将挂上一张福克赛及周边地区的地图：布鲁、卡尔海尔、布鲁恺特、胡斯塔、朗莫和莱克斯特罗姆。他有过一幅地图，西瑞为他画过一幅，画上了道路、三岔路口、森林、礼拜堂、教堂、初中和小学、杂货店，她用淡紫色画了钟楼，而后弗瑞达进来了，晚了一步。天哪，弗瑞达说，你不能把它挂上墙吧，你应该带着它上车，这样你在外面就能找到那些仓房。你也没把松德克维斯特家的新鸡舍画上，拿公鸡时，你都要跑到裁缝那儿，而不是松德克维斯特家了。那时他骄傲，一如既往地骄傲，于是地图从墙上给取下了，成了垃圾桶里的一千五百个碎片，女孩进来想看看地图挂上墙的效果。可怜的西瑞，她哭了，她并不总是过得容易。

今天韦斯特隆德坐在他的办公桌前不是要推动什么，不，他自己给推动着，给奇怪的、来来去去的思绪推动着，记忆好像斧头，在乙炔灯下闪烁，他坐在那里，与某人决裂，或是某人与他决裂。他几乎是一个人在房子里，帮工开车走了，斯维尔骑自行车去了帕尔姆家。而西瑞躺在自己房间哭泣，如果她在阳台上的话，声音会传下来。现在他只听见窗外白桦树的响动，有时还有木房犄角的疼痛。最后他决定把画取下，把它放在西瑞的椅子边。他什么也没说，只是去拿梳子，把头皮上的头发梳向一个角度，让自己在镜子里看上去合适。而某些东西似乎在西瑞的身体里崩溃了，突然间听见一阵咕噜噜的声音，好像她在用自己的泪水咕噜噜漱口，然后她站了起来，突然就走出房门，突然就爬上楼梯，突然就进入自己的房间，咕噜噜的声音一直能听见，韦斯特隆德的耳朵都疼了，他走进办公室，倒上一大杯酒，一大杯。

现在感觉好多了，很快就会感觉不错的。他坐下来，涂满一页信纸，内心感觉越来越好。看，韦斯特隆德不坏，尽管有时他使坏。但他总后悔，后悔得如此痛苦，以至于夜里睡不着，他躺在那儿想：为什么总得做自己不想做的事，总是不得不做会后悔的事？小溪拉塞的马，待屠宰的马，他卖给小溪拉塞的那匹，有时在夜间会回来，咬着床头，橡木床的床头，马蹄在地毯上摩擦。那时他就有一种奇怪的愿望，想要再做好事，于是他拿着一张50克朗的纸币去邮局找厄曼。我会匿名寄给小溪拉塞，他想。可当他填写表格时，笔改了主意，只写了20，可总而言之，也还不坏！通常情况下，他好起来，对女人都很好，他对她们好就是出于善意。虽然萨拉没啥好多看的，可她一个人住在深林小屋，夜里驼鹿在门外晃动，她害怕。而斯维尔，她也一个人，她得了枚胸针，所以他一定很不错。希尔多也会得一枚胸针，还有床上咖啡。但奇怪的是：有时他也后悔自己做过的好事，也许那些事并不怎么好，尽管当时出于好意，因为他意识到，对一个人好就意味着对另一人不好。于是他感到无可奈何。于是他就喝上一杯酒。

可现在他不打算再喝了，他把酒瓶塞进垃圾桶，因为那里是酒瓶的归宿。他牢牢地握住笔，脑子里闪过一个想法，他重新拿过一张纸，开始在上面写下一排名字，开头几个写得很大，接下来慢慢变小。最后他不得不拿出另一张纸。他坐着，把所有他曾善待的人的名字写下来，比他想象的要多，他真为自己时常表现出的善良感动，最后他已想不起还有谁。他数了数名字，总共四十二个。然后他意识到缺了西瑞，这让他感到痛苦，我得把她加上，他想。而后他立刻知道该怎么做了：把画挂到墙上，西瑞得下楼来。看，他会说，你不要以为我是那样的人。他写上她的名字，写得又大又粗，然后搁下笔，看着那四十三个名字，这时一辆车在路上开了过来。他越过小檗树篱望去，血檗树篱对一个屠夫来说正合适，就像卖树篱的人说过的那样，一辆闪亮的新货车停在路上，绿色，带银色散热器，西蒙下了车，关上车门，卡尔松继续开车。韦斯特隆德惊讶了，又硬又沉，如一根铁棍，因为他的大门响了，西蒙正朝他走来。可就在前门廊的大门给叩响前，韦斯特隆德奇怪的身体来得及产生了一些变化，想要行善的意愿还在，却从一端跑到了另一端。西蒙也必须在名单上，他一面这么想着一面去开门。他已经忘了西瑞。

而西蒙看起来也不生气，他穿着节日的衣服，蓝西装上衣，胳膊下夹着个袋子，看起来像是出自耶夫勒的国营酒类专卖店。

“进来吧，西蒙。”韦斯特隆德说，这是他们第一次在屋内见面。

西蒙来自波姆胡斯，所以你总会问他在福克赛做什么。

“我们进办公室吧。”韦斯特隆德说。

他们走了进去，韦斯特隆德拿手擦了擦办公室里的灰尘，西蒙把袋子放在写字台上，然后他说了些韦斯特隆德不会很快忘记的话。

“一个人该有间办公室，确实应该。”他说，听起来确实悲哀。所以西蒙他没办公室，韦斯特隆德给他拿了把椅子，几乎被西蒙没有办公室这事感动了。

“是呀，有间办公室确实不错。”韦斯特隆德说着坐了下来，他让写着名字的纸条留在桌上，西蒙可能会以为那是客户名单。

“我只是过来看看，”西蒙说，“刚从城里来，去那里买了些酒。”

“你做得对。”韦斯特隆德说着递上一支雪茄，他在椅子上舒服地躺着。不穿鞋，光穿袜子，西蒙大概身高一米六五，而他自己一米八六。

“还做了点小生意。”西蒙补充道。

韦斯特隆德竖着耳朵听着，吸着雪茄，他还想友善些。西蒙把瓶子的包装纸剥开，扔进垃圾桶，那里正好有韦斯特隆德的半升酒，放在桌上也一样合适。

“女仆不在，忙着准备我的婚礼呢，”韦斯特隆德说，“但我总能备些鲱鱼。”

他去了厨房。当他回来时，西蒙正看着他的名单，韦斯特隆德心里咒骂着，现在他可能就要使坏了。

“这些都是你的客户吗？”西蒙问，他没笑，小心地把名单放回原处。

“没错，那是我们帮着屠宰的人家。”韦斯特隆德说，他让西蒙倒酒，西蒙的手有些颤抖。

“萨拉·克瑞斯托弗松，她如今也养动物了？”西蒙问，“但不是狐狸，对吧？”

“没错，她现在养了头猪。”韦斯特隆德说，他微微出汗，叠起那几张纸。

“那么斯维尔·拉尔松，她也养动物吗？”

韦斯特隆德笑了。

“不，这不是那个斯维尔。是斯库特斯雪尔的一个，我打小就替她屠宰。可以这么说。现在她不想再找别的人了。”

西蒙很吃惊，这显而易见，尽管他恐怕是来炫耀自己的。他说：

“对了，我在城里买了个装置。”

“一把剃须刀？”

“不是，”西蒙回答时并不生气，“比剃须刀要好。一个切香肠和火腿之类的装置。电动的，你知道。像你有这么多客户也需要那么一个。”

西蒙稍许垂下眼睛，韦斯特隆德继续保持友善，他们碰杯。

“我正在酝酿另一笔交易。”韦斯特隆德终于说，他笑了笑，摸着刚刮过的下巴，沉默了一会儿，西蒙如坐针毡。

“是的，你知道，在美国，”韦斯特隆德开始小心地说，“他们有一种特别的锯片用来锯肉。”

“是吗？”西蒙说，完全没有怀疑，整个一米六五的身体都在颤抖。“是的，”韦斯特隆德继续说着，把哈瓦那雪茄的烟吹向整间办公室，“一个美国的老熟人答应给我这样的锯片。你知道，你只需拉来一头公牛或母牛，插上电源，然后启动锯片！两分钟就能切开一头大象，半分钟就能切开一匹马。”

西蒙好一阵说不出话来，韦斯特隆德又给杯子斟满酒。

“这样的锯片肯定很贵吧？”西蒙终于发话。“跟你的车一样贵吧。”韦斯特隆德试探着说。

西蒙的眼睛重新亮了起来。“看见那车了，”他激动地低声说道，“是的，它就在篱笆后头。”

“看见机器了吗？就在荷台上。”

“没有，”韦斯特隆德很高兴自己没撒谎，“我只看见了散热器。”

“那么，该死的帮工停车停太早了！”

现在西蒙相当生气。

“那就下次再看，”韦斯特隆德安慰道，“哪天我可以让帮工送我上你那儿，就是哈格斯特罗姆。”

可西蒙并没有因此感到开心，他继续沉默着，嚼着鲱鱼，沉默着喝啤酒，韦斯特隆德让自己的胜利完美，同时，他确实友善，在自己的婚礼当天和西蒙坐着喝酒。

“你的帮工叫什么？”他问。

“卡尔松。”西蒙回答得有点不情不愿。

“哦，卡尔松。”

韦斯特隆德重复了几遍，试着听这名字的发音有多糟，最后西蒙不得不为此道歉。

“嗯，虽然名字不好听，人不错，”西蒙有些脸红，“不过你的帮工在背后说你坏话。”

“真的吗，他说了什么？”

现在韦斯特隆德的耳朵竖了起来，吃了一口自家屠宰场的香肠。

“他四处说你打算一拿到结婚证就开车去撞一个人。”

韦斯特隆德脸发热，伸手拿了块鲱鱼扔进嘴巴，牙齿间溅着火花。

“那纯粹是谎话，”他说，“可是你看，帮工！这些混账东西。他们无论叫哈格斯特罗姆还是叫卡尔松，都一样下贱。可是你看到了吗，这些放在桌上的客户名单？”

西蒙看到了，简直看得过多。韦斯特隆德拿起名单，在垃圾桶前撕成碎片。

“如果我们之间有什么纠纷，西蒙，”他庄严地说，“让它们就像这名单一样给撕碎吧。”

他们干杯，西蒙的眼睛因为善意而开始雾蒙蒙的，韦斯特隆德的也是。

“我在城里，”西蒙说，“当我们走上福克赛路时，我想到了这么件事：屠夫毕竟是屠夫，即使他住在同一个村里，也不该错过一个同行。所以我叫帮工停车。”

“你做得对。”韦斯特隆德说着，一口气喝完他的啤酒。

“而且今天，有婚礼以及所有的一切。”西蒙补充道。

韦斯特隆德看了一眼办公室的钟，那是来自埃尔乌卡勒村的一只闹钟，距婚礼还有几个小时。西蒙上这儿来，还想到婚礼，韦斯特隆德觉得非常好笑，笑得流出了眼泪。

“斯库特斯雪尔有个油漆匠，”西蒙说，“这人婚礼前喝下七杯酒。不过他还能站直。只是后来他想把戒指戴在新娘的大拇指上。”

韦斯特隆德的额头在酒杯上方熠熠生辉，就像太阳照耀在福克斯湖上，他把自己的大手放在西蒙的手上，他友善，他快乐，他渴望做某些伟大的事，真正伟大的事。

“那么韦斯特隆德就喝他个八杯，”韦斯特隆德说着倒上酒，“把戒指戴在对的指头上。”

西蒙觉得这样的举动如此宏伟，以至于他的眼睛因为敬佩而流泪，鲱鱼吃完了，他们开始喝糖水，西蒙想起关于糖的故事，又笑了。

“那个油漆匠，”西蒙继续说，“你知道他是怎么得到他那老太婆的吗？他住在耶夫勒的隆德克维斯特旅馆。在那里，他爱上个女招待。不过她家教很严，她妈站在门口，确保她不会围着男客人转，和他们搂搂抱抱。晚餐后是咖啡时间，客人们在角落的一张桌前排队。这姑娘站在桌边倒咖啡，加糖。油漆匠和姑娘白天偶尔见面，因为晚上她出不去。但他的工作时间不固定，所以他们商定，如果他下午三点有空，他会说：‘请放三块糖。’这方法一度行之有效。可有一次他中午十二点有空。姑娘问：‘几块糖？’‘十二块，谢谢。’油漆匠回答。姑娘脸变得苍白，加了太多糖，杯子满了，盘子满了，排队的人以为他疯了。而后他喝下咖啡，病了。第二天他跟旅馆退房，并向姑娘求婚。”

“那可真滑稽。”韦斯特隆德说道，感到做更大的事情的冲动。十五块，也许。“他后来怎么样了？”

“哦，后来他得了酒精戒断谵妄症，”西蒙说，“我去精神病院看他。他在床上坐得挺直，左臂挥舞着，他是左撇子。我问他在做什么。‘你看不出吗，我在刷油漆，’他说，‘在刷亚硫酸盐厂的篱笆。这帮混蛋今年要把它画成蓝黄色。’‘蓝黄色？我觉得是绿色。’我说。‘你是色盲，小子，’他喊道，‘跟所有的波姆胡斯人一样。你们一直都是。’”

韦斯特隆德着迷地凝视着西蒙薄薄的嘴唇，一个奇妙的想法开始在他脑海中升起，起初只有纤弱的根。

“你是说油漆匠戒酒狂乱时就忙着刷油漆。”他说。

“当然，”西蒙回答，“司机就会开车。坐在床上按喇叭，开车。用床头柱的圆球换挡，用床尾板踩油门。”

灵感之火在韦斯特隆德兴奋的眼神中熊熊燃烧，他双手放在桌上，喜悦几乎使他心跳加快。

“屠夫也会狂乱吗？”他问。

“当然会，”西蒙说，“怎么了？”

西蒙兴奋得屏住呼吸，他意识到有什么大事即将发生，几乎让一大块糖卡住喉咙。韦斯特隆德说：“我只是觉得，你知道，也许你可以借回这么个疯子来。”

西蒙考虑片刻，挠了挠鼻子，韦斯特隆德瞪大眼睛看着他，太阳穴的静脉在跳。

“我有个姐姐在精神病院做护士，”西蒙思忖，“应该可以安排。怎么了？”

“我是说，你懂的，借来这么个家伙，给他喝上几口酒，错乱发作时，就拿把斧头塞他手里。出去，小子，去屠宰场，把斧头、公牛和奶牛带走。这简直是戒酒的最佳办法。而且对国家、社会和每个屠夫来说都划算。”

西蒙觉得这也太厉害了，他的舌头打结，几分钟内都说不出话，他俯身在桌上，手放进韦斯特隆德的手里，韦斯特隆德的手还有空间放进三四个西蒙这样的手。

“你是天才，老兄！”西蒙大喊，他的快乐几乎使他长成一米六七。

现在火花从韦斯特隆德那里传给西蒙，而后又回到韦斯特隆德那里，灵感的光环在两人头上闪耀，西蒙头上的是小光环，韦斯特隆德头上的是大光环。

“你看，我一直这么想，”西蒙说，“这镇上多一个屠夫就太多了。”

韦斯特隆德紧握西蒙的手，却不生气，他明白。

“我是说，”西蒙继续解释，“有一家屠宰场就够了。换句话说，我们可以合并，我的意思是：西蒙松和韦斯特隆德！”

“或者反过来。”韦斯特隆德说。

“对，”西蒙说，“或是成立一家公司。首先我们可以借用泥瓦匠和爆破工，接着我们可以从精神病院借来木匠、漆匠和铁皮匠，接着建立一座像斯库特斯雪尔的锯木厂那么大的屠宰场，或者至少像人民之家那么大。然后我们可以借回一打屠夫，再弄些美国来的那种刀片，还有一些我从耶夫勒买来的那种设备。我们还有卡车，我有我那辆崭新的，而你也有你的，对吧。”

“35。”韦斯特隆德补充道。

于是他们喝下第五杯酒，办公室在他们周围不断扩大，最终他们俩都看到了双重光环。但韦斯特隆德注意到自己只穿着睡衣和裤子，坐在这荣光里。

“进来吧，老弟，”他对西蒙说，“因为现在韦斯特隆德该穿婚礼的衣服了。”

他们一起走进带橡木床的卧室，西蒙帮助韦斯特隆德调整领口，表现得像个仆人，韦斯特隆德闪闪发光，西蒙也是，他们在盥洗橱的镜子里映出四重光环。

“也许我该穿无畏晚礼服的，”韦斯特隆德说道，“但我是个喜欢简单的人。不过等我们拿到那个切割刀片，就没话说了！”

他们拍拍对方的肩，西蒙从韦斯特隆德的肩上看到了弗瑞达站在地板上的画像里。西蒙拿起画，四处找地方挂，最终找到了钉子。

“不是那里。”韦斯特隆德说。

这会儿他需要帮助，需要一个真朋友的支持，他的眼睛四处找寻，找到了西蒙忠诚的眼睛，立刻愿意做任何事，无论是什么，只要能被爱。

“现在该是西瑞的了，”他说，“她住在楼上。”

“那我们拿给她吧。”西蒙说，他明白。

他们各拿着画像相对的一边，西蒙倒着走，他们的膝相碰，画框是没变大，却也从没有像现在这样沉。楼梯咯吱咯吱地响，突然西蒙觉得这太有趣了，他几乎要坐下来。韦斯特隆德出了汗，很快也跟着笑了起来。最后，他们站在西瑞的门外哈哈笑。韦斯特隆德敲门。没回应。韦斯特隆德拉了拉门把。门锁着。

“西瑞，”韦斯特隆德说，“是西蒙和我。快开门！”

但她没开门，没发出任何声音，她也不在阳台上，但韦斯特隆德已经为一个朋友做了善事，所以他心安理得。他们把弗瑞达挂在西瑞的门上，然后下楼，他们在楼梯口客气了一下，最后彼此紧挨着走下去，靠得很近，被栏杆挤压着，大屠夫和小屠夫。

“还剩几杯？”韦斯特隆德问。

“还有三四杯吧。”西蒙回答。

“那我们就说四杯吧，”韦斯特隆德说，“为了有条不紊。”

他停在楼梯中间，从背心口袋拿出戒指，抓住西蒙的手，牢牢把戒指戴在西蒙的小指头上。

“我在这里宣布，西蒙，我邀请你参加我的婚礼，”韦斯特隆德说着，试着戴上戒指，“我还没像斯库特斯雪尔的那个油漆匠那样烂醉。手别动！”

“没有。他老婆最后对他不耐烦了，在烈酒里拌了戒酒硫。”西蒙说。

光环带着越来越明亮的光线，他们走进大屠宰厂办公室，坐在大皮革椅上，用越来越大的智慧经营着他们未来的事业。大屠夫和小屠夫。新郎和婚礼宾客。

*

牛奶洒了，你不该为此哭泣，哭没用。她们默默地相互挤压，姐妹俩，去年的草在她们脚下沙沙响，贡纳尔害怕地默默躲在角落，甚至连母鸡也停止了咯咯叫。谷仓里听不到一点声音，是这么回事：先开口的人输，那就打开了自己最私密地窖的洞。所以现在要紧的是得保持沉默，能多久就多久，用其他方式说话。伊尔玛用鼻子说，鼻翼颤抖好像随时能飞走。希尔多用耳朵说，它们在黑发下闪闪发光，像夜晚的火焰。最后，两人都用手来说话，伊尔玛紧压住希尔多年轻的肩膀，希尔多的手深深埋在伊尔玛重重的乳房下。她们站在一个地方，搏斗了一会儿。但很快，所有能沉默着说出的都说完了，大鱼浮出了她们的水面，开始咬了，她们的舌头浮标一样漂在水面。贡纳尔站在消防水泵旁边，现在他的身子炙热，一种巨大而狂热的快乐充满了他。就互相压迫吧！这就是他所希望的。你们俩就厮打吧，你们这些我恨的人！他拿起软管，咬了一口，里头的水感觉实在是烫。而后，伊尔玛输了。

“你知道的。”伊尔玛尖叫，松开握紧的手，眼窝变得太小了，容不下她瞪大的眼珠子，希尔多的耳朵红得发亮。

“不比你多。”希尔多喊着回了句嘴。

带着满腔的仇恨和欲望，她俩摇摇晃晃地跌倒在地板上，彼此翻滚着，然后跌入伊瓦尔冷冷的窝里。

“你这魔鬼！”

贡纳尔听不出谁在尖叫，但对他来说，这都一样。不过就让她们相互厮杀吧！翅膀在他肩上燃烧，很快他就会自由了，贡纳尔。有一天一切都会燃烧，火焰将从屋顶升起，马会在马厩里烤熟，疯狂的牛会竖起燃烧着的、火把一样的尾巴在庭院里狂奔。那时贡纳尔会笑，会躺在丁香下，听火焰沿着燃烧的丁香的门阶抵达蜗牛屋。可现在伊尔玛和希尔多又站起来了，又安静了，再次一起站在仓房的门槛上。别让她们的火焰消失！贡纳尔抬起软管，抬起手柄，绿色的水使软管变硬了。他像疯子一样抽水，抽出火焰，他要摧毁，喷射的水柱狠狠抽打着姐妹俩的头。

生锈的水仿佛泪的河流顺着伊尔玛的脸颊流下来，希尔多新卷的头发耷拉下来。当仇恨顺着水流走时，她们相互看着，突然开始笑话彼此的愚蠢。她们笑得前仰后合，从痛苦中解脱，彼此拥抱，将所有的一切笑在彼此耳边。

贡纳尔停止泵水，恢复了之前的样子。不，永远也不会有什么火灾。可伊尔玛记得一些事。

“他长什么样？”她问，笑声几乎将她吞噬。

“像发酵的高黏牛奶。你的呢？”

“像修剪了细枝条的扫帚柄。”

这也太过分了，她们无法忍受与如此多的快乐挤在一起，她们像十七岁的孩子一样在礼拜六下午五点往院子里跑。贡纳尔被遗忘了，他站在那里，往喷管里吐口水，他把溅出的泥巴抖落，拿起一只鸡蛋扔向房梁。永远烧不起来!

“天啊！”她们走出来时，伊尔玛叫了起来。

老流浪汉在泵水，一次顶多拉上一桶的样子。可让她吃惊的不是这，而是老头儿。老头儿下来了，不只下来，而是出来了。现在他坐在农田割草机锈迹斑斑的座椅上，把自己弄得很悲惨，对着看不见的马咧嘴哭，对着破旧的缰绳哭，对着断裂的车辕哭。希尔多跑了过去，而伊尔玛没那么急。

“爸爸，”希尔多轻声说着，提起车辕，“明天鲁道夫很快能把它修好。不过谢谢您下来参加我的婚礼。”

老头儿摇了摇头，她小心地将车辕放在草上，烟盒在她的臀部摩擦着。

“现在您到了，爸爸。下车吧。”

他果真下了车，朝大房子走去，而不是谷仓，感谢上帝，她搀着他的胳膊，领着他穿过大门。伊尔玛在打扫打碎的窗玻璃。

“别担心这个，爸爸。拉尔松礼拜一会修好的。”

他似乎感受到了安慰，看上去有无限的疲倦，她领他上楼，扶他坐在床上。

“脱了衣服，爸爸。现在您要洗洗了。”

她拿着盆和肥皂上楼时，他站在一座钟前，一只手提着内裤。

“你见过像这样的脏老头儿吗？”他问。

她用热乎乎的湿布轻抚他的脊背。

“您的背真棒，爸爸，”她轻声说，“像一位真正的中尉一样笔挺。”

“老爸从前是个当兵的。”老头自豪地说，他可怜的瘦削的背颤抖着。钟敲响了，她小心地从口袋里掏出烟盒，放在桌上。

当她给他转个半圈，洗他的胳肢窝时，他看见烟盒在那里，吓呆了，忘了抓住自己的内裤，天哪，他的屁股。

“你在哪儿找到的？”他紧张地轻声问，钟停止了敲击，她几乎听到他的心在肋骨下跳动，她用湿布轻轻擦洗，一直到他的肘。

“在盥洗柜后头。”她说，站着没动。

而他变得那么高兴，以至于张开手臂抱紧了她，尽管她已湿透了。她将他带回到床上，帮他拉上内衣，现在车辕已被遗忘，但他还在哭。“没人愿意要这么脏的老头。”他说。

她回答：

“你现在干净了，爸爸。还有典型的肥皂推销员身上的那股棕榄香皂味。”

她一面帮他穿上黑裤子，一面保证：“我会给你刮脸，爸爸，而且一点也不会刮破。”她从他的烟盒里拿出点烟，打了个喷嚏，好像知道他希望她这么做一样。突然，他把他的床垫翻来翻去，不停地翻找，直到找到一只她见过的最脏的枕套，甚至比埃里卡的还脏。

“解开。”他这么要求。

她打开黑色的结，朝袋子里头看，里面装满钱，纸币、铜币、银币，杂乱无章。他笑她瞪大的眼睛，伸手在宝藏中挖了起来，把挖出的东西放在她膝盖上。

“不该由屠夫请客，”他说，“蜗牛没那么穷。不是吗！现在该轮到你骑车上西蒙那儿去了，告诉他，现在蜗牛需要那头小肥牛，拿白兰地和法式小面包养大的那头，记住了吗？”

是的，她会记住，她会记住很多事，其中最重要的就是这一刻。愿它永远持续，因为接下来会发生什么呢？钟再次敲响，她伸出干燥又温暖的手臂抱着老头，哭了起来，感觉心里头暖和了，像一堆干柴和桦木的火。装钱的枕套落在地板上咚咚响，她围裙口袋里塞满他的爱的货币。

“别哭，我的女儿。”他低声安慰，敲击的钟声将他们困在一只美好的笼子里，那里温暖又舒适。

“你不要哭，不要哭，”他补上一句，“情况本来可能更糟。真是这样。你本来也许跟比尤伦的安娜一样。你本可以嫁个刷牙的人，女儿。”

*

总有一天会有一颗不同的星星。它将是巨大的，每个人在晚间关上房门前都能看到它。入睡前，每个人都会谈论它。它将是温暖的，不像现有的那些星星那般冰冷。对所有爱着的人，它会发出最暖的光，可以取来挂在所爱之人的天花板下。它不会造成伤害，不会有任何名字，当你想要的时候，它会发光，你能触摸到它。

所以西瑞不再哭泣。她已把那颗星星挂在她的红灯罩下，星星在她哭泣的房间里温柔地发出光芒，在她刚挂上墙的母亲的照片上，光线最柔和。她跪在照片下，感到疼痛，可她不介意。圣母玛利亚，这里有一颗星星。还有一首歌，有一种哭泣，当你哭泣很久后就会变成歌。有时她知道这一切，那时她变得那么高兴。于是她可以相信，无论发生什么，有一天，会有另一颗星星存在。

于是她怀着如此美好的想法，于是她做着如此美好的梦。只有活着的才死了，她那时会这么想。只有妈妈活着，而其他人早就死了。她甚至可以感觉到，当她走在前往人民之家的道路中间，男孩们从左右两边挤来，她感觉总有一天会发生不同的事。总有一天会有个人走来，不掐人也不诅咒，有不同的一双手，说另一种无法理解的美丽语言。那时会有其他方式和其他房间，没有人需要流汗，没有人额头长痘，没有人散发着烈酒的气味。

这另一个人在野草地上弯下腰，她是一片野草地。她是一只巨大的鞘，她是一只为刀准备的鞘。有一天，那发亮的人会到来，他轻轻走过野草地，刀刃没有锈迹。除了发光的星星和闪亮的这个人，没有别的。在一场战斗后，那光滑的刀刃就会来到，就会在自己的鞘里歇息。血染红刀刃，溢满刀鞘，直到边缘，却并不疼。

她开始脱衣服，坐在地板上，在母亲的照片下。门锁着。地板下坐着那些死人，他们沉重的死亡之音在她的地板上敲打，听起来像地狱里的一出戏。只有活着的人总是保持沉默。她的盥洗台上有面镜子，她把它往下转向自己，俯身朝着镜子。以前，她怕镜子，那时她避开镜子，讨厌自己疼痛的身体，胆怯地站在房间一角。Noli me tangere[①]，三、四年级时，学校这么教育，不许碰自己，她的手必须远离自己的身子，那是在她知道有一天会有另一颗星星之前。那个秋天，屋脊的排水沟里将积满来自所有丑陋树木的叶子。

现在她干净又美丽，她是唯一知道这一点的人，这是她的秘密。没人知道，除了镜子。她每天都用热水洗身子，那时她想保持清洁，当那个闪亮的人来临时，她干净，他将进入一个之前从没有人进入的房间，只有他握着钥匙。她跪在镜前，跪在自己跟前，她是那即将到来的人，暂且由她代替这另一个人、那闪亮的人。圣母玛利亚，我的身体。

她最好的衣服摊在床上，一件红衬衫，一条黑裙子，她穿上红衬衫，打开镜子。死者在他们的地狱里笑得前仰后合，她不在意，她裸躺在地板上，红衬衫紧绷着她白皙的胸脯。母亲拿起她的椅子，移得更近些，近到其他一切已无关紧要。可总有一天会有另一颗星，总有一天，那闪亮的人会找到他唯一房间的钥匙，她闭上眼，闭上嘴，一种伟大的美丽突然将它的痛苦拱起，罩在她身上，她又哭了会儿。

然而韦斯特隆德大声笑了，酒刚下肚，第八杯，他把杯子放在经理桌上。

“八。”他说着，擦擦嘴。

但西蒙脸色阴郁下来，把玩着小拇指上的戒指，上一轮的五张牌他输了，他俩正在决定谁当总经理，局势是二

---

① 拉丁语，意思是“不要触摸我”。出典《圣经》约翰福音 20 章，耶稣复活后向抹大拉的玛利亚说：“不要摸我，因为我还没有升上去见我的父。”（神版和合本，约翰福音 20：17）

比二。

“七。”西蒙说着，戒指在桌上敲了敲。

韦斯特隆德激动起来，不过很快又平静下来，他起身走了几步，一点也没摇晃，他转动电话机曲柄，拿起听筒。

“六三。”他说。

西蒙误会了，他喝不了酒，哈格斯特罗姆这么说过。

“两两，”他吼道，“因此是平局。所以还没决定。你喝了七杯了。可要是你受不了就停下！”

韦斯特隆德的电话打到了本特松咖啡馆。

“嗨，露兰，”他在电话里喊，可能想在西蒙面前炫耀自己的女人，“是黑尔默。你今晚会穿成什么样？穿那件红毛衣，还有，戴上我们上次在耶夫勒时给你买的那条翡翠项链。”

他瞟了西蒙一眼。没错，西蒙在听。但他得到了回答：“放规矩点，不然我就派警察过去，老山羊①！”

那么，是本特松老太接了电话。韦斯特隆德把电话放下，几乎要哭了，当一个人善良时，就会太过善良，这就是问题所在。现在轮到他出牌，于是他出了。西蒙赢了，西蒙当上了总经理，他扣好西装外套，把手盖在眼睛上。这下他可能需要一副眼镜了，金框的，总经理眼镜。当他开保险柜时说不定还需要太阳镜。

“你不要以为我小气，”韦斯特隆德说，“你是总经理。因此，现在平等了。但我已经喝了八杯，记住。还是我去找个计算器来？”

他朝角落里的盥洗柜做了个手势，那地方他从前常在

① 雄山羊常用来指代好色之徒。

里头藏酒——需要隐藏的时候。可西蒙已沉默不语，似乎盘算着什么。他也没计算器。

韦斯特隆德继续说：

“如果我当不了副总经理，去他的，那我要拿回我的切割刀片。啊！”

“七，”西蒙冷冷地说着并开始洗牌，“我们还能再玩一把。”

而现在韦斯特隆德变得非常大度，他也喝下了第九杯，牌却很差。西蒙也成了副总经理，毫无办法。一点半时，西蒙当上了总经理、副总经理、办公室主任、屠宰场主任、出纳总监、销售总监和高级屠宰受托人。韦斯特隆德当了个人事部副主管，至少有些事可做，这样他可以随时开除西蒙。不过他觉得这职务也没多大，为此感觉痛苦，想在时机成熟时抱怨一下。

“西蒙，”他说，“我可以握握你的手吗？”

他们握了又握，光环烟一样消散，巨大的悲伤笼罩了整个房间，西蒙的车停在篱笆外。韦斯特隆德试图避免看见那辆车，可到头来，他还是不得不看见。

“你总需要有某个人，”他叹了口气说，“别误会。我有我的刀片。我有我的35。我还有台阿赛阿[1]收音机。我有十到十二本书。配给本上还有三公升酒。所以，告诉我，为什么大家还笑话我？啊！”

现在西蒙可能有些怕，他从椅子上撑起身子，酒精和所有的职责压得身体沉重，帮工在门厅走动，得起来站上一会儿。

① ASEA，瑞典通用电器公司 Allmänna Svenska Elektriska Aktiebolaget 的缩写。

"我看起来很糟糕吗？"韦斯特隆德苦恼地问。

这会儿韦斯特隆德也站着，他俩面对面，韦斯特隆德在西蒙身上找到了自己的影子。不过他的沮丧很快就过去了，一切都会过去，只要等待。

"冷静点，韦斯特隆德，"西蒙说着为自己的帮工打开门，"你看起来像一个……一个……呃……"

"一个巴黎人。"他补充道。

这就够了，他们为巴黎人干杯，不过只喝了啤酒。

"车开过来了。"卡尔松说。

只缺礼服，卡尔松有两只耳，哈格斯特罗姆在他身后闪过。

"你把车开到台阶前了？"韦斯特隆德问哈格斯特罗姆。

"那我恐怕得先砍倒几棵苹果树，然后我好把车开进门厅，如果韦斯特隆德想这样的话。"哈格斯特罗姆说。

西蒙笑，卡尔松也笑，他们走了出去。车停在屠宰场边。哈格斯特罗姆挠了挠头顶，韦斯特隆德试了试自己醉了没，不过并没有，他笔直地下了楼，就像走钢丝一样。但哈格斯特罗姆有话要说，他在一棵树下停住了脚步。

"对了，我们打算开卡车上牧师那儿去吗？"帮工疑惑地问。

西蒙的耳朵长了一寸，他那帮工的耳朵也是，韦斯特隆德热得像沥青锅。

"这一点你可以肯定，"他对哈格斯特罗姆说，"35还不够做婚礼的交通工具吗？谁说过开别的？啊！"

"没人，"帮工回答，"可我刚才听林德说希尔多好像约他两点二十过去。她觉得林德有一张很软的沙发。"

现在韦斯特隆德要注意言辞了，他看着那三个男人，他们不用继续傻笑了。于是在他们来得及眨眼之前，他往楼上走去，他们跟着。

“我给她软沙发，妈的！”他大喊着，跺着脚踏进办公室，其他人跟在他脚后。

“抬起来！”他对帮工们喊，他们抬起沙发。

他们抬起那只价值三百八十五克朗的皮沙发，把它从办公室搬出去，搬下楼，放到韦斯特隆德的卡车上。沙发在阳光下闪闪发光，看起来至少值六百。“让你疲惫的头歇息”，大绣花枕上写着。而现在没人疲惫。韦斯特隆德独自爬上沙发，因为西蒙和卡尔松走向了福特车。

“现在我们来看看谁有最软的沙发，林德还是韦斯特隆德。”他朝着他们喊叫，接着拿手指吹了个口哨，西瑞就来了，正及时。

正当哈格斯特罗姆等候时，她一个人小小地、孤独地走下楼梯，穿着黑裙子、红衬衫，目光穿过地上所有的死者。她看起来像是要参加葬礼，而不是婚礼。

“打起精神来，丫头。”韦斯特隆德说着，越来越深地陷入高层人事部的沙发里。

他敲了敲驾驶室的窗，哈格斯特罗姆挂上一挡，现在婚礼之旅开始，西蒙在刺檗丛后按响喇叭，也可能是卡尔松。于是按喇叭，开车！

*

现在他们已在门阶边挖了洞，把桦树插进了洞里。客厅里，绿色、红色、黄色和蓝色的花彩蛇一样蜿蜒，就像是在上帝的丛林中。他们到地窖取啤酒，那是伊尔玛和她的流浪汉干的活。地窖漆黑一片，他俩同时从地上抬起柳条箱，再同时放下。亲我一下，伊尔玛说，天花板上滴着水，突然她觉得自己和柳条箱一样沉。而他的唇很苦，尝起来像血。

斯维尔系着白围裙站在厨房煎菜，索仁抓住她手臂，还没提到货郎的胸针生意。他手指上沾满焦油，她的袖子沾上了污点。我袖子上有污点了，她咆哮道。你袖子上已有好多污点了吧，他意味深长地说。她一点也没明白，可能稍后会懂。

老头在楼上穿上参加婚礼的衣服，双手放在膝上，希尔多给他戴上婚戒，一切顺利。她划破了他的脸颊，不过出血不多，他一个人坐在那里思考。有楼梯，他有两条腿，闻起来带有肥皂味。可他还是不能下去，还是有障碍，他被一些鬼都不知道的事困扰着，跟我们每个人一样，他有个羁留所。他坐在那里，时钟嘀嗒像鸽子啄食。有一次，有个男人沿路走来，推着辆自行车。别人问，他怎么不骑车呢？他回答，那人已死，十五分钟前淹死了，自行车就倒在河边。没人能骑死人的车。老头坐在那里回想，这一切跟昨天一样。或许就是昨天？

老流浪汉为婚礼写了八首诗，每首六行。曾有另一个人坐着书写，那是在另一座绿荫凉亭，附近有人砍柴，是个强壮的恶魔。这另一人，他也写诗，流浪汉坐得稍微远些，高些，看着。他写刀，写地球上的一夜，他的墨水瓶里有血，月儿高高，照在他身上。这流浪汉想，我的脑子恐怕不太清楚，这可谁也不能看，这可不合法。而后他把这一切忘了，至少有那么一阵。这些日子他只是流汗，流在纸上，流出了字句，他流汗流出整个一生。一点钟，他们在他身后拿白桦枝装饰时，他想：很快我就会是那“另一个人”了，坐在另一座凉亭，墨水瓶中满是血。某个人该在为时已晚前写一首关于死亡的诗，尽管天很热，附近有人砍柴，尽管是八月。某个人该写写死亡而不是婚礼。这么写：你这小小人类，你这新娘！你的床已为最后一夜铺好，婚礼的夜。你的黑色新郎已调好闹钟，他在唯一的那杯葡萄酒里沾湿嘴唇。很快，你的唇将擦干他的唇，你知道。你唯一的新郎名叫死亡，很快你将背上他的名。很快你将为这唯一忠实的爱人所爱，那么，宽衣吧，他的床单已热。

很快，歌手也穿上了参加婚礼的衣服，歌还躺在树丛下，睡觉，此时是正午，他戴着帽子，那是一顶草帽。他曾在歌剧中戴过一顶草帽，那顶草帽他真该吃了，那样的话，后来发生的事就会不一样了。眼下他头戴草帽，还喝了点酒。那时他很美，也很能喝。在浴室，他唱：“我对公众的不安全感是个威胁。”现在是另一首，他摘下草帽，嘴角爬上一丝微笑，他把草帽扔在一边，开始歌唱。唱到一半，僵硬的面孔上似有海浪涌入，寒气袭来，仿佛在冰洞里一样冷，他给困在冰洞里，他呼喊着求救。他把草帽举起仿佛举着盾牌，而草帽裂了，嘴巴下沉，歌在舞台上倒下，喉咙被切断，被小提琴谋杀。上帝啊，他困惑地想，我唱错了，我的歌不属于这里，它该属于另一出歌剧，另一个时间，另一处地方。然后，是永恒的梦，梦着那永远跟随的沉默。现在，他把蝴蝶结领带别在他和马尔姆的房间里，然后坐下，歌没死，它在篱笆下醒来，打了个哈欠，奋力走出树林，住在济贫院里。总有一天，所有的人都会意识到他们评判错了，那时会无比沉寂。今天，他写了另一封信，给主管进一步转交。

贡纳尔把鱼放在门廊，而后在小溪拉塞的地里找到一支箭，他在小溪里找七鳃鳗，却只找到一只黏在石头上的蚂蟥，他把它黏到另一块石头上。他打算让这块石头讨厌蚂蟥，这也是个游戏，走来走去把所有小动物移到它们讨厌的地方，这是别人和我们这些玩具玩的游戏，正是我们最喜欢和我们自己的玩具一起玩的。

草耙已让鲁道夫从工具屋拿出来了，他穿着节日的衣服在园子里走动，试图耙点什么，却没什么好耙的。可他要把露兰耙住，他要和她一起耙，直耙得耙齿松落。牧场里有个人一直耙了五十年。那人姓阿斯普，叫奥古斯图斯，他不太正常，他耙呀、耙呀，岁月流逝，直到死了，他依然无法停止耙草。他死了十年之后的早晨，草里还有断裂的耙齿，妈妈还能发现它们，她是唯一的一个，她是个阿斯普。

留在室内，她做不到。希尔多收到信之后就是如此。贡纳尔从门口的邮箱取出信，手里拿着《乌普萨拉新报》《耶夫勒日报》《斯莫兰人》，一封信有来自抵押银行的绿信封，一封信来自家政协会，还有一封来自帮工的家人。希尔多，他喊，有你的信。信封上没邮票，信的内容很刻薄，信纸很薄，她独自在卧室里打开来。上面没几行字，却足以让她读懂：谁在凌晨四点敲新娘的窗？有些人或许想知道答案。但生活就是如此。你拿你有的。

她换好了结婚的服装，信放在衬衫口袋里。来，妈妈，我们走吧，她说。海尔玛也刚穿戴好，希尔多之前帮她搭好了扣子，结好了发髻，穿上了黑长袜。她们一起走了出去。她们走进流浪汉坐着的凉亭，还没写好，不过马上。他吹着口哨。她们继续往前走，这是正午，帮工站在湖边，也吹着口哨，正在洗澡，她们能看到他白皙的裸体。鲁道夫拿着草耙走来走去，肯定是又疯了。为露兰疯狂。

她们在温热中继续往前走，她想抓紧看看一切将失去的东西，她把自己靠在母亲身边，就像母亲是一棵可依靠的树一样，她们走到丁香树下，曾有一把秋千挂在那儿，在风中摇摆。那时她很小，世界在她脚下，我摇摆在最高的枝头，像萨克里斯·托佩柳斯。有个人以为自己叫那名字，后来那人淹死了。她们看看工具屋，有辆雪橇高高地搁在天花板下，有一次她坐在里头，蜷在毛皮下，比一头小牛犊还小，风呼啸着越过围栏，她早早地就醒了。他们沿着冬日的路，星星在皮毛上方闪耀，爸爸手拿一盏油灯，鲁道夫站在后面，转弯时发出欢呼，湖面上冰晶闪闪发光，钟声有力地在教堂塔楼敲响。他们坐在教堂里，靠着窗。你可以点上蜡烛，维克多，教区执事说。爸爸站起身，点燃窗台上的枝状蜡烛，他站在那里很久，整个教堂的人都看得见，希尔多此前从没有这样爱过他。

但你只能拿手边有的，她拉着海尔玛的手，她们走向水井和粪堆，她把一切都提起塞进自己身体，她是大行李箱，她把箱子装满，锁好，她拿起钥匙，将它扔到谷仓地板上。那里一直有丢失的钥匙，或手表，或香烟，至少会有发夹。有一回她打谷时掉了六只。

凉亭外一只鹡鸰跳跃，但它跳得太晚，她们走向流浪汉，他给了她一张折叠的纸。背对这位老人，她展开纸片。第一行，她永远忘不了，它那么黑，它那么高，它像一扇沉重的门。谁知我的苦痛在哪里？

她抛下它，抛下一切，冲出凉亭，惊得那只鹡鸰高声叫唤起来。她想远走高飞，像是要找到他，那个知晓答案的人。但她走不了多远，远不过锯木台。因为就在这时，林德驾车驶入大门，车两翼插着瑞典国旗。

*

韦斯特隆德滚进来了，紧跟着滚进来的是西蒙，他们的车在农庄外开始挂空挡，开始滚动，往下滑向站在小栅门边的新娘和她的身边人，就在林德的车旁。林德自己的脚踩在踏板上，看上去十分愤怒。那为什么不以嘲笑回击？起初看起来他们要撞过来，却不是，他们只是捣蛋，将雪佛兰困在他们的卡车中间，叫林德没法打开任何一扇车门，打不开。于是林德、鲁道夫和索仁都活跃起来，韦斯特隆德稳坐在沙发里，西蒙下了车。

“这是要搬来住吗？”鲁道夫大喊，“如果是，我们这儿可没有空房间。”

韦斯特隆德感觉到伤害，他熄灭了雪茄。

“你是我舅子吗？”他陷在沙发里抱怨，“以为能轻易坐你妹夫的车上牧师那儿去！”

“从沙发上起来，伙计，”鲁道夫说着，从后头把门打开，“你以为我们想成为全村的笑话吗？”

西蒙插话道：

“如今坐在沙发里违法吗？”总经理说，他站在地上摁住沙发扶手，“在波姆胡斯，我们他妈只坐在沙发里。”

“别闹了，”希尔多对着他们尖叫，“你们谁也不比谁更好。”

为时已晚，他们已站在货车上，林德、鲁道夫和索仁。韦斯特隆德增了几公斤，他们把沙发往后拖，帮工们坐在驾驶室里咧嘴笑，刹车已拉紧，二挡已挂上，所以没人能把车推动。西瑞对这一切漠然，她透过车窗往外看，所有的死人都可以尖叫，他们把沙发推到边缘，韦斯特隆德摔倒了。他们把沙发放在篱笆边，拍了拍手，韦斯特隆德坐在上头，雪茄差不多抽光了。

“你来之前喝了多少？”伊尔玛问，她气得发抖，鼻孔微微颤动。

西蒙立刻站出来辩护。

“没超过八杯，”他说，“一滴不多。雷默斯和博兹。还有几瓶啤酒。但是啤酒——”

“没超过，不过我们也不比斯库特斯雪尔的人差。”韦斯特隆德补上一句，皱着满是汗水的额头看他们怎么把林德的车推开。

把车直接朝着完好的传动轴上推，咔嚓一声，轴断了。

“爸爸！”希尔多尖叫着，跑了，她爬上了楼，门锁着，里头一片寂静，抱怨也没用。她又下楼去了。

这时，一道刺耳的声音盖过喧闹的一切。贡纳尔在西蒙的车里按响了喇叭。所有人都不出声了，这很奇怪：他们并没有沉默太久，就开始止不住地笑。他们看着韦斯特隆德躺着的沙发，看着雪茄，只剩一丝火苗，甚至那损坏的轴看上去都很好笑。

“从沙发上起来吧，韦斯特隆德。”鲁道夫说，现在他温和了，“起来结你的婚吧，你这混蛋！”

而韦斯特隆德友好地站起身，他心怀喜悦，朝希尔多走去。他展开臂膀，有一天他要写上整整一本，里头满是他曾善待的人的名字。他们坐进林德的车，一只母鸡跳上沙发，它只要不乱来也没人在乎，他们的车开了。

“他妈的，要是他们想超车，”韦斯特隆德对林德说，卡车在后头嗡嗡响，“加速，这又不是什么葬礼！”

而希尔多没笑，她一直坐在后面，脸朝后，看着农庄，看着打破了玻璃的那扇窗。但她没看到老头儿，在最后一个弯道，卡尔松超车了，按着喇叭驶过。哈格斯特罗姆也不想输，瞬间超了过去，韦斯特隆德又超过了那辆29，他们到了。

副牧师院子里有一条山楂篱笆，一个铁栅门，希尔多慢慢把门打开，门咿呀发出声响，大家都安静了。副牧师院子里有一条砾石路，希尔多走在前面，就像她是独自一个，狗从狗窝里探出头来，韦斯特隆德跟在她后头。草地上有一只苹果，贡纳尔捡起它来，被伊尔玛拍了一下头，跟栅门似的叫了起来。副牧师院子里有一条短短的水泥台阶，六级，带铁栏杆，爬上去得花些时间。

她一步一步地走，*你拿你有的*，牧师洗衣房冒着烟，一台农田割草机在下面湖滩上嗒嗒响。副牧师院子有一扇宽宽的带玻璃窗的黄色大门，自从提尔贝亚牧师宅邸谋杀案发生后，房子里加了链条，她抓住把手，*你拿你有的*。她拿出手帕，一团湿乎乎的小球，*你拿你有的*，同时她听到篱笆另一边有个奇怪的声音，她放开把手。大家都听见了，一辆自行车倒在路边。脚步靠近了栅门，有那么一秒，他还在犹豫，而后打开门，缓缓走进他的家人当中。他裤子上沾着灰尘，油来自车链条，汗顺着他的衣领流下来。

“爸爸。”她幸福地喃喃地说，好像他才是那个新郎。

但韦斯特隆德朝西蒙喊，自己的背心口袋空着，西蒙走上台阶。

“戒指。”韦斯特隆德喘着气。

他们拉扯着西蒙的小指头，戒指就是死死不动，鲁道夫也过来帮忙拉扯，他们小声诅咒着，小心翼翼地，怕给听见。

“他的手肿了，这混蛋，”韦斯特隆德说，“没准回家后得拿切肉的锯子，或切割刀片。”

他们继续努力了一阵，可戒指就像铸在西蒙手指上一样。海尔玛把她的戒指取下，偷偷塞进韦斯特隆德手里。副牧师宅邸大厅很暗，有一面大镜子和一条橡木梯，左边一扇白色的门，他们将通过这扇门。门把手是冰凉的黄铜质地，希尔多打开它，你拿你有的。

西蒙最后一个溜进大门，牢牢地关上门，不可撤销地关上，拿左手关上。他把右手藏在裤兜里。

你拿你有的

现在已是晚上，月亮在湖上漂动，水井盖开着，井里填满了光，粪水池在闪光，像罗夫斯塔厂边的一个池塘。农庄上停着三辆车，两辆属于屠夫，一辆来自城里，1932年的普利茅斯，车头标志在散热器上闪烁着光。刺猬已喝了婚礼牛奶，现在它于月光下打滚，想着要是可恶的狐狸来了怎么办，而眼下它心情正好。割草机已睡着，它已为夜晚收拢了翅膀，他们在车辕下放了支撑，所以老头儿很满意。因为今晚所有人都应该满意，甚至冰也满意，即使天很热，它给深埋在花园的锯末下，不再流汗。马得到了面包和糖，它们跪在马厩里，做着梦，一匹梦见用材林：在那里，马腿和木料捆在一起，它们用绳子拖着木材穿过杜松，尚未落雪，它们血淋淋的小嘴里都咬着大马勒。那些母牛身下的稻草又暖又干，月光像一团闪亮的尘埃在小窗户里，现在是马蝇停止叮刺的时候。

苹果树站在月光下，树枝清晰可见，草开始慢慢流泪，需要许多拖着长裙的女孩才能把泪擦干。蜘蛛在栅门上结网，苔藓在石头墙上摇曳，它对什么都毫不在意，这是不被欺骗的安全方式。猫咪进行月夜狩猎，它们在野草的热带雨林偷偷地走，在土豆的原森林悄悄地走，夜晚充满危险，它们在高耸的黑麦地潜行，到沟渠积水处喝水，夜晚充满了最大的大象吹奏出的喇叭声，猫的大地在震颤。

夜晚充满锐利的阴影，它们在栅门下一动不动，烟囱的影子在屋顶上静止不动。但有些阴影在移动，有些阴影在房子周围，有些阴影在谷仓和牲口棚周围，它们速度快而行动突然，不停地逃离光线。一个阴影走到门阶上。

“谁在那儿？”阴影一边喊，一边走下去踩在了云杉枝上。

阴影没得到任何回答，除了快速移动的脚步、露水里的踪迹、屋角周围的黑暗踪迹。又有个影子冒出来，摇摇晃晃走入月下的门阶，通往牧场的栅门嘎吱一声，逃跑的影子看上去很重。

“停下，不然你会吃一颗盐弹。”

这是新来的影子在喊，它从门阶上下来，跌跌撞撞穿过那些新砍下的白桦枝，得到一阵笑声作答，如果笑算得上回答的话。之后是一片寂静，月光轻轻洒落在那两道影子上，有木樨草的香，而影子们带着酒气。

“这将要改变。”一个影子说，它高大，双手举过头顶，屋内，卡勒·谢文华尔兹[1]敲打着窗户。

另一个影子也不小，它解开长长的领带，悄悄朝角落走，然后，在向日葵边，它的双膝突然弯曲。一声爆炸骤然打破沉寂，地下室里燃起火焰，一股烟在月光里升起，飘向屋角。屋子耸耸肩，窗在框里颤抖。

“这将要改变。”那最大的影子喊着。

接着一切彻底无声，屋里，贡纳尔关掉了留声机，又

① 1932年民谣歌手、音乐家托布（Evert Taube）创作的华尔兹。据说其创作灵感和大地主卡勒·谢文（Calle Schewen）有关系。

有个影子摇摇晃晃走到门阶上，它手里有只瓶子。三个影子围成一个圈，喝酒，月亮戴上新的夏天的帽子，黑麦田上笼罩着幽暗。

“我们各朝一个方向走，”一个影子低声说，“我们在湖边会合。”

于是他们绕着屋角悄悄行走，留声机又开始放出音乐，两个影子结伴而行，很快酒瓶空了。但地下室的坡上有个人在爬行，他们开始踮着脚走，空气中弥漫着火药味，他们松开拳头像打开枪保险，还剩五米。

“哇。”两个影子喊着，他们很快超过了第三个影子。

他们的口袋里装满沙子，一个肚子上给踢了一脚，另一个膝盖上给踢了一脚，最后那第三个反正是倒在了最底下，他很强壮。月亮摘下了帽子，变得相当明亮，他们把最底下的人拉起来看。那是韦斯特隆德。

“是我呀，”韦斯特隆德说，“我又没扔炸弹。”

鲁道夫和索仁现在相互对视，意识到彼此是兄弟，月光下的兄弟。索仁把酒瓶摔在地下室门上，啪嗒一声。

“我们本该在湖边相见的。”韦斯特隆德抱怨，他动弹不得。

“没错，可既然你这会儿已经倒在最底下了，那你就得再挨一顿打，”鲁道夫说，“否则太浪费了。”

他们动了手。而一切都会好起来。

“露兰近来怎么样？”鲁道夫友好地问，他坐在韦斯特隆德的胸口上，索仁坐在他腿上，“还有斯维尔呢？”

韦斯特隆德咧嘴笑了笑，他虽在下面但他仍在上面，只是不喜欢自己背上的小石子。

“她们都很好，”他坦然回答，“露兰和城里来的一个先生坐在凉亭的一把椅子上。而且——”

“那里只有一把椅子。”鲁道夫咬牙切齿地说，他自己知道，其他椅子让他自己搬到屋内去了。

“就是，”屠夫说，“就是。”现在他自由了，“至于斯维尔，她可能在厨房忙着弄甜点。就是这样。”

然后身后传出爆炸声，这次比前一次声音低些，白桦只轻轻颤抖了一下，一只鸟尖叫起来，接着一切都平静了。

“我们去看看草耙吧。”鲁道夫说。

他几乎在哭。他们站起身，看上去像穿着满是灰尘的制服的道路施工人员，突然间他们三个人达成了彻底的理解，他们仨。

*

草耙躺在草地上，它又长又漂亮，渴望着干草，这一点很明显。金属配件闪闪发光，从未见过这么好看的草耙，他们围成一圈站在它周围，工具屋散发出一股胶味。

“真是个好物件。”韦斯特隆德说。

“你说得对。”索仁说。

鲁道夫拿起草耙。

“摸摸。”他说，几乎连一个字也说不出，他很动情。

他们三个都摸了摸，轻轻抚摸着草耙柄，它柔软得像姑娘的背，韦斯特隆德吹了声口哨。

“摸摸齿。”鲁道夫轻声说。

他们摸了摸齿。

“没一根扎手。”韦斯特隆德说。

“这可是能梳头的。”索仁说。

“得有个好梳的。”鲁道夫苦涩地说。

“得有些干草。”韦斯特隆德说。

他将草耙在草地上拖了一圈，朝着鲁道夫砍下的白桦枝的方向划出一条闪亮的路，索仁和鲁道夫各自从挤奶房拿了捆干草出来。他们把草铺在月下，在农庄里创造出一片新草地，韦斯特隆德一边倒着走，一边耙草，金属配件在灰色的干草下闪闪发光。希尔多走到外头，站在门口。

“黑尔默，”她缓缓地喊道，“我们是不是很快该回家了？”

园子里的一个影子回答：

“进去吧！你没见他忙着耙草吗？”

今晚她非常怕影子，她只是跑进了屋里，怕是进屋哭泣。

韦斯特隆德把干草堆成一条长长的直线。

“这他妈真是把好耙子。”他说。

“现在轮到我了。”帮工说。

他们依次在月光下使着草耙，鲁道夫堆了一堆草，他把顶部加高，形成了干草的胸脯。

“这下我恐怕会时不时地来这里耙草了。”韦斯特隆德说，眼下他对一切都很温柔。

可就在这时，第三声爆炸发生了，恐怕只是让鲁道夫摇晃，可他晃得那么厉害，几乎崩溃，第三声爆炸是一阵笑声。而后是彻底的寂静，情况更糟了。

“对我来说，耙草结束了，”他低声说，“拿上草！跟我来！”

他把草耙放在肩上，像一杆枪，柄很烫，齿发着火。索仁和韦斯特隆德背着热乎乎的草，三人朝凉亭走去。那里只有一把白椅子，上头坐着两个人，露兰白皙的腿在沃林德的黑腿间闪闪发光，这沃林德有普利茅斯，还有一家无线电商店，他俩正在接吻。

“而且尼龙我想要多少就可以得到多少。”沃林德轻声而浪漫地说。

“你还可以得到更多鞭打。”韦斯特隆德加上一句，他是以帮工的口气说的，听起来很和善。

露兰跳了起来，而沃林德继续坐着，他张着嘴巴，对着报仇者和月亮，他也有些补牙料，不过很小。鲁道夫放下草耙，支撑着自己，韦斯特隆德和索仁拿干草堵住了凉亭的出口，露兰转身背对着所有人，她的背十分好看。

“哦，你认识露兰，”鲁道夫缓缓地说，“不然我还以为你只和我堂兄弟熟悉，尼塞·约翰松和他的老太婆。”

“露兰，自从她来了旅店，全耶夫勒人都认识她。”沃林德淡淡地说。他能看见三个农民身后那辆他自己的车。一辆车给了他安全感。

可鲁道夫感到这是多么真实，他紧紧握住草耙柄，痛苦不堪。

“起来。”他对沃林德说。

索仁和韦斯特隆德帮了一把，沃林德靠自己的力量怕是站不了。

“既然我拿着草耙，我们给他梳一梳吧。”

他看起来没梳头，露兰恐怕弄乱了他的头发，她总这样。

“你希望从哪边开始？”鲁道夫问。

沃林德并不屈尊回答，他们把他抓得更紧了。

“我们先从中间开始。”鲁道夫说着把草耙插进沃林德的卷发里。

“在城里，我们有更好的梳子。”沃林德说，他试图保持严肃的表情，尽管露兰没看他。

“在这村子里，我们有自己做的。”韦斯特隆德插嘴。

“在城里，那可是塑料的。”沃林德嘴硬。

“可我们的更长。”索仁说。

“左分可能更漂亮。”鲁道夫说，一根齿刮到了沃林德的耳朵。

“在城里你自己梳头……”沃林德还没说完。

“可在这村子里，我们有专门梳头的人，”韦斯特隆德说，“你走到哪儿，他们跟着你梳到哪里。如果你想梳头，只需吹个口哨。”

“我可没吹口哨。”沃林德说。

这时露兰笑了，鲁道夫停止梳头，沃林德给释放了。

“现在你该去耙草了。”鲁道夫说。

他很坚决地将草耙柄压进她柔软的手中。韦斯特隆德和索仁从凉亭开始铺出一条干草的小道，一直延伸到小门门口，沃林德独自坐在白椅子上抽烟。

“现在轮到你耙草了，露兰，”鲁道夫温和地说，“因为我特意为你准备了这把草耙。现在你就拿它来耙草吧。”

她没别的法子，三人点燃了各自的雪茄，而她则用草耙耙出一个草堆。她咬紧牙关，而后将草耙柄插入土中，那么用力，刺入了三位草耙达人的心。

“你耙好了？”

是的，她耙好了，她把草耙扔给鲁道夫。他拿右手接过，左手牵起她。

“把草拿来吧，”他对其他人说，“跟我来。”

他们走向木柴堆，沃林德跟在后头，像只好奇的喜鹊。

“去拿点木块来。”鲁道夫对帮工说。

索仁从木柴房里滚出木块，手上拿着斧头，韦斯特隆德放下干草，鲁道夫放开露兰，就在这时，月亮戴上了冬帽，一下子天几乎全黑了。

“点上草堆。”鲁道夫说。

韦斯特隆德点燃一根火柴，火慢慢燃烧起来，有一丝露水的气味。鲁道夫把草耙放在木块上，从帮工手中拿过斧头，露兰尖叫。他先把草耙砍成两段，再砍成四段。他在金属配件上砍得最凶，以至于黄铜变了形，耙齿朝四面八方飞溅。

“没人能把这草耙再黏起来了。”最后，他说，他把斧头插在木柴上，眼中闪着悲伤的眼泪。

草堆渐渐熄灭，月色很快会变得明亮，他们各自回聚会中去。

“这还真他妈是一把要命的草耙。”正当他们走过栅门时，韦斯特隆德严肃地说。

沃林德试图抓住露兰的胳膊。

“放开我！”她咆哮道。

“我想要多少尼龙就能有多少。”他坚持着。

“闭嘴！”露兰回答。

鲁道夫停下脚步等待。令他特别惊讶的是，他突然感到她的臂膀在他的臂膀下，更令他惊讶的是：这只臂膀让他感到快乐。

“这真是一把该死的草耙。”索仁轻声说，他们已走到门厅。

“我们得喝上一杯庆祝。”鲁道夫高呼着，穿过白桦枝条上台阶去，而露兰紧挨着他。

沃林德站在他的车后抽烟。

“你也该来一杯，沃林德。”他朝沃林德喊。

“好，”沃林德答道，“等等，我的普利茅斯车里有个塑料瓶。”

“而在这个村里，”韦斯特隆德喊道，“有一个老太有塑料屁股。不过她只有礼拜天去教堂时才用。”

于是现在他们又都变得友好而善良，他们所有人，影子已退，蚯蚓爬行，朝着月亮。

*

客厅很热，花彩在温热中开始发蔫，蜡烛燃烧得也没剩多少了。只有一群酒醉的天使在房间里穿梭。他们再一次取食，还剩几瓶烈酒、几罐鲱鱼和凤尾鱼，都是红色和蓝色，只有新娘脸色苍白。城里的先生们坐在那里给凤尾鱼剔刺，然后梳理好鱼肉，韦斯特隆德把他的鱼整个儿塞进嘴里。城里来的太太看着索仁足有三分钟了，她想吻他，她叫玛瑞，嫁给了堂兄，她四处走动着亲吻别人。“精力旺盛，自己也没办法。”她说。她有个塑料粉盒，她吃一条可怜的沙丁鱼要花整整一刻钟。斯维尔想朝她扔去一颗肉丸，斯维尔坐在老头比约尔身边，他捏了捏她的膝盖窝。比约尔太太坐着琢磨，这一切要花多少，她需要一支笔和一张纸，不然她会忘了一切。然而歌手和海尔玛手牵手坐着的情景，她不需要记录也会永远记得。

西蒙喝得最厉害，一条凤尾鱼就两口酒，他说在波姆胡斯都这么干。喝酒的间隙，他瞪着比约尔，他俩可不是朋友，这是桩陈年旧事了。西蒙第一次到比约尔的马厩时：有匹马跪在单头饲马房里，不值几个钱，西蒙生气了。这是骗人马！他喊道。比约尔也火了，那时他年纪轻些，那时他更容易发火：那么你说我是骗子吗？他说。正是，西蒙说，一个骗子。你应该说是鞑靼人，我还能放你一马，比约尔说，可现在你会在奥比胡斯法院受审。他的确受审了，还罚了款。永远别骂一个道路维护委员会候补委员是骗子。到如今，他俩有十一年零三个月没打招呼了，今晚也不例外。

哈格斯特罗姆和卡尔松在桌子尽头谈论汽车，韦斯特隆德家已经有一辆38年的车了，那么新，按卡尔松的说法，那恐怕还没生产出来。但西蒙的车，你喝醉时能开到一百七十五码。最好给它加上翅膀，哈格斯特罗姆建议，这样你们就可以飞到福鲁维克宰杀鳄鱼了，因为在这村里你们不会再有什么别的好宰杀了。

露兰和鲁道夫谈着草耙。鲁道夫说他可以做个跟原先那把一模一样的，上面会刻上名字，还有其他的一切。她只需拿它耙四叶草。她，觉得很好。

但天色越是晚，希尔多的脸色越是苍白，她觉得自己在坠落，坠落在玻璃杯的碰撞声、所有的灯光和所有的说话声里。伊尔玛坐在她正对面等着，她越发频繁地望向窗外。而且的确有敲击声，南窗上十点钟有过一声敲击，黑尔默、索仁和鲁道夫一起出去了。他们回来时更是醉醺醺的，却不见敲窗人。

西瑞在人群中，独自一人，她去仓房给流浪汉送了吃的和烈酒，他们围坐在一只木箱边，煤油灯搁在地上。“你们该是三个。”她疑惑地说。“是，我们应该是。”那个年轻流浪汉说，“所以你完全可以留下。”而后她跑了，到了园子中间，停下脚步站在月光下，感觉到想回头的冲动。但她没回去，天空上有几颗星星，全都不对。

贡纳尔站在留声机旁，是他在播放，是他转动着留声机，现在他正给留声机上发条，它站在一把摇摇晃晃的椅子上。他放的是“看爷爷跳一曲老华尔兹”。

然而歌手自然想歌唱，他只是在等待时机。他想：我不需要再三的要求，不必，稍加拒绝只是一种好姿态，不过不能太久。只需让他们察觉：不是谁都能唱的。可是，没人邀请时，没法有什么再三请求。你总不能说，那么请邀请我吧，人们，我想给你们唱一首发自内心的歌。你没法要求别人请你做某件事，这不好看。然而当心中充满情感，当渴望变得太沉以至于这脆弱的篮子无法承受时，该怎么办呢？你拿自己手边有的，你拿这些小小的事物中最不起眼的，你抓住这些手中最粗糙的手。所以至少让我请求你，当没有其他人可请求时。最终她会请求他，海尔玛说：

“现在该你唱歌了。”她请求道。

突然他站在了客厅中央，站在挂满玻璃球的吊灯下，站在另一盏灯下，高高地俯瞰其他的脸。突然间韦斯特隆德不见了，窗帘悄没声地往上拉开，房间里出现了一种新气味，不同于酒味、烟味和汗味，出现了一种新的黑暗之光，再没有明亮的面孔，只有白色的衬衫前襟花一样在深深的野草地上闪亮。他是黑暗中的一把乐器，自己不能弹奏，是别人在弹，他充满了整个房间，他正在歌声中爆发。但我们所有的歌都有只笼子，他感觉自己开始出汗，想擦掉额头的汗水，但他抬不了手，他的双手捧着一顶草帽，草帽比任何东西都重。铁幕缓缓落下，锋利如刮胡刀，把他从当中切开，滑过喉咙，不疼。

接着他被另一首歌唤醒，被踩踏声。马吗？他试图抬起头，他看到一张满是雪茄的桌子，他躺在沙发上，鞋还穿着。

“别动。”他听到一个声音说。

这是海尔玛的声音，他没看见她，他看到一条宽大的脊背上下摆动，他看到一张大脸庞，这脸上的嘴里闪出光亮。慢慢地，他回到现实，韦斯特隆德重生了，韦斯特隆德跳着老华尔兹，脸红彤彤的，冒着汗，独自跳着。而歌手带着可怕的失望和骇人的焦虑，看着一切又回来了。他看见海尔玛站在壁炉边，她从没有这么丑陋，他摸了摸壁炉门，它从没有这么冷过，他躺在帕尔姆家的沙发上，觉得自己空了，死了。

“我唱得怎么样？”他低声说。

“你唱得真好。”她低声回答；不过她看着韦斯特隆德，他现在停在灯光下，双臂环绕着他的空气新娘，她的腰围大约一米。

“你们看到我的姿态了吗？”他喊道，同时唱片停了。

“黑尔默，我们该回家了吧？”

希尔多脸色苍白如新婚的床单，韦斯特隆德一屁股坐下来，椅子嘎吱一响。

“你没看到我的动作吗？”他生气地问。

是的，她全看到了。歌手沉进沙发枕头，他想离开，但他无力起来。维克多从桌边站起身。

“大家闭嘴，因为现在我要讲话了。”他说，他已多喝了一两杯，他从罐子里挑出一条凤尾鱼，把它拿在手中，仿佛对着鱼说话。

“你有凤尾鱼，”他继续说着，拿起一块奶酪，“你有奶酪。我们不是一无所有。你还有沙丁鱼。还有你，希尔多，我只想说，如果屠夫的火腿卖完了，就来找我。因为在这里，上帝保佑，我们有凤尾鱼。每个礼拜中间的日子，还有蛋黄酱。记住这一点！谢谢你们听我讲话！”

他坐下来，脸色苍白，醉着，现在，那些恐怕还能感到羞愧的人都羞愧了。但韦斯特隆德不羞愧，他满脸通红，愤怒，可能是看到那些帮工在讥笑，可能是看到了比约尔坐在那里说这说那。现在是他发言的时候了，他拿起他的刀敲在一只玻璃杯上，杯子碎了，那不是故意的，我们时代的波德产的酒流了出来。在意的人可以舔干，但韦斯特隆德很骄傲。他站在希尔多的椅子后头，靠在她纤细的肩上，对他这么重的身体来说，她可不是什么好柱子。

“我不是个演说家，”韦斯特隆德说，“但很多人不是演说家却也讲话。就是这样。”

“可是没提名字。”比约尔说，他笑着，这老流氓，韦斯特隆德的脸更红了。

“请别打断我，”他喊道，“不然我会生气。”

打断讲话的人，那可是比约尔的专长。他第一次也是最后一次参加治安官严松的聚会时就给赶了出去。这似乎没带来任何好处。那是1937年，严松五十岁生日。当我站在这里，严松先生说，当我站在我五十岁生日的这一天，当我站在这里，站在我的半生，当我站在我人生的转折点上，当我站在这里环顾四周。我认为严松先生是站在地板上，比约尔说，当时有八十名客人，三分钟后只有七十九名。

“然而上次我在美国时，”韦斯特隆德继续说，这会儿他找到了正确的线索，美国产棉花，“上次我在美国时，街上到处都是演说者。奥阿斯特兰德，他们对我说。所以是奥–阿斯–特–兰德。不是村里人说的卫斯特隆德[1]，好像西边真有什么小树林一样，而是奥阿斯特兰德。”

“维斯特兰德，”比约尔老头若有所思地说，“维斯特兰德不远处就是蒂耶普。在蒂耶普我有个姐姐。”

韦斯特隆德提高了嗓门，希尔多很快就受不了了。

“上次我在美国时。”他尽力地喊。

“上次我在耶夫勒，”比约尔平静地说，“东码头街上有条母狗在喝啤酒。”

“干杯。”韦斯特隆德给击溃了，他拿起希尔多的杯子。来自城里的女士大笑不止，就像用过的餐巾一样折在桌上，不过这一切很快要有所改变。

而现在西蒙站了起来，脸色阴沉。他看起来如此阴郁，以至于客厅渐渐地彻底安静下来，即使是坐在歌手身边的海尔玛也保持沉默。西蒙身上没一盏宽容的灯光，比约尔周围的阴影越来越浓重，他已把手从斯维尔那里拿了回来，孤零零坐着。害怕的人总是孤独。所有害怕的心都像鼓一样跳动，他们的手像知道什么似的抓紧桌子：在这村子里，没什么委屈会被遗忘，是的，不管是在十一年零三个月之后，还是说在三十年零十一个月之后。现在西蒙弯下腰，他把他的黑暗笼罩在比约尔身上，他把杯子放在比约尔鼻子底下，他没洒一滴酒。

“干杯，”他低声说，“干杯，你这老塑料！”

过了一会儿，比约尔才反应过来，他拿着玻璃杯站起身，整个客厅都安静下来，甚至能听到一声叹息。

“你再说一遍。”比约尔说，不热烈，却冰冷。

---

① 卫斯特隆德这个音译的原文的拼写，可以看作两个单词的组合，“西边”以及“ 小树林”。

"干杯，你这老塑料。"

"干杯。"

他们一直对视着，同时放下空杯，而后血液如喷泉般涌到了比约尔老头的褐色脸庞上。

"你在暗示什么？"他吼道，所有的耳朵都给震聋了。

搭腔的是尼塞·约翰松，他是那拯救生命的人，他站了起来，脱下西装上衣。

"看这里。"他对比约尔喊道。

比约尔看过去，事实上大家都看了过去，尼塞站在那里，穿着衬衫，一件带红条纹的蓝衬衫，耶夫勒流行款。他慢慢将一只袖箍拉下，放在桌上，放在烛光下。

"这是塑料的。"他带着强调缓慢地说，然后他脱下另一只，让它绕着桌子被传递。但比约尔并不因此而高兴。

"噢，"他苦涩地说，"这么说我是箍着你衬衫袖子的人了。我成了袖箍。也许还是箍袜子的呢？是吗？"

西蒙没回答，他坐了下来，依然带着怒气。但比约尔感到有一个人的手搭在他肩上，他的左鼻孔闻到了香粉味。

"这也是塑料做的。"城里那位血气旺盛的女士说，她展示着一只烟盒，一只黑而美的烟盒。

"天哪，"比约尔说，他眼里闪烁出温暖了一些的光芒，"这真不错。真他妈好。"

现在他看上去真是很感谢西蒙，西蒙那儿黑暗褪去。比约尔迅速从口袋里拿出一副扑克牌，这礼拜新买的，西蒙开了牌，他已说出他想说的，所以为什么要拒绝呢？

"上次我在美国，"韦斯特隆德深情地说，"我们打扑克赌女人。我赢了个叫尤尼斯的女人。我这辈子都没法发那个音。所以我叫她奥斯卡丽娅。"

比约尔洗牌；歌手躺在沙发上呻吟；老头儿几乎睡着了，韦斯特隆德的车是39年出产的。1839，卡尔松补充道。哈格斯特罗姆沉默。

“上次我在耶夫勒，”比约尔说，“我玩三牌游戏赢了个一百还有个八。”

“你有四年没去耶夫勒了。”他老伴儿说，她不该说这话。

城里那位女士也不该出去，或者说如果她要出去，索仁不该跟着去。但她摇摆着塑料屁股，索仁跟在她身后。门就要关上时，斯维尔才扔出一颗肉丸子，然而太迟了，它卡在缝隙里，肉丸掉落时，她的脸因为羞惭和愤怒涨得通红。维克多却说了句讽刺的话。

“这是如今的惯例吗？屠夫的女仆往门上扔肉丸子？”他对女婿嘀咕。

“上次我在美国时，”韦斯特隆德辩解道，“他们拿大炮把肉丸子打出去。就是这样。”

而希尔多的脸色变得格外苍白，窗户上又响起敲击声，在南窗上头，比之前的更响，比今晨的更响。焦虑在她心中摇曳着黑暗的皇冠，她在寻找她的朋友，可他不在这里。于是她只能抓取现有的一切，抓取她能遇到的眼睛，伊尔玛怨恨的眼，斯维尔恶毒的眼。突然间，她明白了一切，明白是谁写了那封信。

“黑尔默，我们是不是该回家了？”她对丈夫低声说。那双眼睛一直追着她，直到她走到每个人必须独处的地方。

可韦斯特隆德已站起身来，他又重新发牌。

“可我先要在扑克上赢过比约尔。”他温和地回答。

他们都站了起来，只有歌手还躺在那儿，靠在冰冷的壁炉边，贡纳尔开始放《晚安华尔兹》，唱片已有裂纹。

“我唱得怎样？”歌手低声问。

这一次他没得到回答。

*

猫各自蜷在韦维斯隆德的沙发一角睡着了。它们在月光下悄然而至，尾巴因露水而沉重。田老鼠跳进黑麦田跳了舞。猫在林间空地上悄悄蜿蜒前行，躲开追逐者，窜入阴影，突然间，在电话线下，它们停了下来，它们的心脏对着大地敲击。而只有刺猬，它身上长满刺而不是毛，它脑子真是有病。我们拿走它的奶，大家一致同意。可这时它们才发现奶盆空着。它们用爪子遮住眼睛，我们是在做梦，它们对彼此说。它们一跃跳入沙发，不过沙发是在的，在它们的爪子底下，感觉软软的，它们用胡须和鼻子去感受。在猫的天堂里，所有沙发都摆在屋外，所有围栏都挤满空着的软扶手椅。我们不能睡，它们说，当我们在天堂时，我们得保持清醒。

可它们还是睡着了，在天堂门口，你总会入睡，当它们醒来时，感觉仿佛在船上漂流。它们在沙发上航行着过草地，穿过月光飘在人类上空。现在我们走吧，一只猫对另一只猫说，现在我们一定是在地狱里了，因为这儿实在是挤满了人。

男人们把沙发在井边放下，盖上井盖，让绿色的水从桶里流出，然后坐在沙发和大桶上。井杆像一个断裂的绞架悬在他们热乎乎的脑袋上，他们把水桶拉下来放在他们中间，里面满是月光，整个夜晚充满月光，非常温暖。

“发牌。”韦斯特隆德低声说道。

于是，比约尔发牌，他们有五个人围在井边，牌挺凉爽，钱包在膝上闪光，这是个大手笔之夜。西蒙在膝上敲打着牌。

“过。”他嘶嘶地说道。

“今晚没人过牌。”比约尔断然反对。

然后西蒙用两克朗的硬币开局，将它们扔进木桶。接着，比约尔把他的帽子放入桶底，这样纸币不至于弄湿。游戏结束后，他戴上帽子，把纸币放入汗带，银币和铜币在裤子口袋里叮当响。

“我们该有些利润空间。”韦斯特隆德谈生意似的说道。

“利润空间？最好一次性把利润带回家。”所以比约尔带走了胜利，并吹起口哨。吹错了调。一辆为两个人设计的自行车。但跟他一起骑可得小心。

“如果邮局还开着的话，”韦斯特隆德说，“我们就好去银行取钱了。而在美国，那你当然有自己的债券。”

“确实如此，”西蒙说，“我的在波姆胡斯一个表兄弟那里。”

“可还有表啊。”尼塞·约翰松说，声音有些颤抖。

他摘下自己的表，那是一只带塑料表带的手表。最后，所有人的表都给放入桶底，玻璃面朝上，他们俯身对着木桶看，那景象有无法言喻的美丽。

“我记得有一回在美国，”韦斯特隆德说，“我在那里的一家钟表店里……”

“我在耶夫勒的一家肉店里，”比约尔说，“可我并没有因此变得更聪明。”

韦斯特隆德做梦一般摘下他的戒指，做梦一般让戒指落入桶底。

“别这样。”鲁道夫低声说，可他自己也像在梦里一样，解下他的袖扣。

“我加注。”韦斯特隆德说，戒指在清澈的月光下闪闪发光。

这时，另一枚戒指也落了下去，发出同样的声音，西蒙终于摘下了希尔多的戒指。

*

这是他的第一个城里女人，有时并不那么容易。而她懂得语言，正当他们坐在丁香树下的草地上时，她说：

“What a night.”

她这么说可能因为草地湿润[①]。

“但肯定有干些的地方。”他说。

他不知道自己该快速出牌还是采用慢条斯理地弹钢琴的方式，要是有架钢琴就好了，那样可以弹《晚安华尔兹》，然后说，现在我们该上床了。

“有吗？”她说着露出白牙，Jod Kaliklora牌牙膏。

这时，他听到木板堆上有声响，一块木板坍塌了，仿佛传来一声哀叹。而后又没动静了。

“我们活动一下吧？”索仁说。

他动了，轻轻把她拉起，轻轻地小心地把她拉向湖边。

“湖里会干一些吗？”她挑逗地问。

她可能三十五岁左右，可如果她问，你可以说二十六七，他把她搂得更紧了，她不反对。湖水金黄，芦苇斜靠水上，问题是月亮怎么就能这样悬在空中的。

“对我们来说，今晚的月亮多么美丽。”她敏感地说。

---

① 首先玛瑞的发音未必准确，其次，更重要的是，“what”在不懂英文的农庄帮工听来，以为是瑞典语的 Vått（潮湿）。

“没错，问题是，它怎么就像这样悬在空中的？”索仁说。

于是她沉默了一会儿，继续走，也许思考着月亮的事，猫悄悄溜到桦树下，其实你真该离开，真该像猫一样自由。

“城里是个啥样儿？”他问。

有时，夜晚黑暗之时，他们能看见北边天空上方的一道红光。他们沿道路走上一段，那道红光总在他们眼前移动。城里真他妈亮，你可以这么说。不过玛瑞，或者管她叫什么名字，她停了下来。

“我的袜子好像有洞。”她说。

的确，可这洞那么小，不值得为此停下。

“城里是个啥样儿？”他再次询问。

“嗯，我们有垃圾槽。”她回答说；她叹了口气，所以她的垃圾槽恐怕没什么特别。

但肯定有其他人喜欢他们的垃圾槽，礼拜天回家的那些人。而他们有垃圾槽，他们说。不锈钢的。所以你可能想去城里，那么就好往一只垃圾槽里扔垃圾。在这村里你只是把垃圾扔做一堆。

“人应该去城里。”月光下，他们站在洗衣房前时，索仁说。

这时，玛瑞，她停了下来，她的手环绕着他的手腕，就像一副绅士手套，他在月光下看着她，就像在灯光下，她的年纪恐怕还要大些。

她像《工人报》头版上一个挪用公款的女人，眉毛在眼睛上方像黑色的弓一样拱起，上唇像一张弓盖在嘴上。箭在哪里，小姐姐？

“跟我来。”她悄声说着，闭上眼睛，现在只有她的眉毛看着他。

“那我们该怎么去呢？”

“我们该穿过草地。”她低声说，仍闭着眼睛，下嘴唇鼓着。

“可要走到耶夫勒有二十公里，而且草上湿得要命。”

她可能听不见他的话，只听得见自己，她的嘴唇像被惹怒的公牛一样朝他的嘴贴过去。

“不过我屋里有高帮靴子。”他困惑地低声说，一只手打开门，另一只手引她进屋去。

就在他开灯之前，他记起，必须把墙上的东西藏起来，他在黑暗中找到几把椅子，把它们摞在一起，把收音机放在最高处。他打开灯时，来自城里的女士坐在他床上，看起来很精致，他感到羞愧，为自己的房间羞愧，为墙壁羞愧，为整个的自己羞愧。

“所以，一间帮工小屋就是这个样。”他挑衅地说。

他不知自己该跟她做什么，她在房间内显得更大，更难以掌控，为了有点事做，他扭开了收音机。有些人除了坐在收音机前说上一夜，没别的事可干，整个世界没有音乐，整个大地没有一只音符。他拉下卷式窗帘，潮湿的靴子就立在面向湖泊的那扇窗下，他走过去把靴子拿到床边。她已光着脚。无论做什么，他做得都慢，他想花时间，可他不知道接下来该做什么，可能都是塑料的，他不习惯。

穿上了他的靴子，她再次闭上眼睛，两腿伸直，他昨天在肥堆里走过，看得出。她直挺挺躺下，两只胳膊枕在头下。

“我喜欢原始的东西，”城里女士一边低声说，一边用靴子跟敲着地板，“我喜欢原生的，生活本身。”

白痴，他突然苦涩地想，你只是爱你自己，还有你的垃圾槽，你爱垃圾因为你有个垃圾槽，你爱靴子上的肥因为你不知道肥就是屎，你爱帮工因为你用不着当女仆。他气得站了起来，把收音机从墙上刻过字的地方移开，她松弛的眼睑往上抬得高高。

“这么丑。”她说着皱起眉头，叹了口气。

但她仍躺在那儿，又闭上了眼睛。

“记住，你在一间帮工小屋里，”他勃然大怒，“这地方，你可别指望在墙上找到天使。”

嘴唇分开，小舌头伸出，她赤裸的胳膊朝他伸了过来，像两条眼镜蛇开始了袭击，他来不及防御。他开始试图脱下她的靴子，她挣脱开了。

“我愿意穿着靴子去死，”她狂喜地喃喃自语，“只有靴子。”

就在这时，有人敲窗，他松了口气，往上拉开窗帘，斯维尔就站在月光下，脸色苍白。

“你就进来吧。”他大喊。

赶在她进来之前，他摆好了收音机。他抓住斯维尔的胳膊。城里女士已坐了起来。

“这是我未婚妻。”索仁挑衅地说，没松手。

突然间，他第一次感觉到他们是一体的，适合在这里的是她，是她斯维尔，她适合在这间帮工的卧室里。是她适合他，其他人都太大了。她即将生出另一个男人的孩子，没事，甚至这个也挺适合。他轻抚着她灰色的脸颊。

“请帮我脱下靴子。”城里女士说，她不再闭眼睛了。

索仁从她脚上扯下靴子，把它们扔进角落。

“你把我弄疼了。”城里女士一边抱怨，一边摩挲脚踝。

索仁再次抓住斯维尔，把她按在一把椅子上，他对她非常好，以至于他把她弄哭了。

“你不该抱怨，”他对城里女士说，“你是喜欢原始的东西的。而原始的东西，就是我，就是我们。我们就站在大粪当中。所以，该死的，就爱我们吧！”

他发表了一番演讲，斯维尔坐在椅子上，注意到她以前从未注意到的事：我们是一体的，我是泥巴，你是那长长的草。孩子无关紧要。孩子总得是某个人的，是谁的，都无所谓。而谁在敲窗，不关我们的事。玛瑞拿出塑料盒，慢慢点燃一支Régie turque香烟，她全身颤抖，像一台地震仪，每一丝幸福的小小震动都让她颤抖。我控制不了，我给撕裂成这样，她说。我跟别人不一样，这是我的错吗？为什么我有这样的饥饿感？她的意思是对爱的饥饿。只是她并非真饿，这才是可怕之处，可她从未饥饿，她只是有装作饥饿的爱好。她坐在索仁床边，仇恨另两个人小小的幸福，她恨那些幸福的人，就像每个人都恨这样的人，别人幸福并不适合满足任何人的虚荣心。但那真正的饥饿，她也恨，因为她感受不到，那些真正被撕裂的人，她想把他们撕得更狠些。唯一合她口味的是那只裂开的茶杯。

她突然吓了一跳，有人从窗前经过。她已学会小心翼翼，对每一个动静做出反应。可怜的她，每个人都会这么想，可怜的、小小的、破碎的她。现在有人敲门，希尔多不请自来。她一定是一路奔来的，开头，她一句话也说不出，径直走向斯维尔。

“谢谢你的信。”她说，声音很大，但没有责备的意味。

“什么信？”索仁不明白。斯维尔垂下头去。

“我没什么恶意。”她轻声说。她抓住希尔多的胳膊，仿佛只有希尔多能把她撑住。

希尔多坐在她身边，玛瑞拿眼睛吞噬着他们，帮工终于找到了音乐。毕竟，总会有某个地方的某个台有音乐，这是奇妙之处。

“但你说了一句话，”希尔多说，“你拿你有的。那正是人所做的。这是大家做的。”

索仁说道：

“那又怎样？只有贪婪的人才会去抓他们没有的。难道不是这样吗？对吧！可你怎么跑着上这儿来了？”

“拉下窗帘。”他得到了这么个回答。

玛瑞拉下了窗帘，她看上去又开心起来，感觉有事要发生。

“有人在木材堆里，”希尔多低声说，“有人在那里发出可怕的尖叫。爸爸不想走出去。他和沃林德在桌边喝酒。沃林德已经走不动路了。帮工们在外头路上开着车争斗。要把对方逼到路边沟里，恐怕地方警察很快会给吵醒。而坐在井边打扑克的人，他们听不到也看不到。这是一头动物，西瑞说，一头受伤的动物。妈妈和比约尔太太坐在沙发上和歌手在一起，说可能是奥古斯图斯，那个拿草耙的人又来了。你去看看吧，伊尔玛对我说，也许那人喊你去。”

“我觉得那可能是一只猫，”过了片刻，索仁说，“一只快死的猫。”

有那么一会儿，没了声音，甚至收音机里的歌手也有了要思考的内容，突然，希尔多抽搐了一下，脸色更苍白了。

“你们听见了吗？”她喘息道。

他们听见了：有个什么东西沿着陡坡轰隆一声冲了下来，有人以非常大的步伐朝他们走来。一个急得要命的人。窗帘给拉了上去。一个高大的男子在月光下飞奔而来，一个高大而半裸的人沿洗衣房小路咆哮而来。那急得要命的人是韦斯特隆德。

“希尔多！”他像一只喇叭一样吼叫着，“希尔多！希尔多！希尔——多！”

到了。进来了。陷在床上，在玛瑞身边。他坐在那儿，穿着裤子和汗衫，头垂在肩上，像鼓鼓的玉米穗，希尔多小心地走向他。

“希尔多。”他喘着气。

“谁啊？”她轻声问，重重地坐在他大腿上。

“当然是我，你看不出吗？”他说，依然沮丧。

“你的衬衫和外套呢，我亲爱的？”

他把她的手握在自己手里。

“我到处找你，”他喃喃地说，“阁楼、仓房，还有路上，你哪儿都不在。”

“可我现在就在这里啊。”她说着，摸了摸他的汗衫，湿的，他甚至没为他的第二个婚礼之夜换上一件。

不过没关系，当一切发生时，什么都不重要，人有什么就拿什么，就是如此。她拿她抓得住的这个脖子，这个粗粗的红脖子，把胳膊搭在上头。他抓住这双手，把它们压在自己绝望的嘴上。但索仁转了台，收音机盒子里滑出一支华尔兹，城里女士滑到了地板上，没人想跳舞，她一个人跳。可她没跳上几圈，一声穿髓入骨的喊声突然在屋外鸣响，它通过水面挤入湖心，惊醒了鱼儿。他们都站了起来并且倾听。

“玛瑞——”有人扯着肺喊。

乌夫山把这喊声扔回湖面，显然是不想要它。尼塞·约翰松冲了进来，玛瑞把两手放在臀部，奥古斯图斯·阿斯普，那个疯鬼，透过尼塞黑色的眼镜盯着他们。

“啊，你在这儿，”他尖叫，“你——”

不过，没有任何话语足够有力，他关掉收音机，但玛瑞可不那么容易让他给关了。

“也许我不自由，对吧？”她尖叫着，“而我跟别人不一样，我能怎么办？我比别人更有激情，我能怎么办？可在这个该死的国家，人显然要给狠狠地冻上，这才罢了。哥本哈根就不一样。”

“你要再提那该死的打字机代理商一个字，我揍你！”尼塞咆哮着，掉了眼镜。

玛瑞在抽泣，她说什么就真是那意思，她总是如此，只是她说得太多了。

“我站得比你们所有人高出这么多。”她尖叫，踮起脚尖，不过也没比其他人高多少。

但她觉察到尼塞比平时矮，所以她朝下看去。

“你光着脚，”她惊讶地说，“你脚上出血了。”

大家都朝尼塞的脚看去，没什么特别可看的，没鸡眼，而他一定是让索仁的瓶子割伤了脚。

“不是我吹毛求疵，”索仁说，“可你最好拿点《大家周刊》，踩在那上头。”

于是尼塞踩在了周刊上，不单玛瑞注意到他很古怪，她快速出手，把他击败。

“你怎么了？你流了这么多血，就像——”

但我们都有不能说的名字，他的脸变白了，现在说这么多还是太早了。

“你至少能说说你的鞋掉哪儿了吧。”她装作忘了刚才要说的名字。

尼塞从自己的脚看到韦斯特隆德，韦斯特隆德略微扭动着，就像开瓶器一样，慢慢扭动着逼近真相，他的眼睛游移不定，开瓶器扭动着。

“没错，是这么回事，我们坐着玩扑克。”韦斯特隆德含糊地说了起来。

“然后呢？！”

“就在井旁边。”

“那跟这有什么关联。”玛瑞打断了他。

血开始渗透杂志。我可还没看连载笑话呢，索仁想。

“这当然有关联。”尼塞为自己辩护。

“不能，永远不能坐在井边玩扑克。我一直都这么说。”韦斯特隆德强调，好像他一辈子就没说过别的。

“不能，井边上有点诡异。”尼塞说。

“该死的，别兜圈子了！”

韦斯特隆德扭着转着，尼塞拿脚指头翻着杂志。果然，尼塞很快就从法比安那里移开站在了“沙伊赫的唯一而最大的爱情”上。一个耶夫勒人还能期待什么呢？

“嗯，”韦斯特隆德小心地说，“我们什么也没赢着。”

一阵扭动。

“而且比约尔什么也没输。”尼塞补充道。

“没输，可他连你们的鞋子、袜子都拿走了！”

“不是，”韦斯特隆德平静地说，“他从我这儿拿了衬衫、外套和领带。鲁道夫丢了帽子。可西蒙的样子你们真该瞧瞧。我可不想穿成他那样。”

“他也不想。”尼塞说。

“我们有钱回家吗？”

“钱啊钱的。”尼塞支支吾吾。

“钱不是万能的。”韦斯特隆德断言。

“我恐怕需要一本厚些的杂志。”尼塞说。

他得了几本《看见》，玛瑞穿着鞋站着，满腔仇恨，希尔多搓着韦斯特隆德冰冷的右手，戴婚戒的指头上什么也没有，这也不要紧。

“幸好你把自行车放在了车后头，”玛瑞吼着，“因为我可不想和你这样的人一起坐车。”

“哎呀，自行车，哎呀。”尼塞叹了口气。

韦斯特隆德不得不解救他。

“比约尔肯定要把赢得的东西拿回家去。所以不如让他把自行车也带上。”

“还有汽车，”尼塞说，“我丢了驾照，前座我们卖给了沃林德。后座我们还留着。”

“还有什么！”

“哎呀，比约尔某一天会去耶夫勒，”韦斯特隆德补充说，“那时他可能想坐在后座，开车。因为，那辆车，如今好像是他的了。”

当着所有人的面，玛瑞抽了尼塞一巴掌，他没动弹，疼痛进入他的身体，就像一颗子弹穿透了驼鹿的身体。索仁看不下去了，他走过去，在抽屉里摸索，找出一件衬衫、一条领带和一件背心给韦斯特隆德，一双袜子和一双蓝色运动鞋给尼塞。韦斯特隆德也受不了了，突然他挺直身子，站在希尔多面前，那么吓人，她以为他要揍她。可他其实想挨揍，这看起来一样，完全一个样。

“揍我，”他喊，“也揍揍我！”

他把滚烫的脸凑过去，她举起手，轻抚着。

“揍我！”他再次喊叫。

就在这时，门上传出一声敲击，轻而微小。

“进来！”索仁喊道。

歌手进来了，或者说并没有进来，他站在门槛上，他们注意到他带来一片月亮。接着他们几乎立刻发现他们看错了，他带着的不是月亮，而是一小块死亡。他已经很像另一个国度的公民，那里有另一个月亮照耀，他已是个十足的外国人，以至于他们甚至不敢请他进来，这一点他永远也不会明白。没有签证，他的目光在他们之间游离，没有任何地方是居留地，没有什么地方是他的灵魂可以安息之处。他想，我怎么了，可他还没在自己的护照上看出这一点。当他说话时，他们一开始完全听不懂，除了感觉到一种非常愉悦的情绪。一个外国人来了，立刻就能感觉到：我不是孤独的，我有一个民族，我是众人中的一个，大家都能理解我。每个人都能理解对方，这就是为什么他们突然如此热爱门槛上的外国人。当他终于开口说话时，他们起初并不理解他说的话，他不得不重复：

“是这样，”他低声说，“我来为了问一件事。”

问题等待着，在远处盘旋了一下，他几乎不敢开口。

“那么，我唱得怎么样？你看，我唱歌时从来都听不见自己。所以我必须向其他人打听。”

当玛瑞说话时，听起来她是认真的，她可以说任何事，她说的每个字都是认真的。她应该当律师或是政治家，有人这么说。

“您唱得太美妙了。”玛瑞热情地低声说，她几乎敢一直走到边界前，一直走到通往死者之国的栅门边。

“哦，我多么热爱文化。”她一边继续迷醉地说着，一边搓着手。

韦斯特隆德不想落在人后：“科卢萨[①]也不会唱得更好了。”

“对，甚至斯万－乌洛夫·桑德贝里也不能。”尼塞·约翰松说。

最后只有希尔多什么也没说，她想，不，我做不到。对于一个已走到这一步的人，谎言值多少呢？她一开始没意识到这一点：对于即将不再区分对错的人来说，真相又有什么意义？她感觉到他绝望的目光从她脸上划过，划过她陡峭的真相山，她能让他坠落吗？她果断地抬起头，看，他将获得居留许可。他的生命在她的生命中短暂地闪耀了一些眼花缭乱的瞬间，她感觉到他在她内心深处活着。而后，当他悄然消失时，她会明白：对于那些寻求自己曾活过的证明的人来说，居留许可有什么意义？充满美妙的喜悦，她说：

“从来没有人这么美妙地为我唱过歌。”

于是他可以走了，于是他走了。但那些留下来的人以新的方式仍紧密连在一起，甚至玛瑞和尼塞也还暂时连在一起。

“现在我们去湖边给我的老头洗洗脚。”玛瑞说，他们都出门去了，他们走向湖边。

---

① 原文为 Corusa，可能是没多少文化的屠夫听说过某个著名歌唱家的名字，但屠夫并不能准确说出这个名字。在故事发生的时代里，确实有一个著名歌唱家，意大利著名男高音歌唱家恩里科·卡鲁索（Enrico Caruso）的名字与之相近，他在 20 世纪初因其出色的歌唱而闻名。

他们站在湖边，成双成对，韦斯特隆德在月光下穿上了帮工的衬衫，背心太紧了。

“你得到的是个大汉。”他说，然后撑破了背心。

“你拿你有的。”希尔多笑着说，她望向湖面，韦斯特隆德家那里没有湖泊。

不过反正都一样，湖泊并不会始终存在，如果有个池塘，那就用池塘，如果只是下雨时才有水洼，那就满足于水洼吧。

“明天我们要骑车去空中监视塔，”索仁对斯维尔说道，“从那里可以看到艾格歌隆德。”

但就在这时他突然看到一根树干漂在芦苇丛外，他突然觉得自己听到斧劈声依然在山和坡之间回荡。而他这会儿想起了一些刚才忘了的事。

“喂，”他对斯维尔说，“过来一下。”

他们走到白桦树下，白桦树上挂满月光露珠，他背靠一棵白桦树，她脖子下的胸针闪闪发光。

“把胸针摘下。”他说，她解下胸针。

他把胸针拿在手里，他抬起手臂，这时他听到一个熟悉的声音就在背后，他又放下了手臂。

“你也把胸针摘下。”鲁道夫对露兰说。

他们走出闪闪发光的灌木丛，他们自己浑身都有些潮湿，就像躺在草上游了泳。鲁道夫虽说没了帽子、手表和四十克朗，却快乐得像个民间小提琴手。

“只是出来找找做新草耙的材料。”鲁道夫满足地说。

“你看上去一点也不像是来找材料的。”索仁说，与此同时，他们一起走向湖边，同时跑了起来，把胸针扔向水面。索仁以一两米的距离获胜。

“所以你出来可不是像你说的来找什么材料。”

他们走向另外的那两对，玛瑞穿尼龙袜的腿跪着，正用草给尼塞血糊糊的脚擦拭，她给他套上袜子，穿上鞋子，系上鞋带。她一直跪着，膝盖抵着坚硬的石头。“上帝啊，我正幸福地受苦。”她快乐地想。

“你别以为我什么都不知道，”索仁低声对斯维尔说，他扔出一块扁石头，石头在水里跳了八下，“但我们别管这些了。因为我们谁也不比谁好。不过现在我们要去跳舞！”

“哇哦！”韦斯特隆德嚷嚷着，背心裂开了，“在我的婚礼上一定要跳舞！”

他们跳着汉波舞朝谷仓而去，他们跳得猫都发抖，他们跳得欢声一片。可就在门口，喧哗停止，他们听见一声长嚎，狼叫一样，冻住了所有人的心。它来自紫丁花丛后的木材堆。女人们给男人们让开路，可希尔多喃喃地嘟囔：

“抱紧我。我好怕，黑尔默。”

他紧紧抱着她，他们穿过栅门，伊尔玛从坡上跑下来，脸色像月亮一样苍白。

“你们得进屋去，”她喘着气说，“因为每个人都很怕。妈妈太害怕了。奥古斯图斯。”她说，“他一出现就预示着死亡。比约尔太太坐那儿吃完了所有的饼干，嘴里的牙在打战。西瑞只是哭个没完没了。歌手没几口气了，他只躺在沙发上胡言乱语，说些旧草帽的事。比约尔在桌边数钱，一遍又一遍，弄不好快疯了。自从沃林德离开，爸爸就什么都没做。西蒙站在路上，只穿着内裤，等帮工开车来接他。”

“也许是沃林德。”希尔多的声音里充满希望。

“到时候你就知道了。”伊尔玛回答。

伊尔玛的声音充满了仇恨。

“进去吧，老太婆们，”韦斯特隆德勇敢地说，牙齿磕碰着像一台质量不错的二手铡草机，“这些我们要做出改变！”

男人们留在外头，北角闪烁着教堂白，他们站在地下室坡交替地换着脚。他们想彼此调换。

“你先去，尼塞，你脚疼。”鲁道夫慷慨地说。

而且是从耶夫勒来的，他们默默补充。除了湖对岸森林里隐约传来夜车的轰鸣，一点声音也听不见，那个将死的人现在是不是已经死了？尼塞穿上了运动鞋，月光下尘土飞扬，门口有只水桶，有个人站在那里。那人是沃林德。

“是不是你在四处走动着喊叫？”韦斯特隆德问，他走过去，却没什么可抓的，酒已将沃林德溶解，沃林德站着，塑料腿摇摇晃晃，塑料手指抓着桶边，头发给梳得一团糟。

“他在我们的水桶里呕吐。”鲁道夫吼着，掐住沃林德的肩。

“这恐怕就是耶夫勒的做法，”索仁说，“耶夫勒人一定就是这么用水桶的。”

尼塞生气了，他绷着脸走进屋（记住我们才是有省长的，他是这意思）。韦斯特隆德紧紧抓住沃林德的塑料肩，耶夫勒又不在乌普萨拉省。

“别碰水桶！还是说你需要警察的帮助！”韦斯特隆德吼道。

没回答，沃林德像死鱼一样瘫软，比他看上去的样子要沉，当他们抬他起来时他们才发觉。他无声无息地滑入桶底，他们感到他的脚碰到了底，便放开手。就在那一瞬，他们的手空了，他们把自己的手从黑乎乎的桶里拎出来迎着月光时，爆炸发生了，第四次爆炸，最大的一次。房屋摇晃，大地震颤，耳朵让噪声堵住，一道火光从丁香花丛后闪现，像巨大的向日葵，然后立刻消失。牛醒了，哞哞叫，鸡咯咯唤着，马的嘶鸣穿透马厩墙壁。以不堪忍受的缓慢，木材堆塌了。

他们等这一切恢复安静，而后朝那里冲了过去，带着清醒而猛烈跳动的心脏。

*

他躺在第五块木板下，仰躺着，双腿并拢，他没死。月光缓缓落在他大睁的眼睛上，他们抬起他，就像他病了一样。可除了被吓坏，他一点事没有，他可以自己站起身，他的左手出了点血，他把手放进裤了口袋。

“现在我们都进屋喝一杯吧。”韦斯特隆德说。

于是他们一起进屋去，就像在远处的草场割草后、晚上回家有点恍惚一样，韦斯特隆德把救下的人扛在肩上，就像扛着一把新磨的两面锋利的长柄镰刀。

但客厅天花板很低，花彩环链在横梁下摇摆，没人跑出去。可尼塞已经进来了，已经把运动鞋藏在桌下，大家沉默。比约尔数着钱，希尔多坐在一边帮忙，假装在数两克朗的硬币，可她其实是数着从木板堆到客厅门槛的步数。他们都在数那步数。伊尔玛站在吊灯下，手按在心口。西瑞独自坐着，看着歌手，在垂死的人那里有一种让我们哭泣的纯洁，让她无声哭泣，哭得厉害。

从门廊走向客厅的这些人身后，外头的小栅门砰的一声响。从门廊到门槛有十步。希尔多掉落了一枚两克朗硬币在地板上，她站起身，走向伊尔玛，她俩都站在吊灯下。

在吊灯下，她们都一样害怕，在吊灯下，她们终于成了姐妹。门打开了，希尔多闭上眼睛，伊尔玛的眼睛睁得大大的，她们发烫的手掌一起燃烧。这个新来的客人先越过门槛。韦斯特隆德脱掉那件破了的背心，扔在柜子上。

“我们把维勒带来了，”鲁道夫说，“他完全没事。”

于是每个人都被喜悦的奇迹击中，他站在那里，活生生地站在屋子中间，手插在裤子口袋里，他们以为死了的他，背上沾了些锯末，其他都没事。他的马脸微微颤抖，眼睛清澈，像是刚哭过。姐妹俩带着无边的温情把他带到桌边，带到荣誉座位上。

“我给烛台拿些新蜡烛。”伊尔玛说。

他坐在蜡烛后，大家都看着他，韦斯特隆德从橱柜里拿出一瓶新酒，他们干杯。

“这是他妈的给婚礼的礼炮。”韦斯特隆德说。

花了好一会儿，维勒才能够回话，他们坐着，看他费力地找寻语词，就像他正从深井里将它们捞出一样。当他终于将它们拉出水面时，它们黑乎乎的，滴着奇怪的水。

“那不是礼炮。”维勒说。

“那是什么？”

“我本打算自杀的。”维勒一边回答，一边将杯子倒满。

“哎呀，天哪！”城里的女士说，她突然有一种想吻他的冲动，她以前还从没吻过一个几乎自杀的人。

而现在他们都挪得更近，甚至歌手也直起身来，他们尽可能挤在桌子周围，围成一圈，像围着一个蛇窝。他们围着死亡本身站成一圈，看它在窝里爬行。

“你怎么会这么想啊？”海尔玛问，她把开襟羊毛衫裹得更紧了些。

这么说，那个人是你，希尔多想，她惊讶地发现，最初的宽慰很快让失望取代，她变得那么虚空，就像一个无法记起自己梦境的人。

“一个人生来是个贼吗？”维勒问，他重重地靠在桌上，他半躺在烛光下，一个接一个地，看每个人的眼睛。

“人生而平等，”韦斯特隆德回答，“我并非生来就是屠夫。我只是成了我现在这样。”

“那你生来是个什么呢？”维勒问，“马骗子吗？”

这么说，他还没忘记马呢。西瑞看着父亲，又看向维勒，她想问很多她不敢问的事。比约尔把两克朗的硬币往口袋里塞。

“人生来是要做某些大事，”比约尔回答，“做某件非常大的事。然后你就成了个废物。不过我是做过公路管理局候补委员的，所以我不是在说自己。”

“而有些人可能就成了蜗牛，”维克多苦涩地说，“本该快速前进的。”

城里女士说：“我本该在文化方面做一番大事。可我只是嫁给了尼塞·约翰松。”

“你应该为此感到特别高兴，”尼塞回答，“因为你生来就该是晚上在东港街荡悠的。”

维勒不再盯着某个人，他滴血的手搁在桌布上。

“我生来就是小偷，”他固执地说，“我给教成了小偷。我从工具屋偷出九个炸药还有五米长的导火索。可后来我想我该以小偷的性命为代价，于是我走到树林里。你将杀死的是个小偷，我想。于是我走进了森林。”

“那是什么时候？”伊尔玛屏住呼吸低声说。

“那是今天早上七点，”维勒回答，“准确地说七点整。”

这时姐妹俩相互对视，她们不再是姐妹，只是两个竞争对手，她们从没有站在同一盏吊灯下。

“森林里很亮，我躺在一棵云杉下，在大铜山，你这混账小偷，我想，这下你完了。”

“没人说过你是小偷，孩子。”鲁道夫说。

“但小溪拉塞的事，我就不提了。”维克多说。

维勒坐在那里，双手抱头，哭泣，尽管他还没醉。

“我六岁时，学会了偷别人的捕鱼笼。先到先得，爸爸说。所以我六岁就得早上四点半起床。我八岁时，一个清晨，我被带入森林，那是九月初。过了一会儿，我们走错了路。可这里是帕尔姆家的森林啊，我说。那又怎样，他回答。”

“你们听到了吗？”维勒挑衅地重复着，手已从眼睛上拿开，“我们走进了你们家的森林，帕尔姆。”

他盯着帕尔姆一家，他的双眼狂野。你们看出我有多糟了吧？他的眼睛绝望地喊叫，所以，给我应得的吧！

“我们走到高高的云杉枝旁，”他继续说，“云杉枝下有一只被瓜分的驼鹿。爸爸切下几块驼鹿肉给我，塞满我的背包。回家去，他说，我马上就来。可如果遇到了人，就说你背的是蓝莓。那是礼拜天早晨，我遇到三个人，其中一个是教区执事、礼拜日学校老师。对他，我撒的谎最好。”

“你们知道撒谎是什么感觉吗？”他突然喊了起来，他滴血的手啪的一声拍在桌上，玻璃杯一时间奏出了乐音，蜡烛滴在他的右袖子上。

他们对他突然的大喊有些惊恐，好像蛇从坑里爬出来了，它爬得比他们以为的要高。

“我们恐怕都知道撒谎是什么感觉，”最后索仁说，“但没必要为这个就自杀。”

“哎呀，小偷谁都领教过，”韦斯特隆德说，“甚至真正的小偷。在美国，有个人四处偷走阳台，夜里拆下，装在卡车上拉走。可他妈的，他也没有为这个去上吊。他……”

韦斯特隆德话还没说完，西瑞突然把手搭在他肩上，眼睛直直地看着他：别出声，那双眼睛说，别出声，因为现在，知道自己在说什么的人正发话。

“当我十四岁时，”维勒继续说，现在他平静多了，“我学会了撒谎，以至于每次有机会说实话都觉得非常愉快。那就好比是我唯一的快乐。但有一天，十六岁时，我在田里推着滚齿耙，一辆斯德哥尔摩的车停在路边。想去卡尔霍姆怎么走？斯德哥尔摩人问。这里的所有人想必都知道从这儿怎么去卡尔霍姆。”

“骑自行车。”比约尔说，他想缓和气氛，你不会整晚坐着赢了扑克，然后坐在婚礼上像是葬礼上的客人。

可除了比约尔，谁也没笑。

“在合作社那儿左转。”鲁道夫说。

“右转，我告诉斯德哥尔摩人，”维勒说，“我知道我在撒谎。但我控制不了。斯德哥尔摩人走了，我死命地抽打那匹马，它带着耙子冲进了沟里，我跑回家，爬上阁楼。怎么了，院子里的老爸喊着。我本想上吊的，可我跑下去把事都说了。我大致是这么想的：也许老头他能明白。他正在磨刀。我会教你怎么若无其事地撒谎，他喊道。然后他抽了我一耳光。”

“他做得对，”比约尔说，“因为没必要的时候你不需要撒谎。”

“如果撒谎是必要时比不必要时更好，难道撒谎不是始终都是撒谎吗？”维勒愤怒地问。

他们都有些困惑，每个人都有自己撒谎的缘由，可那不值得大谈特谈。不然的话，他们可以去耶夫勒，脱下内裤，向所有人展示自己长什么样。

“别走题，”尼塞·约翰松吼道，“你本来要自杀的。你谈的是这个。”

“你本来躺在一棵云杉下。”鲁道夫提醒。

“也许你嘴里含着枪。”韦斯特隆德猜测。

而现在，维勒已不复躺在云杉下，他已走远，他坐在那里，以回避的目光看着死亡，他坐在蜡烛后，看着死去的过去。城里女士走上去，关了天花板上的灯。“我非常喜欢我看到的艺术性。”她说。她跟几个画家上过床。

“你们知道科尔博滕在哪儿吗？”停了好一会儿，维勒终于说，“你要走过共有地后头那片长野草莓的空地。有一夜，我和老头，还有货郎，我们去了那里。我十七岁，那是我第一次打猎。那一夜有月光，在九月。他们让我站在科尔博滕附近，夜里三点，一头母驼鹿从五十米外走来。我放它走了。为什么你不开枪？他们喊。现在还不是射击驼鹿的时候，我说。然后他们把我打倒在地，我不得不尽我所能，自己回家。第二天晚上，我拿起枪独自出去，在共有地的路边，在鲁特曼的牧场后头射杀了那头母驼鹿。我套上马，半夜拉着马车回家去。等我到了家，我拿枪托砸碎卧室的窗户。出来，给你看点东西，我对老头喊。他在月光下跑出来，我揭开防水布。现在你可以喝一杯了，老头说。我们喝自酿酒一直到天亮。我始终在想：你是那下一个我要打死的人。”

“要是他那么糟，你为啥不离开家呢？”索仁问，“你本可以像村里其他人一样去亚硫酸盐厂工作。”

可现在维勒火了，他可能喝了太多，海尔玛坐在那里，她向韦斯特隆德眨眼睛：别再给他倒了！

“难道没人能理解吗？”他几乎在尖叫，“难道没人能理解我只有他吗？难道没人能明白他只有我吗？如果我们孤立小偷，他们会变得更好吗？如果没人喜欢撒谎的人，他们说的谎话就会少些吗？”

“如果有谁再说一句老头的坏话，我就揍他！”他大声喊着并站起身来。

但下一秒他似乎已忘了自己的愤怒，眼泪开始顺着胡须往下流，他坐回了椅子上。

“没人相信你可以爱一个坏人吗？”他低声说。

这时，桌边另一个低低的声音说：

“相信，你不得不爱。”

这是西瑞，现在太暗，没人能看到她的脸变得有多红。

“今天早上，我揍了他，”维勒愤怒地说，“他从湖边带了欧鳊回家，我喜欢欧鳊。给你，老头说，我刚出去捕了鱼。”

维勒把眼睛盯向维克多·帕尔姆。

“那是你们的欧鳊，帕尔姆。”他说。

“我不喜欢欧鳊，”维克多回答，“可如果他带了鲈鱼回去，那你得小心。”

“爸爸，”希尔多柔声说，“让维勒讲完。”

“不知为什么我打了他，”维勒继续说，“我知道他出于好心。可我打了他之后，无法控制自己的眼泪。现在你完了，我想。现在你打了你唯一拥有的人。我走进森林，躺在一棵云杉下。”

“那是什么感觉？”城里的女士一面问，一面从塑料盒里取出一支香烟递给维勒。

“我感到非常高兴。你这混蛋，我想，很快你就好回家了。当我拿出火柴时，我开始思考报纸会怎么报道。我躺在那儿，盘算所有的报纸，从《耶夫勒日报》到《乌普萨拉新报》。也许还会出现在斯德哥尔摩的报纸上，我想。把所有报纸在脑子里过上一遍花了很长时间。最后我意识到，也许电讯社也会报道，我闭上眼睛，觉得有一只喇叭高悬在云杉树上，宣告将发生的一切。因为当你快死的时候，你会预想死后会发生的一切。讣告、葬礼、酒席，整个这一切。可最后我不得不对自己承认一个真相，孩子，这些你永远得不到。于是我疯了。现在该发生了，我想，接着我划开了火柴。我最后一次睁开眼。可就在那时，我看到了奇怪的东西，我吹灭了火柴。”

“你看到了什么？”西瑞轻声问，觉得以某种奇怪的方式，这也与她有关。

“一只蜘蛛。”维勒回答。

“一只蜘蛛，”尼塞·约翰松嗤之以鼻，“那算得上什么！”

他的意思可能是：在耶夫勒，我们有皮克斯糖厂、波罗的海酒店、桑德勒省长等等。

“我可怜的男孩。”玛瑞轻声说。

她非常关心所有处境困难的人，她想让他们全都紧靠她的心，在她宽大柔软的床上。可尼塞却总是在家。

“只是一只蜘蛛，”维勒固执地继续说，“当我闭上眼睛，它在我的云杉或者说大铜山的云杉，和另一棵云杉之间纺了一根线。线在阳光下闪闪发光，蜘蛛继续纺织。它纺了一根又一根，我从未见过和那些线一样美丽的东西。”

“那你应该看看丽塔·海华丝主演的《吉尔达》或《巴黎人》最近的那一期。”尼塞插话道。

“接下来发生了什么？”西瑞轻声问。

“我在这儿躺一会儿，直到它织完，我想，蜘蛛不停地纺织，绝不停止。那只蜘蛛救了我的命。”

“它应该得一枚卡内基奖章，妈的。”韦斯特隆德感动地说。

“可到最后我气坏了，”维勒说，“我又不想被拯救，我明明想死，所以我把蜘蛛网扯了下来。我感到自己很恶劣。我明白是哪里错了，当你想结束自己的生命时，你不能就那么躺在那儿等待。因为生命会摇头，并且说不。我跑了一会儿，我觉得。我要跑到科尔博滕，一到那儿，我就动手。我在岩石和石头上尽可能地快速奔跑。当我跑过草莓地时，我听到了奇怪的声音，我停了下来，是一个孩子在哭泣。卢特曼的法国孩子坐在一块石头上哭泣，他迷路了。我找不到回卢特曼家的路了，他说，他拉着我的手。我不能说我是为了自杀而出来的，所以我和他一起穿过森林，直到我们看到福克赛的农场。然后他变得非常高兴，拿出了他口袋里的书签给我。但他才是应该得到东西的人。他也救了我的命。”

“他也应该得卡内基奖章。”韦斯特隆德坚定地说，一拳捶在桌上。

“你该对他说viola[①]，他们在法国就这么说。”尼塞建议。

“现在必须等一段时间才能再做尝试，我想。我必须忘记那个孩子，我必须忘记那只蜘蛛。而后我记起了小时候

① 尼塞说成了 viola，这个词在法语里并不存在。但有一个常用词叫“voilà”，以此表示尼塞是一知半解。

经常游泳的一个小池塘。我突然有一种想再次游泳的冲动，我想，这是最后一次游泳了。那个池塘就在狩猎俱乐部那块地上，离云莓湿地不远。我脱掉衣服，潜入水中，我在水里漂浮了很久，我从没觉得游泳会那么舒服。我本可以在口袋里装满石头，穿着衣服下水，但我没那么做。我躺在水里看着云杉，开始明白，白天独自一人在森林中没法自杀。整个森林都充满蜘蛛、蚁丘、野草莓地和法国孩子，他们都出来救你。我想，如果要死，那就得在夜晚、在人群附近，成年人，因为只有成年人不愿救你。所以我一直待在森林里，直到天黑。然后我拿起我的炸药和引信，跑到这里，跑到婚礼上。”

“是你敲的窗吗？”伊尔玛问道，她拿仇恨的磁铁吸引了希尔多可怜的眼睛。

“我有炸弹时，还会去敲窗吗？”维勒生气地说着，吮了吮受伤的手上的血。“我在地窖坡放了一颗。我想，我就站在那里，让它们攻打我。可当我听到你们来了，我就跑到了工具屋后头。我在那里放了第二颗，这次我站着不动。但没有人在意地赶来。你可以做你想做的，小伙子，我对自己说，没人在乎你。”

“那你需要我们做什么呢？”鲁道夫问，“你想自杀不是吗？你的意思不是说我们该帮你点火吧？啊？”

“一个人不能自个儿死去，”维勒回答，“得有人在身边你才死得了。但没有人来。最后我不得不走到窗户那儿。我想我得敲一下，因为没人听见爆炸声。当他们走到门阶时，我就敲。但我敲不了。”

“为什么？”

希尔多问，尽管她知道答案，伊尔玛笑了。

“已经有人站在那儿了，”维勒说，“所以我悄悄离开。我走到木材堆，躺在那儿。过了一会儿，我想出个主意。我可以喊，我想。如果我喊叫，他们肯定会过来。我喊了。但没人来。”

“我们以为是一只猫。”韦斯特隆德说着，点燃一支大雪茄。

但维勒站起身来。他站在桌子尽头，大块头，醉醺醺的，非常悲伤，垂着头，他的大手之间，烛光在摇曳。

“你们每个人都以为那是一只猫吗？”他问。

没人回答。现在他又一次看向每一个人。

“你们每个人都以为那是一只猫吗？”他重复道，这次的声音高了许多。

他长时间注视着希尔多，最终希尔多转过头去。

“你以为那是一只猫吗，希尔多？”他吼道。

“是的。”过了一会儿，希尔多回答，她坚定地看着韦斯特隆德。

“好吧。”维勒疲倦地说。

而他盯着西瑞看的时间最长。

“你以为那是一只猫吗，西瑞？”最后他问。

西瑞直视着他的眼睛，答道：

“到最后，我以为那是个人。我们几乎都以为那是个人。但没人敢去查看。”

“好吧。”维勒低声说，他又坐了下去。

过了一会儿，他继续说：

“那么，那该是有一只猫在叫吧。因为没有人来。那只猫应该需要某个人。但它没有什么人，也永远不会有。突然，炸药棒就在猫嘴里，它用爪子打着了火。可就在为时已晚之前，炸药棒从猫嘴里掉了出来，猫继续活着。它不再叫了，该死的猫。这是一只好猫。”

现在他摊开胳膊趴在桌上，一定是倦了，一定是醉了。鲁道夫摸了摸他的肩。

“听着，”他和缓地说，“你家老头已经为你哭了一整天了。”

“你撒谎，你这混蛋。”维勒从他悲伤的深处低声说。

“真的，”索仁说，“因为我们就在那里。”

维勒的身体突然挺直，虽只是极短的一瞬间，但他的喜悦之情如此强烈，就像让一记棍子击中了一样，他猛然倒在椅子里，然后摔到地板上。他们把他抬起，放在沙发上，玛瑞点亮了灯，鲁道夫从维勒口袋里拿出剩余的六根炸药棒。他们站在灯下看，仿佛那是值得一看的东西。与此同时，他们听到帮工们开着卡车回来了，有人拉开了窗帘。西蒙穿着内裤和毛线衫站在园子里的月光下，等着帮工们。

“他们再也不会开割草机了吧。”维克多抱怨。

他往外走去，韦斯特隆德跟着，玛瑞跪在维勒身边，贡纳尔已在沙发下睡着了，双手捂着耳朵。

“我们现在不该回家去吗，黑尔默？”希尔多焦急地呼喊。

“就等我先请总经理喝上一杯，”韦斯特隆德回答，“不然他可能会感冒，这可怜虫。”

“上帝啊，我是多么爱戏剧性。”城里的女士低声说，长久地亲吻着那无助的、睡着的人。

*

这么晚了，月亮怎么还在天上挂着？嗯，她挂在空中监视塔上，正寻找太阳的第一架飞行器。可现在还是夜晚，还是平静，尽管温度升高，夏夜中已有一丝秋意，这让我们的渴望增长。

西蒙并不冷，虽然让比约尔赢走了裤子。哈格斯特罗姆和卡尔松也不冷，他们站在车前，商量着，大声说着话。

“过来，韦斯特隆德！”西蒙喊道，他把内衣领口扣紧以免着凉，幸好他穿着冬天的毛线衫，可他只穿着短裤。

韦斯特隆德过来了，维克多也过来了，这一次割草机没出什么岔子。西蒙弯下身子，福特车右挡泥板上有个刮痕，哈格斯特罗姆站在旁边挠头，那辆29的散热器上冒着蒸汽。

“我赢了，”哈格斯特罗姆低声说着，把韦斯特隆德推到一边，“我在本特松咖啡馆那儿就超了车。这头老山羊能开到一百五。”

但西蒙依然情绪低落，挡泥板上的刮痕闪闪发光，就像女人丝袜上的抽丝。韦斯特隆德拍了拍总经理的肩，维克多让到一边，可能他怕那辆29很快会爆炸。

“别伤心，西蒙，”韦斯特隆德安慰道，“当我的车还是新车时，鲁特曼的公牛冲过来，把右边门当中顶出一只‘信箱’。”

“那不是公牛，”西蒙咆哮道，“是你的帮工。现在他得挨打。”

“听到了吗？”韦斯特隆德严厉地对哈格斯特罗姆说，“你要挨打了。”

“如果之前也是他撞了收割机的车辕，他就该受双倍惩罚。”维克多插话。

但他真不该这么做，他俩把帮工们打发到仓房后头，叫他们打个痛快，然后开始照顾老人。他俩对他不坏，可在饲养牲口的人和屠宰牲口的人之间总有一种隔阂，这隔阂在醉酒时更深。他们各自轻轻扶着他的一只肩走着，只想开个玩笑，缓慢地走向仓房。而老人开始意识到不对劲。

“我们这是去哪儿？”他焦虑地问。

他开始觉得自己像是给关在一个小牢房里，牢房的铁栅栏是屠夫的手臂，他试图挣脱，结果给束缚得更紧。

“我们该去看看牲口。”韦斯特隆德在维克多的背后悄悄对西蒙说，走着走着，装作有什么秘密的事在发生。

维克多变得非常恐惧，上帝啊，他不习惯出门，这已经吓坏了他：低低地挂在天上的月亮，闪闪发光的湿草，还有外屋那里，塞在原木间的新填充物挂在外头，看上去像是墙的内脏。一边是惊悸，一边是阴郁的喜悦：这就是我让人骗了的结果。而后他完全忘了自己为什么出来，也忘了他女婿站在自己的左边。现在他们来了，他只是想，现在他们终于来了，那些想要拿下这座农庄的人。他知道有很多人想拿下这座农庄，所以他才加盖了二层，并装上牢固的门锁，上头就像一座堡垒。可现在他给骗下楼，遭到背叛，现在他在清亮的月光下朝着失败走着，他害怕极了。

“你们是什么人？”他喊道，开始像一只老旧的球在他们中间弹跳。

但他们只是抓得更紧，彼此在老人背后点着头，当这第三个人看起来这么当真时，这笑话就变得更有趣了，效果提高了百分之八十。

“西蒙是高级屠宰管理人。”韦斯特隆德说。某种程度上，这也是真的，尤其是在午餐时的五张牌游戏之后。但老人不知这是什么意思，也不知屠宰管理人是个什么意思。

“您不看报吗？”西蒙问。

不，自打战争结束他就对报纸不感兴趣，之前他是感兴趣的，那时还很有趣，现在就只剩连载小说了。他们还没打开牛棚的门进去，他们牢牢地停在月下，继续开玩笑。

“是的，一个屠宰管理人，”韦斯特隆德讲解道，“就是四处数动物的人。”

“那他应该数数小溪拉塞家的田鼠，”维克多吼道，“那才是他该干的。”

“不，他只数室内的动物，”西蒙解释，“这样更容易。而且里面比较暖和，他不会感冒。”

但现在老人的膝盖快坍了，他们几乎难以将他从月光下抬进牛棚里，韦斯特隆德点燃了里头的煤油灯。维克多坐在希尔多的挤奶凳上，那是他以前亲手给她做的，连续干了五天，蓝颜料花了两天才干。一天晚上，他把凳子放在脱脂器旁，一个礼拜六的晚上。她看着凳子尖叫起来，你以为这样就能把我拉到牛棚去，那你比我想象的要蠢得多。她以为他在合作社买的凳子，这也不全是她的错。可他现在觉得事情变成这样也很奇怪。因为一切都已发生，他坐在一只旧牛奶凳上，两手空空。韦斯特隆德，屠宰管理人，用黄灯笼照着空荡荡的地方，上面没东西，高级屠宰管理人西蒙打开牛棚的门闩，穿上了鲁道夫冰凉的木拖鞋。

“屠宰管理人在数什么牲口呢？”老人问，韦斯特隆德帮他站了起来。

牛棚里，奶牛跪在地上，铁链咔嗒咔嗒响，它们一定以为太阳自己穿门而入了。

"是这样，"韦斯特隆德解释，"屠宰管理人进入牲畜棚前，他们决定里头该有多少头牛和猪。这完全取决于牲畜棚颜色和堆肥高度。比如牲畜棚的颜色是蓝色，堆肥高八米，那么该有大约十八头奶牛和二十二头猪。如果对不上，就只有用邮政转账来交罚款了。"

他们走进第一个牛栏，在那里，五月玫瑰正把它的旧干草在体内上下翻腾，老头儿哭了。他们起初没看见，因为太暗。

"还有屠宰高级管理人，"韦斯特隆德继续，"他做什么呢？是这样，他的任务是数屠宰管理人。确保出牲畜棚来的人数不会比进牲畜棚的多。"

"反过来也一样。"西蒙补充道，老人哭着。

不过现在也够了，女婿变得像一个父亲一样，想要擦掉眼泪。

"老丈人，"他在黄玫瑰的牛栏、那第五个牛栏前说道，"这只是个玩笑，知道吗？所以别哭了，老头儿。"

他们还没意识到已经太迟，也没意识到老人看到了第六个牛栏，它空着。就在他们准备离开时，他从韦斯特隆德手中抢过提灯，先往水槽那儿照去：库拉的牛栏很久没清扫了。他走到食槽前，伸手摸了摸饲料架，已清理干净，底部没有谷壳。

"库拉。"维克多低声说。

他痛苦地跪在提灯旁，空牛项圈还在，他把它拿起来，轻轻抚摸。韦斯特隆德小心翼翼地走进牛栏，西蒙站在猪槽边，看着母猪，他猜大约有七十公斤。

"库拉！"维克多突然吼了一声，他直挺挺地倒在牛栏里的烂木头上。

“老丈人，”韦斯特隆德低声说，“我们不得不这么做。它不产奶，你该知道的。”

但老头儿不想听任何解释，韦斯特隆德抓着他的肩膀想帮他站起来，但他的肩膀拒绝了。奶牛很平静，又都躺了下去，这时牲畜棚的门开了。

“你们都出去。”希尔多在门口喊，她气得脸都白了。

于是屠宰管理人们离开了，牛栏钉子上挂着条蓝裤子，西蒙把裤子给带走了。韦斯特隆德拿一团草擦擦眼泪。

“是我。”希尔多说，她弯下腰靠近老人，老人的脖子上戴着牛项圈。

“我是头老母牛，”他低语，“现在我要待在这儿，直到要被宰了。”

希尔多走过去捧了些饲料槽里的干草，她吹灭提灯，月光照进饲料架，照亮了屋脊下的蛛网。她扶着他跪在地上。

“我给你身子底下铺些草。”她说着撒下干草。

然后她在他身边坐了很长时间，等他心中的苦涩走出来。苦涩是一只口渴的小动物，没别的，没喝到温柔有好多年了。渴着，它爬进自己的窝，渴着倾听是否有谁到来，等在自己的窝门口。上帝怜悯那些没有谁带着一勺水等候在外的。过了很久，希尔多听见它从黑暗的通道那儿轻轻走来，她给它带去清爽的解脱。她平直地躺在牛栏里，身体紧挨着父亲，就像外套披在衣架上一样。

“爸爸，”她低声说着解开项圈，“是我干的。是我把项圈给库拉放上的，我拉她出去的。”

“她尖叫了吗？”

“她很高兴。”

最后他跪在膝上。

“那时她不知道她要面对什么，”他说，仍然心有不甘，“那时你欺骗了她。”

“我没撒谎，”她坚定地回答，“我说了会发生什么。她自己走下坡。我看到她很高兴。”

“好像你走向屠宰场时你会高兴一样？”他愤愤不平地问。

“爸爸，”她绝望地说，“我想事情就是这样的。人得拿自己能获得的。你必须接受你能有的，并感到高兴。如果没有生活，那就得接受死亡。如果一头奶牛没奶水，那么她就得接受让人给宰了。”最后他似乎明白了，他的小动物一直在喝呀喝，现在他站在牛栏里，灯已熄灭，但他仍然以为它还在发光。

“你去见屠夫了，你，你高兴吗？”

他想说的是：你要去屠宰场了，你很高兴吗？不过他为了自己的缘故中途改了口。她含泪回答：

“是的，爸爸，我是那么高兴。”

她站在阴影里，在那里眼泪不会被看见。但他站在亮处，她觉察到月光如何在他脸上刻出死亡的形象。她无法将目光从这景象上移开。因为从一天到下一天，最伟大的雕刻家都在用无尽的耐心、用小小的死亡线条来填满我们的脸庞。我们都是死亡雕像的模特。但有一天，雕刻家失去了耐心，凿子疯狂挥动，变化从这一小时到下一小时都看得出。她并不害怕，只有在你很年轻时才会怕。看到他们穿过园子，闪亮的牛奶桶在暮色中摆动，她站在窗前祈祷：愿一切永远如此，决定一切的你，不要让他们中的任何人死去。但那一天总会到来，那时你会知道：你拿你有的。

然后，就不会再有恐惧。她站在阴影中，理解了：他也经历了这一切。现在他要得到他能得到的。不会盖更多房子了，甚至不再盖了。他走下去，停在他拥有的人们身边。所以他突然间充满了死亡。满含感激，她想：我是那个可以杀了他的人。我是那个可以让他的脸如此美丽的人。

“爸爸，我们走吧。”她低声说，将他美丽的脸转向阴影。

*

现在歌手已询问过每个人了，于是现在他想回家，城里女士抬起右手朝着月亮。

“不觉得我有弹钢琴的手指吗？”她站在车边问。

他太累了，所以他不得不靠在门把手上。

“没错。”他回答，却不知在回答什么。

上帝啊，她是那么厌恶站在那里的每一个人。

“你们听着，”她大喊，“如果我没嫁给那个人，我本可以是全球著名的钢琴家。”

尼塞试图打开车门，但它给锁上了，一直打不开。她逼迫他答应送歌手回家，她说：“你不会害怕吧，你自己知道怕谁，对吧。”但现在还不能说名字，所以他答应了，尽管他喝醉了，尽管他的驾照已被吊销。虽然现在已是深夜，外头明亮，而道路宽阔。可车门给锁了。

“沃林德一定有钥匙。”他说。

比约尔站在栅栏旁，把原本属于尼塞的自行车装好，他把赢得的那些戒指戴在食指上，因为那里最显眼。他心想，我从未像现在这样有结了婚的感觉。那些失败者正在用石头投掷目标，目标用耙子的把手做成。比约尔心想：

该死的，就凭这些戒指，我对希尔多和玛瑞都拥有合法权利。于是，他踉跄着走向玛瑞。

“我们好得就像结了婚。”他说着把手放在她衣服上某个闪光的地方。

“够了，现在我要回家了，”比约尔太太说，“而且今晚钥匙不会在云杉枝下。我就告诉你！你这老斯库特斯雪尔公山羊。”（好像他出生在斯库特斯雪尔一样！）

而后她朝栅门走去，没注意踩着了耙子做的靶，她的肚子往前突出，就像她在某场示威游行中平衡一根旗杆一样。但比约尔并没注意到，他只注意玛瑞的胸，像两只困在衬衫里的动物，恳求给释放出来，比约尔从口袋里掏出大钥匙。而玛瑞已走到左手边，这也不坏。

“我本可以玩四手联弹，”她对所有愿意听的人喊，“如果我没和那边那个人结婚。”

比约尔老头把钥匙插进锁孔。

“不管有没有联弹，”他说，“你本来可以是个厉害的演奏者。”

但她现在还没有给解锁的心情，因为现在关乎未来，以及尼塞·约翰松如何窃取了未来。她又关上了琴盖，为钢琴哭了一会儿。而尼塞陷入廉价白兰地的迷雾，牢牢抓住散热器格栅，一心寻找沃林德，但找不到。

“沃林德在哪儿？”他喊了起来，突然感到恐惧，他挂在散热器上，试图回忆上一次见到他的情景，那是在耶夫勒的商店外。

现在轮到索仁扔石头了，但石头卡在了他手中，好一会儿才掉到地上。

“让我看看，”韦斯特隆德若有所思地对鲁道夫眨眨眼，

“我们之前看见他难道不是在湖边吗？来吧，伙计们，我们去瞧瞧。不，西蒙，你留下。”

他们消失在屋角后，留下其他人在车旁，谈论着沃林德的命运。比约尔真的很有心情。他一定是死了，比约尔认为。而且他有钥匙和一切，尼塞沮丧地说。有人从仓房走出，不是沃林德，只是希尔多和维克多。

他们不敢朝水桶里看，只伸出臂膀将他拉了出来。沃林德软而沉，水滴入照着月光的草里，他们不敢看他的眼睛。

“如果他死了怎么办？”索仁羞怯地低声说。

“我们把他翻个身看看。”鲁道夫建议。

他们把他翻过来，就像打开桶塞一样。

“也许我们该问他点什么。”韦斯特隆德说。

他们又给他翻了个身，他看起来几乎是青色的。

“你怎么样？”鲁道夫问，声音很低，角落的人听不见。

他们的心跳得像活塞，一小时九十公里，他们睁大眼睛盯着看，就像遮阳伞一样撑着，盯着绿色深渊上的恐惧。沃林德的眼睑慢慢滑动，露出一双空洞的眼，他的嘴唇无声中轻轻动了几下。韦斯特隆德把耳朵贴上去。片刻后，他挺直身体，放了心，拿索仁的衬衫擦干手。

“他说了什么？”

“我觉得他在说尼龙。”韦斯特隆德回答。

他们走到车边之前，有人跑了过来，是伊尔玛。她问那是谁，他们把脸转向月亮。

“这是你的尼龙人。”鲁道夫对远处的露兰喊道。

伊尔玛松了口气。轻松下来。好像她以为会是别的人。

“正如我们说的那样，”当他们穿过栅门时，索仁说，“他躺在水里。”

“那现在我们可能会得到卡内基奖章。”韦斯特隆德说。

“嗯，是的。”鲁道夫害羞地说。

“水就是水。”韦斯特隆德说。

他们抬着他上了楼，进入维克多的房间，放在地板上，用一条碎布地毯裹上。一只闹钟开始响了。尼龙男在地毯里做了几下游水的动作。

“现在他该知道时间了。”索仁说。尼塞从他的屁股口袋里拿出普利茅斯车钥匙。

而老人躺在门阶边的草地上，直挺挺仰天躺着，他们围着他，围得太密，以至于星星和月亮都照不着他。他已与自己搏斗过，他的生命与他的死亡搏斗过，最后的最后，生命赢了。他紧贴在草上，像植物给挤在植物标本里，他躺着就像在一口井里，婚礼的客人们在井壁，头像吊桶一样挂着。有一只慢慢下沉。希尔多。

“爸爸，起来吧。”她轻声引导。

他还是躺着不动。

“你以为我会和一个耶夫勒人住在同一屋檐下吗？”他嘲笑着从草地深处喊道，“不，现在我要睡了。”

但她看得出，他心里只有一个请求：抬起我，搀扶我，说些我想听的话！

“你们可以走了。”她对其他人说。

于是一部分人进屋继续喝酒，尼塞打开车门，让歌手上车，玛瑞挤进他身边，比约尔招摇地坐在后排，他这是第一次拥有后车座。他们匆匆驶出，撞开了栅门上一片木头。

“那是差速器的问题。”尼塞解释着，而后提速。

“我还以为是栅门锁呢。”比约尔说。

玛瑞和歌手坐在一起聊着她失去的前途，夜越深，前途就越大，总是这样，这一点尼塞最清楚。

“如果您知道，”她说着甚至流出眼泪，“他给我带来多少破坏。您不是唯一一个对我说，要把生活献给艺术的人。比如我认识一个画家，‘约翰松太太，’他总是说，‘你的手本该握着画笔，而不是……’”

“烈酒杯。”尼塞建议着，同时握着方向盘，比约尔在后座哈哈大笑。

这么不艺术，叫她真的要痛哭起来。可她自己什么都说不了，而且严格来说也无所谓。她以为歌手在倾听，也同情她，其实他已听不见一个字。时季结束了。他唯一能听到的是内口袋里信封的沙沙声。就在他跪倒前，沃林德说：也许你想要书面证明。沃林德明显采用了不礼貌的“你”，而不是尊称，可他也懂一些事。他的意思是，一位有名的、当代收音机商的证明，这人还是来自耶夫勒的，听过收音机里大部分歌曲，他写的证明比农民在醉醺醺和迷迷糊糊时嘴上说的要强得多。所以他用墨水在莱瑟博纸上龙飞凤舞地写了字，用唾液和波尔兹烈酒粘好信封。他说，你到了家再读。在家里！像你这样伟大的歌手，他说，肯定有个摆着自己的三角大钢琴的家，里头还有贝多芬和托尔·埃尔林以及他的管弦乐队雕像。

普利茅斯沿着篱笆曲折向前，车鼻子伸进去一点，不过还好。比约尔在后座打鼾，不艺术，可毕竟现在这是他的座位。他们跟着歌手走进去，这座大而黑的房子站立着，透过敞开的窗呼噜不绝，主管的窗亮着灯。他本不该带他们进来，不是因为他们来自城市而感到羞愧，而是正如约然说的那样，他们最后一次见面，约然邀他去耶夫勒，他们坐在一个小而昏暗的地方。你并不需要刻意透露你住哪儿，约然突然说，我告诉艾伦和孩子们，你住寄宿旅馆，所以——嗯，你明白的。他立刻懂了：一场重返舞台的敏感事件需要在各方面谨慎。在这样的心境下，他站在台阶上道别：

“没错，我住这儿。暂时的。我在底楼有个单间，在角落里。不过只是暂时而已。”

这时他觉得他们在笑，讥讽地。好像他们自己了解得更多。好像他们想说，十四年，那真是该死的过长的时光。反正两个男人显然都喝醉了。于是他继续说：

“顺便说一句，我这里有一份关于我的歌唱的证明，出自耶夫勒一个受尊敬的人。”

他站在那里，手里拿着信封，礼貌地要求他们打开它，大声读出这份证明。院子里的灯不亮，只有月亮照着，他自己看不清。女士用小拇指指甲打开信封，他站在一旁看着她的手，上面满是粗大的戒指。突然他记起了她的提问，想起自己根本没回答，现在要弥补。她打开了证明，把它放在月亮那巨大的台灯下。

“用这样的手指，可以说粗指头，你基本没法弹好钢琴。”他专业而友好地说。

这句话以及尼塞随之而来的那一分钟嘲笑，为她决定了事情的走向。刚刚还是一张写在莱瑟博纸上的、用来对付一个理解她的老人的卑劣行为，一眨眼变成了沃林德常说的老笑话。因此，她以毫不颤抖的嗓音读出了耶夫勒值得尊敬的人写下的证明。

“鉴于请求，特此证明，”她高声而得意地读道，“歌手约翰·博冶是一位了不起的歌手。只是他唱歌时发不出一点声音。但或许这也是好事。此致最高敬意，弗瑞茨·沃林德。”

而后，整个地球都变得寂静。在地狱里，她将回想自己站在台阶上，永远地、永远地读这张纸条。他们倒退着下了台阶，信封和纸张留在第二级台阶上。他站得最高，带着某种僵硬、沉默和黑暗，成了自己的墓碑。除了逃跑，他们还能做什么呢？他们匆匆转身朝着篱笆口走去，他还站在那里，他们挥手告别，仿佛这样就能重归于好。他们上了车像跨进监狱，带着轰鸣的引擎，尼塞调转汽车，车熄火了。

“你搞的什么鬼！”他尖叫，好像她也该对引擎熄火负责，比约尔打着鼾，她看着自己的手。

她试图藏起自己的手，她知道它们并不特别，从不特别，它们唯一适合的就是在那些黑暗时刻把眼泪压回去。在那些她焦虑地大喊“Bin ich ein schlechter Mensch？”的时刻，她喊的不是：“我是坏人吗？”这里有个故事。她曾非常同情一位年轻的德国难民。一天晚上，她在他房间里醒来，感觉很可怕，好像有人严厉地盯着她。灯孤独地在天花板上亮着，男孩睡着，她发现他非常脏。她拉开被子，看见自己也很脏，好像他们上床前在泥泞中打过滚一样，那时他们已喝得醉醺醺的了。墙上挂着一面红框镜子，她悄悄爬起来，对着镜子看到一个意外的身影。她熄了灯，唤醒男孩。她喊了一句，我是个坏人吗，这句话用德语怎么说？他回答，而后又睡了。

从那以后，她常这么做。Bin ich ein schlechter Mensch？这

么做有个好处，就像那是别人的问题，这陌生的语言像是尖叫和沉默之间的缓冲。这整个的事情甚至成了一种问题。上帝啊，我真是个机智的人，她常这么想。幸运的是，她的德语水平不够高，无法回答自己的问题。

所以，她总能毫发无损地从这场争斗中走出，输的总是尼塞。一直和一个人生活在一起，就足以让你开始讨厌这个人。每次她把眼泪压到眼皮后头时，她会把手拉低，带着越来越多的仇恨看着。

所以，甚至在他换到二挡之前，他就知道她很快会说这句话。他的额头冒出汗珠，他小心地让车子沿左侧路缓缓滑下长长的坡道。这是事故发生以来他第一次开车，月亮消失了，他们驶入蓝黑的暗色里。事故发生时则还要黑暗，一个圆形路牌缓缓出现，而后消失：松动的路肩。桥上的白色护栏在车灯照射下发光，事故发生在一座桥上。他们以最慢的速度过桥，就像在雾中，而那时并没有雾。她什么也没说，只是用手轻轻碰了一下护栏，事故发生在一根护栏边。他们开过比约尔家的绿色大门，而后他跑进一扇门去，消失了，但他们还是找到了他。她朝大门做了个手势，表示她一直跟他跟到那里，然后她回去给其他人指路。车头灯照在一个干草堆上，后退几步，仿佛感到羞愧，接着又消失。那时，他们在干草堆后找到了他。眼下，她还什么都没说，她什么都来不及说了，因为他突然猛踩油门，普利茅斯跳了起来，就像要追上自己的光。玛瑞摇下车窗，摇得尽可能低。

“严松兄弟，”她在夜里喊，“严松兄弟！严松兄弟！”

他使劲向右转好避让，普利茅斯倾斜，路像海一样崎岖不平。他把刹车踩到底，车停了下来，但帕尔姆家仓房的墙壁像一艘黑船向他们滑来。总是如此，左前轮抬起，碾碎一条生命。为时已晚。汽车侧面和墙壁相撞，双方都尖叫，比约尔从座位上滚下，在车厢底板上又睡着了。

但之后发生的事并不那么真实，而是一场梦，关于已发生又似未发生的梦，这样的梦我们都有。他从左车门跌了出去，唯一能打开的门，突然无助而目眩地站在灯光照射的正当中。被害人应该趴在地上，流血的头颅刺入保险杠下。他自己应该潜入光束下，抓住严松兄弟的肩，把他拉出来。他跪了下来，手伸进车底，却只摸到满手的草，他让车灯照亮双手，可手上没一滴血。他绕着车走，不停地呼喊被杀害者的名字，但那里没有被杀害者。哪儿都没有被杀害者，只有一根断在前后轮之间的粗粗的栏杆。所以那不是严松兄弟，那只是根栏杆。他松了口气，把栏杆拖到仓房后。在关于已发生的梦中，他也穿过了一道栏杆，现在他平静地爬过这栏杆。在关于未发生的梦中，他平静地走向草堆，只为感受站在草堆后并没杀死任何人的感觉，玛瑞跟在他身后，保持着一段短短的亲密距离。

而在草堆后，现在等待他的是一件发生了的事，就像是祷告之后永恒的一声阿门。严松兄弟平躺着，双腿分开，手臂搁在散开的草上。尼塞跪在被害者身边，恨他，因为他永不愿让已发生的事成为未发生的，因为每一次他选择死，不选择活。月光突然回来了，嬉戏在那睁着的死去的眼睛里。玛瑞从草堆的阴影中滑出，很快就能听见追捕者沉重的脚步声。

“上帝啊，”她轻声说着也跪倒在地，“这是韦斯特隆德的帮工啊。”

尼塞再也无法区分已发生和未发生的事，他的食指顶着哈格斯特罗姆胡子下、腮帮上的一个小肿块。肿块消失，留下的是个洞。毫无疑问：韦斯特隆德的帮工确实死了。

他们同时站起身来，夫妻俩处在惊恐中，在整排外屋长长的阴影里并肩奔跑。他们把帮工留在那里，帮工就那么躺着，双腿分开，在那发出黄光的草堆旁。

*

车停下时，他才明白过来。他还站在台阶上，而车已从篱笆中穿出，听得见在碎石飞溅到挡泥板上的声响里，车子转了个弯，听到车轮开动了几米。然后是突然的刹车和突然的寂静。

上帝啊，他想。突然间他认出了他们，现在没时间浪费了！他立即明白了他们真正的意图：他们想让他相信，他们已离开。但实际上，他们此刻正步行绕过篱笆，朝房子后头走去，朝着几乎总开着的厨房门走去。于是他抓起证明文件，匆忙走进屋，锁上门，灯在台阶上投下微弱而火红的光，台阶上突然传来意外的嘎吱声。他们已进来了吗？他双手交叉，踮着脚尖朝灯走，这是对他们的高尚精神的邀请，如果这样的精神存在的话。你不能殴打一个交叉着双手走近的人，绅士们。

没被发现，或不管怎么说没受伤，他到了第一级台阶上。他明白现在最危险的事是回到自己房间，因为他已那么天真地透露了自己的住处。

现在太迟了，他找到了扶手，感觉心脏在左手中跳动。他朝着月光走上去，向一面白墙走去，向一扇门走去，门后有光亮。在平台上停下来，他倾听着，他们似乎还没进来。或者他们已上这儿来了，如果他们已在这里，他们就站在楼梯左侧的阴影中。主管的门在右边，正好在月光下。他明白了，他必须一直在光线里。脸必须在光线中，所以他倒着向门口走去，小心地打开门，视线一直不离开月亮。这样他没法敲门，但他的生命比敲门更重要。

主管似乎并不这么认为。

“这是怎么回事？”主管几乎是咆哮着。

一旦进入关着的门内，他就能转身，但为了防止他们拉开门，他紧紧抓住门把手。主管坐在他的绿灯后头咀嚼着，他正就着啤酒，吃着满满一盘香肠三明治，一种他在城里买的德国香肠。

“主管，”他低声说，“他们在追我。”

主管吃了一块三明治，把香肠一片片塞进他那咀嚼机里，歌手真心为它们感到遗憾。

“又来了。”主管说着，咧嘴笑了笑。

他其实没必要发笑。“又来了”，当然这是事实。追他的不是一个懒散的帮派，从不休假，且擅长乔装。某一天是一个他不认得的老太从路边经过，偷偷朝他房里看。另一天是个骑自行车的姑娘，似乎碰巧骑进了院子，四处张望。有一次，他们中的一个在收音机里，那人出现在那里实在不可思议，肯定是答应过要读一些完全不同的东西。然后那人却读了个从头到尾都在针对他的故事，关于一个演员，名叫北冶。名字末尾有个h，以及所有的一切。

“过来坐下。”主管说着拿起裁纸刀。

歌手迟疑地放开门，走到椅子前，坐在最外侧，准备一有什么事就立刻站起来。主管正拿裁纸刀削香肠，为了让主管明白事情的严重性，歌手开始讲述事情是怎么连在一起的，帮派如何开车从城里来找他的，还告诉了主管约然的警告，约然说过，不要向任何人泄露自己的住址等等。主管一片接一片地削着香肠，香肠削完了，他削三明治，当所有的东西都被削完时，他开始寻找新猎物，在烟灰缸里找到根雪茄烟蒂，仔细地谋杀了它，并在灯光下长时间审视着受害者。他仍在咀嚼，甚至在歌手结束对帮派活动的描述后，他还咀嚼了相当长的一段时间。他打开一本看起来像某种调查报告的书，仔细咀嚼着。

“也许他们甚至搞出了一场婚礼，”最后他说，“为了有机会接近你，博冶。”

眼下，歌手还没笨到无法理解讽刺、恶毒或纯粹的无情的地步。但有时候，这并不会让他感到痛苦，相反，常常让他变得更坚强，让他有力量举起他那闪亮的盾牌。他能够有力量想到：曾有一段时间，那时我也能让年轻姑娘陷入幸福。所以他几乎带着怜悯的微笑，准备跨上他那高高的马，这时发生了一件非常奇怪的事。主管放下裁纸刀，今夜，他该是削够了。在绿色灯光下，裁纸刀闪着锐利的光，这并不是那奇怪的事。

奇怪的是垫在下面的东西，那是个莱瑟博纸文件夹。眼下他并不认为主管也是那一伙里的，只是那遗忘了的危险重被提醒，马跪倒在地，盾牌被氧化。心脏开始跳动，他有一种想尖叫的冲动，当尖叫声响起时，他最初以为是自己的声音，以为主管因为他而急忙站了起来，不明白为什么主管突然朝门口冲去，想跟在后面，仿佛要把尖叫声压在他手里。但主管停下来阻止了他，主管停止了咀嚼，嘴里嚼的食物被类似一声咒骂的东西堵住了。

“坐下，”主管断然下了命令，“我只是出去一下，让克拉拉安静。”

他独坐在同一把椅子上，很不确定那真是克拉拉。克拉拉确实会尖叫，通常在夜里。她醒来，上帝站在窗外，上帝想进来，窗户给关着。于是她跳起来，用力推开窗子，尖叫着让上帝进来。但这个声音听起来不同。没人能骗我，他像所有被欺骗的人那样想着，又变得坚强起来，记起门没锁，走上前再次扭动钥匙。

他第一次完全独自待在主管的房间里，感觉很怪。尽管没有任何目的，他开始朝书桌走去，但他记起了莱瑟博纸文件夹。起初，他只想稍微移动拆信刀，好确认它确实是莱瑟博，而不是其他牌子。但只有在锁被打开后，小偷才成为小偷。他颤抖着打开文件夹，起初他想随它去，可他的手强迫他拿起文件夹里那么多封信里的一封。这是一封没有邮票和邮戳的信，他将写着地址的部分抬起放在灯下。

他的手首先明白了，因为他的手丢落了信，然后是他的膝盖也明白了，他跌坐在椅子上。可当他的大脑终于明白过来时，他又站了起来，毫不颤抖地将信装进信封，拿起整个文件夹走到窗前。当他把窗帘往上拉开时，他看到了道路，那里没有汽车。那里从没停过车，他让窗帘落下。文件夹不大，却比他搬过的任何东西都沉重，像一个毫无意义的生命一样沉重。他没力气对那个让他陷入这境地的人感到怨恨，是绝望的疲惫驱使他往门口走去。

我从未被听见过，他想着，打开门锁。我从未被听见过，他想着，摇摇晃晃地走了出去。他在月光下看见一张嘴，这张嘴是张开的，这张嘴在歌唱。这张嘴哑着。我一直都哑着，他想，感觉台阶在脚下下沉，文件夹在他的左手里生汗。

对于那些哑然无声的歌者，还剩些什么呢？对于那些盲目的路标，还有什么能留下呢？有的，一种更大的哑然，一种更深的黑暗。他拖着沉重的负担走下台阶，首先他要在森林里抛弃它。在森林里，他要抛弃一切，他要从胸膛里抽出哑然的寂静，他恨自己，恨得无法忍受。

可他还没走下台阶，就看到一张脸孔在月光中出现在前厅门前。这脸孔像是在水面漂浮一下来回摇摆，淹死。它挡住了去路，他停下了脚步。

“有我的信吗？”疯子安德斯轻声问。

他看到了歌手手中的文件夹在闪光。他可能在想：终于有封信是给我的了。众所周知，他在夜间会上楼，站着等待，有时在台阶口，有时在篱笆边。当被问及你在等什么时，回答是：等信呗。

但歌手突然意识到：为什么我要拖着这些沉重的信件，它们又不是我的。所以为便利起见，他要将它们送出，不为别的。

“没错，”他回答，“今晚你有很多信。”

疯子安德斯的小房间就在台阶边，灯光闪耀。他进去只为了交出信，没别的。可当他把那本装有五十封未寄出的白色信件的夹子交给安德斯时，他不能立即离开，如他原先计划的那样。他站在那里，看着疯子安德斯坐在地板上，兴奋地颤抖着打开夹子，或许只期待着一两封信。他可能以为自己在做梦，以前从未收到过信。现在他一下子收到了五十二封，他不会数数。他也不会读，他不打开它们，他一封一封地拿起来闻，放在耳边晃动。最后把它们摆成一个圆环，开心地坐在地板上，在信件的圆环当中，时不时移动它们。也许他以为这就是读信的方法。

但歌手站在环外，对他来说，这个环永远不会被打破。当他准备离开房间时，他听到身后一个意想不到的字眼儿，以至于他不由自主地转身。

“唱。”疯子安德斯低声说。

“我哑。”他回答，然后想要离开。

“唱。”疯子安德斯用幸福的眼睛低声说着，他还没理解，他从嘴角流出了他的欢乐。

歌手从挂钩上取下毛巾，温柔地擦拭安德斯的嘴唇。闭着眼睛，他后退几步，开始歌唱。声音非常轻柔。毛巾缠在一只手腕上。歌声推进，他越来越用力地缠紧毛巾，仿佛想从心中扼断什么。没人听见我，他苦涩地想，他不知道自己在唱什么，声音只是微弱的。你听不到，他想，所以你也许可以睁眼看看。

于是，一直歌唱着，他睁开眼，看着疯子安德斯。他心中充满无尽的欢欣，他立刻注意到：疯子安德斯听到了他的歌声，疯子安德斯的眼睛被吸引住了，不是被他这个人，而是被歌声。于是，他手中的毛巾松弛下来，如一面旗帜，他闭上眼歌唱，歌声充满疯子安德斯的房间，旗帜在风中飘扬，它笔直地挺立在风暴里。此刻，在整个地球上都能听见他，刺猬们听见了他醒了过来，藻类因他的歌摇摆，他越过山脉，他是一股将沙漠抽打得血淋淋的飓风。他独站在黑夜下，一顶草帽抵着胸膛，那是最大的巨人草帽，他将用歌声把它填满。于是他把它放在唇边，让歌声倾盆大雨般灌入其中，但它永不会给填满。

歌手倒在地板上有那么一会儿之后，疯子安德斯从他最幸福的一夜里站起身来，小心翼翼地走出圆环，他没踩到任何一封信，其他人该看到的，那些其他人。他俯身走向歌手，小心地从歌手嘴里取下毛巾。他入迷地在光下展开那面血腥的旗帜。

他从没有见过这么美丽的东西。

*

马斯塔德蹄钉箱上的所有东西都给吃光了，也差不多给喝光了，除了几瓶啤酒。菲利普坐在一只倒放的马厩水桶上。

“现在我吃饱了，也满足了。”他说着打了个嗝。

“要是有热盘子就好了。”伊瓦尔说。

伊瓦尔坐在鲁道夫给马上脚掌时坐的凳子上，拿叉子挑着牙，看着那第三个人。第三人什么也没说，整晚都没说什么，几乎没吃东西，也没喝一口酒。有些事他们不喜欢，他会时不时地离开，无声无息，就像一位女士从你的生活中消失一样。只有仓房门咯吱一声响，那是他跑了，他回来时也一样。他坐在灭火器上，低头看着两腿之间，那里只能看到干草。

“你在外头当流浪汉时，就得忍受没有热盘子。”菲利普说。

“有个人成了人物，”伊瓦尔回答，“你该在生活中如何表现呢，他四处问，当你是个人物时？那些知道的人说，你应该一直要求更热些的盘子，然后人家就会明白你是个有身份的男人。他得了黄油、奶酪和鲱鱼，盘子是冷的。拿热盘子来，他喊。他得了果酱和煎饼，盘子是冷的。拿热盘子来，他咆哮。最后，他得了冰激凌，盘子是冷的。拿热盘子来，他尖叫着，他得了一只。”

“你什么意思？”菲利普很疑惑，他打开瓶盖，而那第三人什么也没在意。

“我的意思是，”伊瓦尔回答，“这里有些什么不对劲。”

“那是什么？”

“我们很快就会搞清楚。”

伊瓦尔拿起灯，拧开，突然照在右边那第三人的脸上，那人的眼珠鼓胀。

“比如说你跑出去，你在外头找些什么？”伊瓦尔喊道。

第三人以手遮眼，眼珠缩小，他所有的一切都缩小了。

“外头有月光。”最终，他这么回答。

这时，伊瓦尔站起身，打开门，让门大敞着，将满手的月光舀进仓房。他从挂钩上取下一副挽具，披在肩上，挽具闪闪发光。他举起双手朝向门框，他是一匹靠着后腿站立的月亮里的马。

“看这银马，菲利普，”他嘲笑着，“你这写诗的家伙，看看这银蹄子，伙计。”

“有很多东西都是美好的。”菲利普平静地回答着，把瓶子倾倒。

月光如烟一样弥漫在仓房里，月亮上着了火。

“请关上门。”第三人轻声说。

伊瓦尔挂好挽具，关上门，然后径直朝他走去。

“你说了些什么，”伊瓦尔得意地说着，再次照亮那第三人，“你让我关门。”

“生命里有很多美好的东西。”菲利普说。瓶子空了。

伊瓦尔放低提灯，第三人的脸如此苍白，几乎自己在发光。

“你害怕，你这混蛋，”伊瓦尔厌恶地说，“你怕得让人觉得丢脸。你觉得这美好吗？”

“我不怕，”第三人回答，“我觉得外头很美。”

他坐下刷自己的裤子，他一晚上都在做这事，而裤子永远都弄不干净。

“我认识一个有清洁强迫症的人。”伊瓦尔继续说着，坐在凳子上，“他在一个房间过夜，第二天早上，那房间的样子就和他来之前一模一样。房间里没他的痕迹，几乎跟空关了一夜似的。起初我觉得这很好。后来我意识到：要是他这么在意清除自己的痕迹，他一定有什么东西要隐藏。还真是。有一回，这个清洁强迫症患者杀了个人。”

“我没杀过人。”第三人生气地说着，松开了裤子。

“但我杀过人。”伊瓦尔站了起来。

他站得笔直，沉重的黑影压在菲利普、马斯塔德蹄钉箱和那第三人之上。

“嗨，尽是空话。”菲利普说，他扭动了一下身子。

这时，伊瓦尔伸出手指，抵着那第三人的胸口。

“你为什么成了流浪汉？”伊瓦尔严厉地问。

第三人没回答，但他的头朝着干草沉得更低。

“我想自由。”菲利普回答。

“从九点到五点，你看到的是不是一堵防火墙？”

“那时是从七点到六点。”菲利普回答。

伊瓦尔把灯挂在马厩门闩上。

“现在我们来照一照流浪汉的自由，”他说着在干草里躺下，拿凳子做了枕头，“你想要的自由是什么？”

“我想要自己做主。我不想被一个火灾保险公司所有。”

“所以流浪汉可以自己做主？甚至可以说是世上最自由的人了？”

"是的。"菲利普自豪地回答，并且又拿起一瓶酒。

"是的。"第三人疲倦地附和。

伊瓦尔非常生气，他把凳子扔进了放缰绳的那个角落。

"依赖于不自由的人的恩典，这是自由吗？"他咆哮着，"像你这样自由的人，没有麦片粥。你坐着吃那些不自由的人的麦片粥没有呕吐，你在那些不自由的人的桌边吃饱，睡在不自由的人的屋檐下直到睡够。为了什么？为了能鄙视不自由的人，为了能写你那些关于自由多美好的诗吗？"

"展示我们的世界有多少美好的事物，这有错吗？"老人低声说，很快他眼里将噙满泪水，"展示路边有花朵，这是错吗？"

"听着，你没有世界，"伊瓦尔无情地继续说道，"你已出卖了它换自由。我告诉你什么是自由。那是一种可怕的孤独。你尽可大声歌唱它。因为所有不自由的人都爱听。所有不自由的人都想听那个自由的流浪汉对着他妈的牧场挥舞镀金的乞讨杖。否则，我们流浪汉怎会这么受欢迎呢？告诉我！"

"因为我们做了其他人不敢做的事，"菲利普辩解，"做了所有人渴望但不敢做的事。"

"就是。"第三人低声说。

"别坐着胡扯，"伊瓦尔大喊，"因为他说的一切都是错的。没人渴望变得跟我们一样。没人渴望饥饿、疲惫和肮脏。没人希望承受最自由的人的枷锁。自由人的傲慢该有个限度。我才不在乎你们那有牧场、星星、园林和花蕊的阿卡狄。你们不比其他人特别。记住，据统计，每年伦敦的自杀者人数一样多。一个流浪汉不比其他人更自由，也还是给统计数据捕到。你看到了吧，统计数据存在，可流浪汉的阿卡狄不存在。这该死的世界存在于这里，你应该把你那些美好的家具摆在这里，而不是逃走。”

“我们难道不都希望事情能变得不同吗？”菲利普为自己辩护。

“当然。”第三人说，死一样沉默。

“不同，”伊瓦尔嘲笑着说，同时走到马斯塔德蹄钉箱跟前，“不同！石头永远坚硬。我们奔跑时永远出汗。我们总是岔气，鞋里总是有沙子。我们总是嫉妒和羡慕。我们将一直试图逃避。我们将一直——”

就在这时，菲利普挥起拳头猛击箱子，酒瓶滚到了干草里，第三人几乎从防火水箱上摔下来。

“你为什么游荡？”他嚷道，“像你这么爱发牢骚的家伙！”

“是呀。”第三人附和。

伊瓦尔拿来凳子，坐在灯下卷烟草叶。

“因为我是个混蛋。”终于，他回答，同时舔了舔烟卷。

“你怎么证明？”菲利普问。

第三人醒了。

“你说你杀过一个人。”他害羞地说。

“我在驾驶有轨电车，如果你们想知道的话，”伊瓦尔说，“这没什么特别的，除了我也许并不是个普通的电车司机。可以说我有点文化。比如我参加了三个俱乐部。一个是关于文学的，一个是关于艺术的，还有一个是关于音乐。我甚至快开始写诗了。我在心里已想象出一个剪报本，里头满是最好的评论，没人像伊瓦尔·隆德一样如此生动地描绘了霍恩斯广场有轨电车轨道上的盐，或者，在描绘3路车吸烟车厢地板缝隙里的烟蒂方面，伊瓦尔·隆德无疑在当代瑞典文学中是独一无二的。我坚信我能做出一份贡献。可后来奥斯卡·约翰逊喝醉了。”

“如果你继续写作，你会是个更快乐的人。”菲利普说着用铲子击桶，敲出一首哀悼进行曲。

“奥斯卡·约翰逊是谁？”第三人问。

“我很高兴我从未开始写作，”伊瓦尔说，“奥斯卡·约翰逊是个老头，坐在大教堂坡一家啤酒咖啡馆里。四点钟他就喝醉了。四点十五分，他跌倒在新大马路上。四点二十分，他从人行道摔到了有轨电车的车轮前。我的车。十分钟后他死了。所以是四点半。”

菲利普从马斯塔德蹄钉箱上方伸出手，却没人握住他的手。

“这不是你的错。”他感动地说。

“不是。”第三人附和。

但伊瓦尔再次站起身，他把自己恶毒的身影大口袋一样罩在他们之上。

“当然，那是有轨电车的错。”他嘲笑道。

“就是呀。就是呀。”第三人迅速回答。

“对我来说，并不是那样，”伊瓦尔继续说道，“我知道的只是我杀了一个人。那是第一次，所以感觉有点不习惯。我感到需要有人来谈谈这事。于是我去了文学俱乐部，讲述了发生的事情。别太难过，他们说，这是老头和有轨电车的错。大概五五开吧。但今晚我们要讨论卡夫卡。我想我们该讨论奥斯卡·约翰逊，我说。奥斯卡·约翰逊，他们问，他写过什么吗？有什么东西吗？我意识到唯一存在的是已写下的东西。奥斯卡·约翰逊并不存在，他只是被碾压过，他唯一写下的也许是在酒类配给本上的签名。试试艾略特吧，他们建议，也就是说，在这个过渡时期。我径直去了艺术俱乐部。在那里，他们说这是有轨电车和老头的错。但你觉得布拉克作品集怎么样？我现在才不关心布拉克，我只关心奥斯卡·约翰逊。这时有个无事不晓的人说话了，奥斯卡·约翰逊，他说，那不算什么，我受不了他那些发霉的绿色。所以世界上只有画家存在，而如果你幸运的话，还有他们所绘制的作品。甚至可能只有一个正确的观点，如果幸运的话。现在看看保罗·克利，孩子，他说，比你那个老奥斯卡·约翰逊强多了。现在我对克利不感兴趣。然后我被逐出了那个圈子。但还有一个，音乐俱乐部。我去那里讲了我遇到的事。请安静，他们嘘了一声，没听见我们在听肖斯塔科维奇吗？可奥斯卡·约翰逊呢？我问。闭嘴，有人叫道，我们正在听肖斯塔科维奇的钢琴协奏曲第35号。事情就这样了！然后我对一切没了兴趣。有轨电车、俱乐部，还有整个混乱的一切。”

“那么你现在跑出来是在找什么呢？”菲利普问，“这仓房能有什么吗？”

“我在找错误，”伊瓦尔说着用瓶子玩起跳棋，“他妈的肯定在某个地方。”

就在这时，那第三人意外地插了话：

“是法官把我们变成罪犯。没别的！记住这一点！”

“你犯了个错，”伊瓦尔说，“你那厚厚的脑壳啥时候能意识到，可以说正是罪犯们让法官当了审判者。我找的是完全不同的东西。”

“比如什么？”第三人问，露出他的黄牙，现在轮到他嘲笑了。伊瓦尔跳到角落里，仿佛给抛到了那里一样，他背靠着墙，脸色苍白。

“你们这些混蛋什么都不懂，”他喊道，“你们难道不明白我四处走着，在祈求有轨电车碾压我吗?！我想摆脱掉奥斯卡·约翰逊。这难道很难理解吗？热盘子——这是最大的傻瓜都能理解的。谁不理解卡夫卡或保罗·克利都得天打雷劈。现在只一件事没人明白。”

“那是什么？”第三人低声说，他突然又弯下了腰。

伊瓦尔拿下了提灯，把它放在马斯塔德蹄钉箱正当中，自己坐了下来。

“没人明白怎么安慰杀人犯。”他说。

“可你为什么游荡？”

那第三人耸了耸肩，看起来好像试图把肩膀甩开，把整个自己甩开。

“哎呀，你知道，我这样的人什么也不是。”最后他说。

“那你现在就可以拿上马笼头，然后吊死自己，”伊瓦尔说着扔去一副马笼头，“否则这世上的所有人都毫不重要了。你可以看看社会统计数据。”

“有个小伙爱上一个姑娘，”那第三人过了一会儿接着说，马笼头在他膝上，“但姑娘不愿跟他在一起，因为他什么也不是。他唯一擅长的就是跳高。姑娘的妈妈觉得这不算什么。她问：他做什么，造什么东西吗？不，姑娘如实回答，他跳高。跳高？老太惊讶地问。是的，姑娘回答。向上跳？是的，姑娘说。那他怎么不往下跳呢？老太问。姑娘也不知道为什么。于是，她找了别的人。”

“她做得对。”伊瓦尔说。

他越过箱子直视着一双终于开始恨他的眼睛。

“她做得非常对，”伊瓦尔粗暴地说，“那小子不怎么样。”

“无足轻重的人身体里都不能有感情吗？”第三人挺身而出，越过马斯塔德蹄钉箱。

“他们恐怕也能，”伊瓦尔回答，“但谁说他们因此能变得更好呢？”

“你可以为那些感情而死。”第三人说。

“没人因为死变得更好。”伊瓦尔这么看。

“没有，可其他人会。”那第三人神秘地说。

就在这时，他们听到一辆疯狂的车从路上驶来，像是从寂静中射出一样冲向他们，刹车带着恐惧而尖叫。最终它冲进仓房的墙壁，门槛都在震颤。马笼头从第三人手中飞了出去。

“该死的尼塞，”那第三人说，“现在他又得进去了。”

可当他说完后，他似乎后悔了，重又拿起马笼头，门外传来一声巨响，却没人喊叫。菲利普把马笼头的牵引绳绕在手腕上。“你恐怕是这里的人，小子。”他若有所思地说着，并试图盯住第三人的眼睛。

“也许你其实不叫西克斯滕。”伊瓦尔说。

这时，第三人挣脱开来，马笼头掉了，他从防火水箱上站起身，朝门口走去。

“你走了？”菲利普喊道。

没错，他走了，没说一个字，瞬间，他们能看到他瘦瘦的跳高者的身影在月光下显现出来，然后他迅速关上了门。

“他带着马笼头走了。”过了一会儿，菲利普说。

“那又怎样，”伊瓦尔说，“也许他有一匹马。”

伊瓦尔走进鸡舍，从一只受惊的母鸡身下掏出一枚蛋，拿马蹄钉在蛋壳上戳了个小洞，吸吮起来。这时外头有人来了，不是那第三人，而是个更轻盈的人。西瑞走了进来，浑身裹着月光，右手里有一个闪闪发光的咖啡壶。

“你们该是三个。”她像上次一样惊讶地说道。

伊瓦尔把蛋壳扔进草里，她把咖啡倒进玻璃杯，他一直看着她。他觉得她问同样的问题因为她想得到同样的答案。于是他走过去说道：

“你在这里时，我们恰好三个。”

“我不是这意思。”她撒了谎。

他举起杯子，她还站在那里，固执地朝门槛那边看去。

“你渴吗？”他问。

“不想喝咖啡。也许想喝点水。”她犹豫着，车灯光透过木屋缝隙照射进来。

“那我们上井那儿去吧。”他说，第一次抚摸了她。

她轻轻地挣开。

“我可以打水吗？”在井边，她问。

他为她打开盖子，她用尽全力倚在井杆上。她差点儿掉进了井里，他是那个救她的人。他们从各自的一边喝水，水桶里满是星星，穿过水面，她才敢让自己的眼睛寻找他的眼睛。他们之间有一片海，不过海在下沉，露底之前，她必须知道他是不是那个人。突然，他把嘴唇从水中抬了出来，太快了。她抬起眼睛，迷茫地看着一双错误的眼睛。不，不对，她想尖叫，你不是那个人。可这时他俩之间的海已消失，升入天空，他迈起一小步跨过井盖。她感到绝望，她的意志在他手臂下消失，门阶那边传来高高的声音，太迟了。

“爸爸结婚了。”她无助地低声说。

伊瓦尔把她往外头的路边带。“你这混蛋，”他自己这么想，“如果这么做，我就杀了自己。”不过杀了自己是他一直想要的。于是他打开栅门，先把她推了出去。

“是时候了。”他说，然后关上栅门。

*

凶手走在最前面，他扯掉了所有伸手可及之处的苦苣草，做成一束鞭子。他讲话快速而跳跃，像一个想处理掉什么坏东西的小贩，可能想兜售他的焦虑。但他们中没人想购买。他和其他人之间有几米的距离，他已被隔离，他和无辜者之间已有一道屏障。他试图走得慢些，可他走得越慢，间隔越大，他们已在粪堆边。

“你们该明白，”他抽泣着，“我没想杀他，甚至都没想跟他打架。可西蒙一直坚持。不过你是对的，西蒙，就是刮擦了一下。”

“你本可以击中他的胸，或是肚子，或是随便哪里，”西蒙说，“可就是不能击中头颅。你该明白这道理。不过，也别伤心了，我会给你往监狱里寄去足够你吃的牛肉。”

韦斯特隆德也离哭泣不远。

“哈格斯特罗姆是个好伙计，”他抽泣，“如果他活着并且健康的话，他本该得到Pro Patria[①]金质奖章。哈格斯特罗姆是个……”

他可能还想说更多的话，但卡尔松突然喊了一声，僵硬地停在马厩的阴影中，指着后头马厩门方向。那里没有哈格斯特罗姆。

“他不在那儿。”卡尔松低声说，眼球在眼窝里打转。

---

① 拉丁文，意思是“为了祖国”。瑞典的一种荣誉奖章。

尼塞·约翰松也插话了。

“他在草堆后头。”他喊道。

“是卡尔松还是你杀死他的？”西蒙生气地问，“卡尔松知道他在说什么，他一直知道。如果有人该得奖章，那就是他。记住这一点。比某些人更值得。”

总之，他们跟着尼塞走出去，走进月光下，走进干草堆的阴影里，绕着干草堆搜索。哈格斯特罗姆也不在那里，他原来躺着的地方现在是个坑。在他们走开时，有人偷走了哈格斯特罗姆。就在他们犹豫不决地站在那里，试图解开谜团时，仓房另一侧传出声音，是抱怨和咒骂，他们迅速穿过门，走到路上。

比约尔已经醒来，站在“失事”的车子后头，两手抱着后座，哈格斯特罗姆仰躺着，头抵着仓房的墙，眼睁得大大的，双腿自然分开。

“我把后座拿出来了，”比约尔说，“我不会再开这辆该死的车了，所以我想，我最好把后座拿下，放自行车上。不管怎么样，他躺在那儿呢，哈格斯特罗姆。他现在可能死了。”

韦斯特隆德跪了下去。

“他是个好伙计，哈格斯特罗姆，”韦斯特隆德感伤地说，“我正考虑给他加薪呢。然后出了这事。”

女人中有一个开始抽泣，韦斯特隆德解开哈格斯特罗姆的夹克，手放在衬衫上，感受哈格斯特罗姆的心脏。它敲击，像铁锤敲击铁砧一样。

“没一点跳动，”韦斯特隆德低声说，然后责怪地抬头看着卡尔松，“你的口含烟盒里有镜子吗，比约尔？”

他拿着镜子放在哈格斯特罗姆张开的嘴巴前，把镜子从嘴边移开时，擦去雾气，将镜子展示在月光下。镜子光滑如水。比约尔叹了口气，悲伤地吸了一口烟。韦斯特隆德低下头，把大耳朵靠在哈格斯特罗姆温暖的嘴边。

“我只是提个建议，”哈格斯特罗姆低声说，“我们说三百五十吧。”

“见鬼，”韦斯特隆德低声一面回答，一面站起身来，“现在我们抬他进去吧。”

卡尔松负责抬头部，韦斯特隆德说不想拒绝卡尔松，西蒙抬脚。韦斯特隆德走在前面，打开那辆29的车门，他们把哈格斯特罗姆放在前排座位上，韦斯特隆德擦了擦眼睛。

“35，”他说着关上车门，“那是哈格斯特罗姆的宝贝。他应该在那里安息。不过现在我们进去吧，喝一杯缓解悲伤。至于剩下的事，等警察自己醒来再说吧。”

他们刚走到小门门口，哈格斯特罗姆突然摇下车窗，把头伸了出来。

“我们忘了烟火。”他喊道，然后抓着一只褐色包裹跳了下来。

栅门口一阵混乱，但很快他们就缓过神来。只能像卡尔松说的，应该感谢和接受。但下次你接到命令时，你要好好抽他一顿，西蒙说。俄罗斯烟火在苹果树下跳动，孟加拉烟火在屋角燃烧，他们把最好的留到了最后。卡尔松、哈格斯特罗姆和西蒙从工具屋拿出三把草耙，把火药筒绑在柄上，站在距离黑麦田三米开外的地方。卡尔松先点燃了他的，一只红草耙直冲天空，在云层下翻筋斗，变成黄色、绿色、蓝色，最后像破裂的极光一样落在福克斯湖水面。哈格斯特罗姆的像玛尔马[①]的炮声隆隆作响，他们蹲下

① 自19世纪末以来，玛尔马（Marma）就是瑞典军队的一个训练场和实弹射击场。

身子，躲避雪一样纷纷扬扬落下的火花。最后是西蒙，总想显得最厉害，他让草耙柄朝天，脚踩在耙齿上，点上了。

“小心你的脚！”韦斯特隆德冲着他喊。

而后，一切都结束了，草耙翻倒，烟花倾泻在地。就像一座着火的巡回动物园开了门，野兽们咆哮着冲向四面八方。红老虎疯狂吼叫着朝栅栏冲，最绿的蛇发着嘶嘶的声音，在尖叫着围在门厅口的客人们的腿间蜿蜒。麦田里充满啸叫的火猴，而田鼠见证了大地的末日。一只浑身是血的秃鹫燃烧着坠入紫丁香树丛，篱笆丛中突然升起一小团火焰。还没来得及进屋的希尔多跑去灭火，额头碰上潮湿的紫丁香枝，她在月光下找寻着火苗，突然一个也找不到了。

“已经扑灭了。”她背后传来低沉的声音。

马丁从冰堆中直起身来，他朝她走过来，手里拿着一副马笼头。她摸索着寻找支撑，背后却没有什么墙好靠。

“是你吗？”她低声说。

他不让她逃，双臂展开像一把木材锯子，夹住她的躯干，把她拉到他身边，倒在冰堆里。

“你不该来。”她说，双手沾满锯末。

“或许我不该来，”他自嘲着，转动马笼头，“可是你看，事实上你是我的。”

她注意到马笼头。

“我不是你的马。”她低声尖叫。

“我以为是。”他回答，把马笼头的牵引绳绕在她满是锯末的手上，将她拉得更近。

突然，他开始疯狂地抚摸，把她推倒在阴影下的冰堆上。她设法挣开一只手，拿手打他左眼，轻轻地。可他还是相当惊讶，然后挺直身子坐了起来。

“你是我的。”他愤怒地说着，试图抓住她自由了的那只手，但她把手夹在腿间。

他放弃了，把马笼头完全放下。

“你以为我不明白吗？”他苦涩地说。

“明白什么？”她问，把马笼头埋在锯末中。

“穷不丢人。”他激动地说着，在园子里来回踱步，牵引绳在腿间甩来甩去。

她继续坐着。

“你要这么说，穷也不值得骄傲，”她平静地回答，“这也许就像其他一切一样。不那么重要。”

他走过来看着她，低下头，正义站在他身边握着他的手。他把马笼头扔到她的膝上。

“与其做我的马，不如做屠夫的小母牛，是吧？”他嘲笑道。

奇怪的是，她并没生气。你不能对我做任何事了，她想，我已经拿了我有的。

“我已经拿了我有的。”她说着，凝视着正义的眼睛，正义垂下了视线，如秋叶。

于是他立刻变得温顺起来，陷入她脚下一个窄窄的漩涡中，这是草地上最湿润的时刻。

“你明明有我。”他低声说着弯下腰，朝她倒去，缰绳擦过她的臀部。

他从未特别强壮，她把他往上推，在自己上方形成一座桥。

“你难道不明白已经太迟了吗？”她几乎在尖叫，“如果你想来，你该早点来。我已经结婚了，姓韦斯特隆德。”

于是，她第一次看着他的眼睛，偶然，她注意到他一直试图将它们遮蔽，远离她的视线。当她看到它们时，她明白了原因。

“你为什么现在来了？”她迫切地想确认。

他把桥放低，但不是压在她身上，而是仰面躺在草地上。

“我得知了这事。”他愤怒地说着，从草叶中汲取露水。

“怎么知道的？”

“有人写信告诉我的。”他回答。

“如果不是这个原因，你就不会来吗？”她低声问，她因紧张和寒冷而颤抖。

但他不回答，而是在她来得及举起手保护自己之前压在了她身上。

他把露水压进她干爽的衣服里，他把她眉上的露水抹去。

“你，”他在她干燥的耳边喘息，“我从西曼兰一路走来。只搭了几公里的车。我已跑了整整一个礼拜。我整日整夜在路上。我在沟里睡过。”

“你想怎样?！”她毫不怜悯地尖叫，冷得像锯末下的冰，像马笼头上的绳索。

带着冰冷的目光，她看着他的脸庞让欲望融化，像一股黏稠的水流流到她脸上，他的整个身体在融化、涌向她的嘴唇。在这沉溺的瞬间，她听到他在耳边低语：

“你！我要你。我现在就要你。现在，在他之前……”

她抓着草，紧握马笼头，抬起脸，使它高过水流，锯末和夜草的气味再次在她周围卷起祝福的长浪。在他还远没来得及冷却和重新坚实之前，她站在草地上，手中的马笼头热乎乎的。他躺在那里，翻了身，背脊着地，燃烧的眼睛埋藏在仇恨和恐惧的深井里。但只有马笼头能感觉那份痛苦——当她明白了，他来不是为了她，而是为了胜利，与韦斯特隆德的太太庆祝新婚之夜的胜利。

“如果你知道我这个礼拜经历了什么……”他乞求着，慢慢向她爬去。

她尽全力把马笼头扔向爬着的他的脸上，他呻吟着继续朝她爬。

“滚开！”她尖叫着，然后低声说，“在我喊黑尔默之前，滚开！”

肩上背着马笼头，他爬上冰堆顶端，站在上面，就像它是一座山峰，他身体前倾，带着威胁，我要在你脚下把自己摔成碎片！

“你知道喊黑尔默来会出什么事。”他低声说着，在深渊上方倾斜得更厉害了。

她看着他，已经知道将会发生什么。然而这只会让她更加憎恨，她的肺里充满仇恨的空气。

“黑尔默！”她拼尽全力喊，“黑尔默！”

他去黑麦田里踩灭了一场火，现在她听到他沉重的脚步朝她走来，她带着无边的快乐，她低垂的眼睛看到冰堆塌了，不过冰没露出来。

当她终于抬起头来时，马丁已不见了。

“火烧得太可怕了，”黑尔默走来时，她冲向他怀抱，如同穿过一扇门，“不过现在已扑灭了。”

“现在我们要跳舞，”他说着在月光中转起舞步，“因为现在他妈的每个人都被解救了。现在没人会死。哦吼！”

他们手挽手朝房子奔去，跑出丁香的阴影。突然，她停在褪色的月下，挣脱了他，踮起脚尖后退几步。她把手放在头上，就像戴上一顶新娘头冠，慢慢向栅门跑去。

“黑尔默，把我的头冠跳下来！”她喊，她让自己被追猎，朝向客厅的音乐，直到头冠落下。

*

他们沿着道路向森林深处走去，两侧的黑麦田一片白，驯鹿在深绿中闪耀，白土豆花开着它苍白的玫瑰。月光洒落在肩，她走在右车辙上，挽着他的手臂就像背负着一座朝着月光照耀的各各他的十字架。她背负着、背负着，但他不是那个对的人。对的人永不会来，她想，你只能得到那个你最同情的。他望向田野，眺望远处的森林，在那里，一只马拉干草耙靠在一个废弃的晾草架上，耙杆朝天伸出两只空空的手。他认出了它们，这是陷阱。

因为他有一个陷阱，一个致命陷阱。他总走向它，有时近得几乎碰到。于是短时间里让他感到希望。得到安慰，他对自己那渴望的脖子低声说，很快它又会关上，很快你会给斩断。然而，“很快”拖延为相当长的时间，他变得不耐烦。必须再做些什么，必须做一些真正恶毒的事。于是他这么做了，于是他把对自己的仇恨扔向别人。在行刑的过程中，他像一只蚯蚓一样蠕动，而陷阱更近了，这才是关键。

这不仅仅是把自己扔到有轨电车前头那么简单。你必须有个理由，一个重大理由。你得在这背后有个行动，这行动只一个理由可以为之辩解：死亡陷阱夹穿了你的脖子。

“你做了什么？”他对女孩说，充满嫌恶，“你有那么好看的眼睛。”

“我做了什么？”西瑞回答，而车辙窄了，“我哭了半天。”

“为什么？”

“我不知道。”她说着跨过一只马掌铁。

“不，”伊瓦尔看着草耙，它在所有蓝色背景中显得特别黑，“你可能先哭了，然后你找出个理由。”

“也许吧。”西瑞说，她在他的臂下沉坠。

他们沿小土坡走向有草耙的草场，中间有个栅门洞，刚好适合一台运干草的手推车。就在栅门柱子旁，他突然将她拉到一边，他们跪了下去，透过石头围栏的缝隙，看到类似一匹大马和一匹小马的东西从林边的沟渠里慢慢滑行而上，停在燕麦地中间。他紧压着她，但她毫无察觉，她唯一看到的是驼鹿。突然，驼鹿妈妈抬起头，好像直视着他们，尽管他们藏得很好。而后驼鹿妈妈咬了一口燕麦，驼鹿仔低头站着，仿佛等待着一场训斥。突然间，他们都不明白这是怎么发生的，驼鹿妈妈转身，好像是给魔法召唤着改变了方向。驼鹿妈妈发出警告，驼鹿仔越过沟壑进入树林，驼鹿妈妈又警告了一声，消失了。声音像屠夫打嗝，他刚想这么说，但他记得她有个屠夫爸爸。

他们紧贴在一起走下土坡，他注意到她的反抗突然消失了，仿佛让驼鹿带入了森林。向一个女孩展示一只动物，就像把她放在一只小盒子里——有人曾在干草堆里跟他说过，可那家伙在黑暗中挨了一拳。我受不了你这么说，伊瓦尔喊道。现在他还是受不了，所以他做了这事。他领着她朝着耙草走，把车杠拉下来，自己站在两个车杠之间，站在死亡陷阱里，扮演着自己的角色。

“现在我们要拉耙了！”他喊道，西瑞站在他身后，手放在卸荷杆上。

他把耙子拖过牧场，带着西瑞一起朝着石桥走，跨过燕麦地，他把耙杆靠在桥上。

“我们不敢进燕麦地。”她低声说着，轻轻躲闪。

“如果驼鹿敢，我们也敢。”他说着，先走了第一步，他听见她跟在后头。

他们朝着驼鹿的地方走，燕麦湿着，冰冷地触及他们的腿，但很快他们就感觉不到了。他们走入不同路径，在田中间，他走到她身边，将她转个身。

“看，”他低声说着，指着他们在燕麦地留下的两道踪迹，“这里有人推着车走过。”

“不对，”她说，“那是我们的踪迹。”

“我们是一辆手推车上的两只轮子。”他说，感到难为情。

她沉思着继续朝森林走，他跟在她的足迹后头。

“它就是站在这里的。”他在她后面，他撒了谎，他走出足迹，让她自己看。

怯懦地，他让她自己说出来。

“现在我们只剩一只车轮了。”她低声说。

下一刻，她的手臂绕在他脖子上，车轮开始滚动。它滚过燕麦地，滚进森林，滚过许多温暖的湖泊，最后它滚着径直撞向一座山，给碾成了小小的、小小的碎片。

当大地吮吸着她的血液时，她躺在那里，透过燕麦看他，月光下，他背对着她，在口袋里翻找，直到找到了要找的。而她依旧躺在地上，他起身背对她抽烟。跟随烟雾，她发现一颗星星。也许星星也感到痛苦，她想，这是一丝小小的安慰。也许大家都感到痛苦。她比以往任何时候都更孤独，燕麦像一堵墙，将她与那发光的隔开。而那发光的并不存在，从来都不存在，再也不会存在。她的心跳急促而不安，她没法站起来。

“你，”她轻声说，几乎听不见，但他听见了，转了身，烟雾如薄雾罩在燕麦上，“你，有一件事……”

然后她后悔了，沉默了，他把她拉了起来。

“说出来。”他说着开始往回走。

她努力跟上。

“嗯，我在想，”她说，“不过这事很蠢，关于永远都无法与某个人心贴心的事。”

他扭头回答：“确实有些人心在右边。所以你可以登个广告。”

接着，他们完全沉默着回到燕麦和露水中，穿过草地和露水，沿着车辙印返回，腿间拍打出湿漉漉的声音。天哪，我真混，他想，希望点燃了而月亮熄灭了。尸体一样白，大拇指宽，挂在森林上方，黎明侵入了月光。沃林德车上亮着的灯像病了的眼睛望着远方的路，他忍不了看它们受苦，于是走下去把灯熄灭。尼塞·约翰松仰面躺在井边的沙发上，打着鼾。这时，车轮从破旧的手推车上脱落，慢慢朝不同的方向滚动，冻坏了的轮毂在灰草地上发出轻微的震动。

*

凌晨三点半，客厅门轻轻敲响，第一声低低的，所以没人听见。留声机在唱“打开小心脏的钥匙”。

“水是水，”韦斯特隆德喊着，“等沃林德干透了，他自己可以写一封推荐信给卡内基。”

“让我们看看谁笑到最后。”他对西蒙吼道。

“现在我们要打开一颗小心脏。”玛瑞嘀咕。

西瑞站在吊灯下，解开了上衣，玛瑞从手袋里拿出一把小钥匙，插入锁孔。

“不是那把，”西瑞低声说，“太疼了。”

“就是会疼，”伊尔玛说，“对吧，妈？”

“现在站稳了，”玛瑞安慰着，“我们只是打开你那小心脏而已。”

海尔玛把她的藤椅拉近。

“是呀，”她回答，“当然，肯定会疼。”

玛瑞转动钥匙，铰链发出咔嗒声。

“我觉得小心脏在流泪，”她说着吻了它一下，“可这到底怎么回事？”

“这事以后再问，”伊尔玛说。“我们先看看小心脏吧。”

于是玛瑞从铰链上拔下它。血滴从吊灯上落下来，重重地打在西瑞的脖子上。

“你弄疼我了。”她喘着气，看着小心脏，它像被捕获的鱼一样在玛瑞手中呼吸。

“打开小心脏当然疼，”玛瑞安慰道，“可我觉得我们该让它离烛光近些。”

“也许在外头燕麦地里疼得好些。”伊尔玛突然说。

海尔玛拉住女儿的胳膊，让她安静。

“让我看看，”她说，好奇地伸出手，“你们哪一个去拿蜡烛过来。”

“别拿，”西瑞绝望地喊着，“我不想让你们照亮它。”

“他，当然，没照亮它。”伊尔玛讽刺了一句。

“没错，”她如实说，“他甚至都没问。”

“你们拿蜡烛做什么？”伊尔玛去桌上取蜡烛时希尔多问。

玛瑞将心脏放在海尔玛伸出的手里。

“这么小，”海尔玛说着拿手掂了掂，“应该没多重。”

西瑞站在那里，看着心脏留下的空洞，没流血，只有吊灯在流血。伊尔玛将蜡烛摆低，照向这小小的取出的心脏。

“应该拿个东西把它翻个个儿，”她说，“免得弄脏你的手。手边没蛋糕铲吗？”

“抽屉里有。”老太回答。

“水就是水，”韦斯特隆德重复着，倒出剩下的水，“维希水、井水或剃须水——无所谓。可如果你把一个男人从水里拉起来，就该有卡内基。就是这样！”

“如果是重水，你就该喝两杯。”西蒙说着喝上一口。

“你没资格说话。你都不在场。”鲁道夫坚决地敲击，他在桌上狠狠敲了一下。

因为现在一切都正走向结束，室内室外都开始发亮，灰色的黎明笼罩着在烟雾和光线里闪着汗珠的脸。歌手还忙着打开留声机的心脏，最终可能使用炸药，就像维勒一样。维勒趴在沙发上，手掌压在枕上，仿佛压在死神肩上。他醉了，但他还活着，炸药还在一个屋脊下，在屋脊和屋顶之间。

比约尔回家去了，他站在外头、在自行车边，靠在篱笆上，数着、吐着，总算不对。要么少一条裤子，要么多一根领带。月亮还有一点余晖，他的右手抓着口袋，以免他们从他手上拿走那些戒指。他不太舒服，坐垫竖放在自行车架上。带这么多干草，他永远回不了家，鲁道夫说。比约尔咒骂着，他不痛快。你可是当过道路管理局替补的，鲁道夫说，该知道在路上吐而不是在我们农庄里头。帮我上去，我好上坡，比约尔愤怒地喊，他已数完。他们把他扶上自行车。推我一把，给我点动力，他喊，我就能带着干草回家去。他们开始推着自行车跑，鲁道夫、索仁和韦斯特隆德。比约尔开始踩踏板，他直接撞上了沙发，尼塞摔了出来。我以为栅门打开了，我，比约尔说。他们重新发动车子。转弯，他穿过大门时他们大喊。他转了但方向错了，朝着乌普萨拉而不是耶夫勒方向。如果你想回家，现在你要绕地球一圈，他们在后面喊。五分钟后我就能带着干草到家，他喊着作答，他不明白自己卷进了哪里，只看到道路，而后随道路向前。该死，路真陡，当他沿着牧师坡下行时，他想，可无论如何必须顺势而下，如果我跳下车，我就永远爬不上去了。于是他继续在月下行进，直接进入黎明，带着戒指、枕头和西装，两克朗硬币在坡上咔嗒嗒响得厉害。

第二次敲门也没人听见。

“女人们在忙什么呢？”韦斯特隆德想知道，因为突然间，七个流汗的男人，跳累了，坐在桌边，当然维克多没跳，只出汗。歌手摆弄着锁。

“我们该集资装一条拉链。”哈格斯特罗姆狡黠地说。韦斯特隆德走上前去察看。

“你们对女孩儿做了什么？”他突然大喊。

伊尔玛站在那里，蛋糕铲上是西瑞的心脏，蛋糕铲在烛光里闪闪发光。希尔多试图不让他看见。

“如果你们当中有谁更纯洁，就拿出来看看证明一下。”她这么说着，把他们都关进了她的愤怒里。

然而韦斯特隆德不喜欢看见西瑞的心脏像蛋糕一样给

切出来。

“你们对女孩儿做了什么？”他又一次大喊，现在所有的人都挤了过来，挤在吊灯下。

“我们只是打开了她小小的心脏，”玛瑞解释道，“还有什么比打开小小的心脏更美好的呢？”

“你什么时候有了这个？”伊尔玛指着下边一个边缘带脓的深深的创口严厉地问。

“我记不清了。”她低声说。

站在吊灯下，这就像是一场梦。看着蛋糕铲带着她的心从一只手传到另一只手中，无助地沐浴在尖锐的目光下。这种事只会发生在我身上，她想，她的脖子湿漉漉的。没有人可以打开别人的心。

“你们说什么？”所有的人都看完后，伊尔玛问。

一些人什么也没说，他们认为这与他们无关，这个想法很愚蠢。

“这是个丑陋的伤口，”韦斯特隆德说，“但是……”

“这是很久以前的事了，”西瑞固执地说，“我记得我很小的时候就有了。”

“你不是今晚得到的吧？在燕麦田里。”伊尔玛问，放下铲子。

西瑞只摇摇头。

“现在把它放回去，”韦斯特隆德建议，“可你们谈论什么燕麦田？”

“那是我们的燕麦。”伊尔玛回答，维克多听着。

“如果你践踏燕麦，后果可就不一样了。”他警告道。

“别说了，”希尔多喊，“这关别人什么事？我们谁没在燕麦田里走过？”

“我没有。”伊尔玛回答。

“是的，今晚没有，”希尔多说，“但不是别的晚上。”

透过卧室墙壁，他们听到贡纳尔在哭泣，很快他就会醒来，发现自己独自在黑暗中，然后他会醒着哭泣。韦斯特隆德把西瑞的红衬衫扣上。

“你今晚有没有去过燕麦田，西瑞？”他低声问。

可其他男人都听到了，现在才开始意识到这一切意味着什么。他们用X光眼看着她，看她是不是在燕麦田里弄湿了，因为在夜里，人在燕麦田里会给弄湿。

“是的。”西瑞毫不犹豫地回答，一点也不害臊。

西蒙站在那儿，想起波姆胡斯的一个姑娘，她看起来不怎么样，她在耶夫勒买了支口红，那是第一次。真的适合亲嘴，店员说。她回家后说，它花了我五克朗，但还是没人亲我。

“没有什么比燕麦田更好的了。”玛瑞叹息道。

“给踩掉不少？”维克多担心着。

“我来赔。”韦斯特隆德一边慷慨地说，一边摸索着钱包，哎呀，它正好在比约尔的口袋里，而比约尔此刻大概在乌普萨拉－耶夫勒路的某个地方。

“我只远远看了一眼，”伊尔玛回答，“可据我所见，大部分都给踩了。”

“没人想知道你看到了什么。”希尔多大声喊。

可这却是所有人都想知道的。韦斯特隆德把他沉重的手放在西瑞肩上。

“你一个人去了燕麦田吗？”他轻声问，可大家都听见了。“不是，”她毫不犹豫地回答，“伊瓦尔和我一起去的。”

“年纪轻的那个流浪者。”伊尔玛迅速补充。

大家都听见了，韦斯特隆德涨红了脸，他从蛋糕铲上拿起心脏。

“说这是谎话，”他大喊，“说他不是个流浪者。否则你就得不到它了。”

“我是可怜他。”女孩回答。

“人不会只因为可怜才和什么人在燕麦田里走。”韦斯特隆德不解地说。

“不然的话，人还有什么其他理由呢？”女孩问。

“我要打开窗，”韦斯特隆德大喊，“你永远拿不回去了。”

“下回可能是个带颜色的[①]。”斯维尔冷笑道。

“我们谁也不比谁更好，”露兰说，想拦住韦斯特隆德，“而且那个流浪者长得还挺帅。”

“说你是因为他长得帅。”韦斯特隆德大喊。

他们紧张地看着她，屋子里一片寂静，贡纳尔醒了过来、哭泣着。

“不，”她回答，看着自己的心在父亲手中凋零，“我是可怜他。”

这时敲门声终于给听见了，这是第三下，这一次声音有力。

“进来。”鲁道夫喊道。

菲利普站在门口，手上是一捧胡子，他鞠上一躬，似乎敲击了一只看不见的杯子即将致辞。然而，他来不及开口，鲁道夫说了话。

“我们这里不想要更多的流浪者了，”他大喊，“无论是

---

① 指黑人。

在燕麦田里还是别的地方。”

“可是……”老人惊恐地嘀咕，吓得要死，比他本来已害怕的程度还厉害。

“别废话，出去！”鲁道夫咆哮着，拎一只猫一样，揪住老人后脖子的皮，要把他扔出去。

然而这会儿希尔多也站在吊灯下，站在西瑞前头，所以几乎看不见西瑞。

“因为可怜，”她哽咽着说，“那可能是唯一的理由。”

黎明笼罩着一切，韦斯特隆德突然不知该把心放哪里，所以玛瑞就拿着它。

“心脏的钥匙叫作歌……”她唱着，然后大家还没来得及有反应，她已迅速把小心脏放回原处，如此娴熟。唱片放完了，接着开始了一支华尔兹，几乎所有的人都在跳舞，花彩链随节奏摇摆。

可西瑞拿了把椅子爬了上去，她看着吊灯里有一颗心，心在流血。她感到一只柔软的手搭在自己臂上。

“那是我的，”希尔多喃喃地说，“我不想要它。我没别的地方摆放它。”

“我知道一处地方，”西瑞热切地说，“在我的房间里，你知道，我有只大箱子，现在摆在阳台上，没人能去那里。”

她们站在吊灯下，两姊妹和一颗心，闪亮的脸庞在摇曳，就像暴风雨中半熄灭的灯笼一样。这时外面有人奔跑而来。突然，门给撞开，就跟被一股狂风吹开一样，西瑞脸色变得苍白。伊瓦尔走下门槛，跳舞的人们进入最后一圈，灯光闪耀。但他没有等，他的拳头像一把锤子砸在橱柜上，玻璃在镜框中颤动，照片飞出，掉落在地。房里一片死寂，就像一声近在咫尺的雷声后，所有的人都不动了，就像突然变成了一张宫廷照。而这一次没人来得及让流浪汉安静，他挺直身子，大喊。

“谁在谷仓吊死了？”他喊道。

照片一动不动地挂在房里。

“谁在谷仓吊死了？”他低语，环顾着寻找答案。

这时，希尔多发出了一声孤独的尖叫。

*

他们把女人留在紧闭的仓房门外草地上，从里头把门闩上。他们站在晨光里，形成一个密集的悼念团体，他们并不期待任何奇迹，强烈的日光洗净了他们脸上每一丝肮脏的念想。只有哀悼者有清净的面容。太阳在东部森林上方发射了几枚紧急信号弹。比约尔的公鸡啼了五次，然后沉默。一只潜鸟在湖里尖叫，仿佛它了解生命的一切。风吹动丁香可怜而疲惫的叶子，尼塞·约翰松在井边沙发里轻轻打鼾。女人们站在那里，就像一直等着死神为一个死去的男人打开大门那样。

马厩里也一样寂静，他们凝视着干草，看到鲁道夫爬上脱粒机时，马蹄刀闪闪发光。他们看到他在脱粒机顶上悄悄前进，像一个行刺者朝着静止的阴影前进。他们听到刀子的切割声，鲁道夫开始喘得很响，阴影似乎在延伸。接着他们听到的是身体在脱粒机和马厩墙之间的地板上闷闷地坠落，还有像一只被追捕的鸟一样撕裂了的落在马厩干草里的马笼头。

现在可能是时候说上几句了，菲利普坐在水管上。

“事情是这样的，我在马厩里，”他开始说，“我进去撒尿。我觉得我听到有人来了。跑过来。然后就静了下来。除了我觉得听见有什么东西从脱粒机上掉下来。我在马厩里待了一会儿，因为我喜欢马。我出来的时候，提灯灭了。我几乎看不见什么。我想我再待会儿，因为我不困。那时凳子不见了。奇怪，我想，它刚才还在这儿。所以我拿起灯去找。走到脱粒机那里，发现灯在地板上，在脱粒机后头。而他，嗯——他当时可能病了，一切看起来那么古怪。”

女人们给放进来时，男人们把他放在干净的麦秸上，在防火水管前，他们在他的头和脖子上盖上一个空面粉袋。男人们走了出去，大家都走了出去，除了希尔多和伊尔玛，伊尔玛拿开了面粉袋，放在防火水管上。双手搂着彼此的脖子，她俩跪在马丁旁边，可她们知道这事可能会发生已经很久了，果真出事之后，她们甚至哭不出来，甚至说不出低低的一声：可怜的、可怜的你。致命的马笼头在他身边。希尔多受不了看到它，她站起身，把它挂在最里面，混在那些活着的马笼头之中。伊尔玛在原地没动。

“你走吧。”她对希尔多耳语，希尔多走了。

她在他左侧内口袋里找到了那封信，揉成一团，塞进自己的衬衣口袋，像块小手帕一样。

当伊尔玛走出来时，已完全是早晨了，湖中充满小小的闪光，得了肺病一样的月亮消失在最黑暗的森林中。她发现他们都在等她。玛瑞站在那里，脸对着阳光，哭泣着，一只手也不抬，她哭得严肃，经历着一个永不会忘记的时刻。慢慢地，维克多从人群中挣脱出来，朝仓房走去，当所有人都保持沉默时，他锁上了死者的门。他拿着钥匙走向鲁道夫，钥匙比鲁道夫能承受的还沉重。他站着看那钥匙，直到在泪水中，再也看不见它。

他们都站在那里，看着那扇关上的门，似乎只有通过注视，才能理解发生了什么。甚至西蒙也流了泪，而哈格斯特罗姆的耳后根也湿了，他偶尔用干着的手擦拭着。但伊瓦尔没法哭泣，他感到的是解脱，因为陷阱从没有像现在这样一触即发。它把它冰冷的墙挤压在他周围，它将它的绳索勒紧他的脖子，他几乎没法发出还必须发出声音。他的声音几乎被陷阱扼杀了，他站在所有人面前，竭力喊道：

“是我给了他马笼头。全都是我的错！”

他用手击打胸口，他期待他们扑向他，但没人向前迈上哪怕一步。他绝望地走向最后的希望，突然站在西瑞面前，挤出这样的话：

“而你，我跟你睡过。这没什么特别。可现在你不能到处吹嘘你的清白了。”

可他等待的打击没来，在他的鞭笞前她没有屈服。她直视着他的眼睛，带着无尽的同情低声说：

“可怜的、可怜的你。”

于是他终于哭了，眼里充满绝望的泪水，他转过身子，背对着所有人，抓住菲利普的胳膊，把他拖向外面的路，老人几乎跟不上。他们朝耶夫勒方向走去，露水沾湿裤脚，老人几乎是跑着。

“你有铅笔吗？”他喘着气说，他得不到回答。

“我脑子里有一首诗，”他继续说，他已经感觉到岔气，“如果你没有铅笔，你可以帮我记住。”

伊瓦尔走在路中央，这路上永远不会有什么有轨电车。事发前，他刚买了保险。隆德先生刚死，代理人说，听起来就这么简单。

“对，诗是这么写的，”菲利普说，“当晨曦爬上每一片叶子/鸽子在乡村和城镇哭泣。你听见我说的了吗？”

“你听见我说的了吗？”他喊道，最后他明白伊瓦尔永远不会再听到他此前听到的声音了，太阳已在他们背后升起，沐浴着他们的背，空中的电话线开始歌唱。

“当日光来到乡村和城镇。”伊瓦尔背诵道，最后他笑了，笑得弯下腰。他越是痛苦，笑得越欢。伊瓦尔鞋子下的铁已不再闪光，鲁道夫口袋里的钥匙沉重。只有韦斯特隆德在哭泣。

“别哭，黑尔默。”希尔多轻声说着，要是有眼泪就帮他擦干。

可他哭个没完，他的悲伤没有底。我本可以救他的，韦斯特隆德想。他本该在名单上的，就是这样。而且不该有狗！现在太迟了，现在门已锁上，他是那个举起斧头的最卑鄙的人。而在一切结束之前，希尔多被一个姐妹拥抱，西瑞。她从这一个韦斯特隆德的脸上看到另一个，从湿润的脸到干爽的脸。我是一个韦斯特隆德，她突然意识到这一点，现在我属于这里。强有力地，希尔多·韦斯特隆德把她的家人拽向卡车。

太阳升起在婚礼之夜，很快它会擦干所有眼泪。西蒙的那一滴和哈格斯特罗姆耳后的、草上的，以及夜晚在所有湿漉漉的屋顶上哭泣的眼泪。它擦干猫沟里的水坑，擦干云彩潮湿的翅膀。它用干手巾擦拭湖边潮湿的岩石，它擦干所有一切，只要你等待足够的时间。它擦干普利茅斯和所有湿漉漉的马笼头，它擦干没人走过的燕麦田，它擦干驼鹿嚼过的叶子。它擦干全世界的眼泪。

最后，擦干韦斯特隆德的。

我到处找寻的朋友在哪里？

事情以所有的人都入睡而终结——除了一人。事情总是以所有的人都入睡而终结——所有的人，除了那个至福的人。而在所有的人入睡前，追逐已经展开。我四处找寻的朋友在哪里？在所有的人入睡前，每个人都找寻了。在早晨我们发现他们，他们睡在各处，许多人都在最奇怪的姿势中入睡。每天早晨我们都会发现找寻者睡着。有些睡在森林的黑石上，他们躺在石头上，指甲已被撕裂。有些随溪水漂流，飘着的头发总朝着水流相反的方向。野草地上躺着许多人，一些草地在早晨看起来像战场，却没有血迹。有些人睡在坑里。这小而黑的坑——难道这就是我的家？但没有人问，所有找寻者都在他们找到的地方入睡，如果没找到，他们就会在原地入睡。早晨，我们在冰河找到许多人，他们的手臂在融化，还有些人挂在树上，早晨，他们只是挂在那里，好像一动不动地站在空气里。

是的，早晨，我们会在各处找到他们，那些到处找寻朋友的他们。

*

可老人在哪里呢，他们起初没明白。所有人都离开了农庄，所有不属于那里的人，他们把沙发放在卡车车台上，尼塞跟了上去。卡车在阳光下行驶，姑娘们坐在后头沙发上一起哭着，哈格斯特罗姆对韦斯特隆德说。坐下！在美国，韦斯特隆德说，人们在华尔街哭，像这样。他把头撞在车顶上。加速，他生气地说，沿着湖边开，这样我们能赶在西蒙之前到。他们很快加速到一百迈，已很难坐在沙发上。

但老人在哪里，没人明白。他可能做了一些傻事。他们没有明白，他只是在外面找寻所有人都在找寻的：那个朋友。他们出去，自己找寻，天气晴朗但还没干。爸爸，他们喊，他们走进一条长长的沟里，沟底是泥巴，突然他们看到了他的足迹。他们悄悄走近，他站在黑麦田里，几乎被黑麦淹没。他们能看到他站在那里，感觉着黑麦在他身体周围涌动，他站在那里，在黑麦里沐浴。当他走出来时，他手里拿着一根黑麦穗，他们看到他掐下一颗黑麦粒，咬了一口，他没有看见他们，他只看见黑麦。

“爸爸。”鲁道夫喊道，他走在其他人前头。维克多并不感到惊讶，他走进沟里，所有人都能看见他发现了自己长期失去的东西。他幸福，也很平静，这一定是黑麦。这一定是死亡，他自己心想。人们走下去并且死去，无论走到哪里都带着死亡。所以人们怕自己。可最终，是自己给人带出去，而你只需感谢并接受。

他说：“明天你去割，鲁道夫。”

鲁道夫说：“现在你下楼了，爸爸。”

他回答道：“有可能。但明天你去割吧。”

他先沿着沟走了出去，其他人跟在他后头，密集的队伍。他们仿佛在沟里游行示威，他们举着黑麦的旗帜。黑麦并不是他们在寻找的朋友，所以他们在示威，他们憎恨自己的旗帜。当他走到路边时，他向鲁道夫要了钥匙。

*

他们没遮盖他那光滑、美丽的脸庞，他们抬着他的身体朝着太阳穿过农庄。维克多抓着脚，他并不沉，胳膊在搬运者平稳的节奏中轻轻摆动，他一定是在不久前伤了自己的手。他们没闭上他的眼睛，他们希望他最后看到的是他们能看到的这一刻，因为这是个美好的礼拜日早晨。他们打开了两扇栅门，尽管只开一扇就足够，他们也打开了两扇前厅门，那是有必要的。

伊尔玛已准备好客厅来迎接客人。当他们进来时，桌上空无一物，客厅通了风，窗帘拉了下来。花彩链还挂着，不过没事。桌子一端有个烛台，插着三支蜡烛。他们把他的头放在那里。露兰和斯维尔出去剪来所有的大丽花，她们把花放在他脚下。玛瑞确保一切都放在对的地方。海尔玛在柜子里找，最后找到了一只小盒子。盒子里放着两枚卡尔十二世时代的硬币，它们又小又冰凉，它们曾放在奥古斯图斯·阿斯普眼睛上，就在他去世那个晚上。伊尔玛说，我来，妈妈。他直直地躺在那里，脸朝上对着维勒放炸药的屋脊。她尽量轻轻地把他眼睛合上。硬币像封印一样放在眼皮上，她说，你们走吧，我守在这儿。他们回答说这还不是晚上。她还是想守着，她需要守着，她相信在为时已晚之前，她还能赢得一些东西。

当鲁道夫和索仁把维勒抬了出去，其他人也走了之后，她就独自留下了。她拿了把椅子坐在他旁边，想起他的手。她把他的手臂交叉摆在胸前，双手叠放在一起，几小时后就太晚了。他是她的，这多么奇妙，他现在没别人，只有她。她以前从未拥有过任何人，直到挤奶时间，她在椅子上睡着了。

*

但维勒很沉，他们试图让他站起来，然而不行。有时他们不得不把他放下，他们坐在他旁边的草地上抽烟。最后他们只能每次抬他个几十米，能抬他真太好了。他们坐着默不作声，琢磨着小溪拉塞会说什么。最后他们决定去找他。他们抽着烟，眺望湖面，白桦树几乎已全部漂过来了，他们觉得自他们游泳和捕鱼以来已过了一生。他们可以说，你还记得那时候吗？整个福克赛和周围的森林都很安静，维勒有时叹上一口气，在草地上扭来扭去，他们过小溪时脚都没湿。最艰难的是上坡，他们使劲拉扯，大汗淋漓，最后他们试图把他像擀面杖一样滚动起来，这效果最好。他们把他放在门廊里，很安静。鲁道夫挥拳敲了敲，过了一会儿听到脚步声和裤子吊带的声音，听起来就像老鼠尾巴的声音。他们躲在最近的墙角后。枪管首先伸了出来，接着是头。然后他们听到枪掉了，他们绕出墙角看。小溪拉塞跪在儿子旁边。那些混蛋对你做了什么？他哀号道，如果我抓到他们，我会把他们打成碎片。

此刻埃里卡出来了。他肯定是喝醉了，她说。她穿着他们见过的最脏的内衣。他回家了，明天可以尽情喝，小溪拉塞说。他醉得跟一头猪一样，埃里卡说着拿起枪。我的孩子，他们听见小溪拉塞说话，他现在坐在门廊地板上，抬起维勒的头放在他膝盖上，我会给你射一只驼鹿，我们能找到的最大的一只。

他要一直躺在这儿吗？埃里卡问。他们试图抬维勒进屋，但抬不动。去拿毯子，老太婆，小溪拉塞喊道，还有枕头。他们看到小溪拉塞在儿子身边的地板上躺了下来，埃里卡拿来枕头和毯子，给他们枕上、盖上。当她离开后，屋子一片寂静时，他们听见小溪拉塞哭了起来，他们悄悄地走过去看了一眼。他们看到他挣扎着试图把维勒抱在怀里，把他拉向自己，可无论老人怎么努力，维勒还是像一块岩石一样躺在那里，无动于衷。

*

维克多躺在希尔多的床上，他带着斧头，把它放在被子上。过了一会儿，老太听到他走了出去。她不敢问怎么回事，只睁开一只眼看了看，刚才钟声敲醒了沃林德。她听到维克多走了出去，楼梯嘎吱响，地毯在他房间里发出咯吱咯吱的声音，很快他就下来了。她听到他走得很慢，好像拿了什么东西。他没回到房间，而是走了出去。她躺在那里想着，但很快得到了答案。有人经过卧室窗户，她掀开窗帘。那是他，他推着一辆自行车，后架上放着最好的钟，它还在走，钟摆在阳光下闪闪发光。她明白他要去哪里了。上帝，让他上那儿去吧。她祈祷。她站起来、拿起黑麦穗，把它放在胸前。

但是路很远。我必须这么做，他想，否则将是永远的耻辱。他没有抬头看，只是一直走啊走。牧师走过，警长走过，铁匠走过，有时钟声敲响。他从不数钟声，他没遇到任何人。这是最后一次，你在这村子里了，他想，他必须赶在钟停下之前。教堂外，路上是新铺的碎石，当他走着并低头看时，他看到一条痕迹，横穿马路。沟里有辆自行车，他取下钟，把自行车放在那另一辆自行车旁边。他跨过沟，走进路特曼的院子，那里，比约尔仰躺在草地上。他把头放在汽车座椅上，衣服散落在树上，两枚铜币在阳光下闪闪发光，戒指在手指上闪闪发光。维克多放下钟，抬起比约尔的手，脱下所有的戒指。然后他在那儿站了好一会儿，后悔自己所做的事，而时钟走着，他思前想后。我先靠一靠吧，之后再说，他这么想着，把那些戒指塞进背心口袋里。他从没偷过东西。他不确定这样做是否正确。所以当钟敲响六点时，他躺在草上睡着了。

之前，在韦斯特隆德家的厨房。韦斯特隆德和西蒙坐在一起，时间过得很快。你不到新娘那里去吗？西蒙问，就在窗外停着汽车。没有人赢，他们在湖边路转入大路时，让挡泥板碰在了一起。有件事韦斯特隆德想了解。你先进去吧，他对希尔多说，我和西蒙有些事要谈。帮工们走进哈格斯特罗姆的房间，开始喝酒。

“西蒙，”韦斯特隆德说，“我本可以做点什么的。”

“什么？”西蒙问。

“关于那个小伙，”韦斯特隆德回答，

“关于那个死了的人。其实这一切都是我的错。”

“你如果藏起了马笼头，他就会找到晒草绳，这些东西仓房里有的是。”西蒙说。

这能算是个安慰吗？

“西蒙，”韦斯特隆德呻吟着，握住他的手，“我曾对那小伙子使坏。他来这里讨饭，求一点剩饭，说他娘病了，那是很久以前的事了。但我这样一个混蛋又做了什么？我刚买了条狗，根本不知道那条狗会做什么。给我滚，我喊道，否则我就放狗了。他还没来得及逃跑，裤腿就给撕破了。”

西蒙说："可他没为这事上吊。"

"我怎么知道呢？"韦斯特隆德很困惑，他走到窗前，打开了窗户。"我永远也得不到答案了。"他喊道。现在他背对着西蒙，他站在那里对着任何人说话。比如，他喊，我要打死那条狗，明天我要把那条狗处理掉。他喝了口朗姆酒，酒又辣又烈，他却软弱无力。我应该去找她，他喊道，我这么个做她的洗碗布都不配的人。他站在窗前，每喝一口酒，价值就会降低一格，最后就只成了破烂。在美国，他说，他们用大机器处理像我这样的人，而后拿处理好的东西填路。

"可是西蒙，"他对着空空的杯、迷茫的脸和无力的腿，低声说，"如果有什么就拿什么，为什么选像我这样的人？这么个畜生？"

然后他转身去找寻一个朋友，却只遇到虚空。西蒙早就不见了，悄无声息地离开了。

"你得到的是个混蛋！"他哭着，而后滑倒在地板上。

*

不去看他，她想，她没哭。他要什么就给他什么，只是别看他。她当时还不知她离失智有多近：你有什么就拿什么。直到他打开门，她才意识到她有多远。她不仅闭上了眼睛，还转过身。她听到他在床边脱衣服，她把自己缩成一团。但有件事是愚蠢的：她忍不住去听衣服掉落的声音。当她听到他赤身裸体时，她松开了缩成一团的身体，他拉开了被子。我不会看他的，她想，然后转过身去。但她还是看到了。

她看到了，但她没打西蒙的脸，她抚摸。她抬起身子迎过去，她恨自己这么做，但她还是做了。她带着某种快乐做了。

某些事会使得我们去选择更大的羞辱而不是更小的。但她接下来的问题是，为什么呢？有一次有人给晚报写了篇关于这一问题的文章，却没发表。标题是“为什么我们喜欢沉沦”。文章说：

> 我想知道读者能否帮我回答上述问题，或至少告诉我，我得出的结论是否完全错了。在我们现今的社会中，人们常有一种在新闻媒体或其他论坛上被指出的倾向，人们倾向于寻求失败。在我自己的领域中，我知道很多这样的自残案例，这些宝贵的个体自愿削减了他们的发展机会。因此，有一整群人终其一生都在以这样的逻辑自称病着，到最后已经难以分清疾病与健康。这种自我选择的伤残形式在其目的上相对透明。在这种无可否认的正确认识下，我们现代社会要求其公民有百分之百的效率，这在许多社会成员中引发了一种对失败的恐惧，这种恐惧在各方面都是可以理解的。通过声称他们受到某种程度的伤害，他们获得了一种对抗失败的保险，这对于比我们以为的更多的人来说，可能是使生活变得可以忍受的唯一途径。
>
> 但是，这种沉沦只是一个阶段，是旅途中的一站。最值得关注的现象是对寻找彻底失败、完全失能和最深层次羞辱的日益增长的渴望。在不同方面的思考之后，我得出了以下结论：我们是否已经过于深刻地体验了胜利、成功和提升的痛苦，以至于不再相信我们可以通过这条路达到救赎。那么救赎是什么？我认为救赎是一种过程，通过这个过程，我们突然能够承受，这个生活是

毫无意义、空虚、冷漠的，本身就是空无。如果我们从这个角度出发——这无疑是我们应该做的——那么能够承受这种最宝贵的知识的能力最终是人类不可或缺的。那么问题来了，我们在什么情况下最容易接受救赎呢？难道我们敢回答，胜利没有支持，提升是一片沙漠，我们的灵魂在其中受苦？我们都在思考，人们独处时会想些什么？如果他们像我们一样思考，为什么我们从来都不知道呢？也许我们都知道同样的事情，只是不敢对彼此透露。也许我们都在问，我们到底在哪里可以找到我们一直寻找的朋友？是否我们都能找到他，当血淋淋的、遍体鳞伤的我们自己，血淋淋地、遍体鳞伤地躺在绝望驱使我们坠落的谷底？更深，更深，我们的渴望在尖叫，我们无法阻止自己的坠落。我们并不是因为喜欢坠落而坠落，我们也不是因为喜欢在黑暗中四处爬行而这么做，我们也不是因为喜欢死亡而寻找死亡，因为我们知道死亡只是对我们曾经活过的惩罚。但我们也许相信，在黑暗中我们可以找到一束光，虽然光本身会拒绝我们，我们也许相信，在孤独中我们可以找到一个朋友，而共同体却拒绝我们。

这是否发生在我们身上？我不知道，因为对那些真正值得了解的事，我们只有猜测。可如果读者中有人对这问题有任何看法，我将不胜感激。

多年来的杂志零购者

当她找到她找寻的东西时，她完全是独自一人。西蒙已得意地摇摇晃晃地离开了，外面已经很亮。她跪在床边，床沿划破了她的额头，地板上很冷，本就是如此。她裸着身子在黑暗中蠕动着，找寻着什么。只有石头和石头之间的污垢，她觉得自己到了水边，她躺在一块黑色的岩石上，身下是水。有什么东西抓住了她，想要把她投入水中，她绝望地尖叫，但没有人听见她。她跌倒、下沉，这不是普通的水，而是一种酸。一条一条地，她逐渐分解，分解手臂费了最长的时间，最后她完全消失了。水中有水；有人点燃一堆火，她是火中之火。她拥有火，就像火焰拥有它一样，她什么都没有。我什么都不是，她躺在那里梦着，而她被彻底毁灭，变成了一个新生命，发生在我身上的事无关紧要。但我必须存在。因为有一座房子。

有一座房子，它一定建在一个自有地块上。在那座房子里，我是窗户，你是门，我们都是那房子里的一部分。所以房子需要大家，甚至需要刮鞋板下的一块脏石头。房子也需要那道叹息着渴望自由的门槛，仿佛房子外头还有自由可言。房子外面什么都没有，而在房子里有着宿命。

那房子里还有些什么呢？是我们塑造的无人居住的房子，还是有人住在我们体内？我们必须寻找，门叹息着，寻找一个打开我们的人。我们必须寻找，地板抱怨着，寻找一个踩踏我们的人。

亲爱的，她想，我们必须等待。房子不能寻找无家可归的人，无家可归的人必须寻找房子。房子必须等待。现在我知道那等待叫什么。那叫平静。

于是当那个放出狗去的人问：一个罪犯能感受平静吗？她欢呼着回答道：是的，先生，只有他。

*

早晨，我们发现他们都睡着，侧着，仰着，甚至挂着，他们的脸都那么亲切。他们没有恶意。他们在世上的各处睡着，没人忍心叫醒他们。他们睡得那么沉，而事情成了那样，他们没有恶意。

比约尔仰躺在路特曼的草场上，食指又戴上了戒指，维克多躺在路特曼的沟里，头靠着钟。斯维尔在索仁那儿睡着，露兰睡在鲁道夫的沙发里，鲁道夫睡在他自己的沙发里。流浪汉们睡在青草料架下的两边。现在我们的路分开了，伊瓦尔威胁道，菲利普就走开去睡在草料架的另一边，以免伊瓦尔反悔。贡纳尔睡在厨房里，不知他是一个人，有一天他会知道。马丁睡在桌上，脚边是大丽花，伊尔玛睡在椅子上，梦见马丁还活着。在小溪拉塞的门廊上，维勒躺在小溪拉塞的臂弯里，小溪拉塞的臂弯也在睡觉。歌手睡在疯子安德斯的地板上，疯子安德斯睡在信上。沃林德睡在蜗牛的地板上，蜗牛睡在它自己的房子里。在普利茅斯里，睡着玛瑞，而尼塞睡在35卡车的沙发里。主管在床上睡着，旁边是三明治，而克拉拉与上帝睡在同一个房间里。海尔玛睡在希尔多床上，韦斯特隆德睡在韦斯特隆德的地板上。牲畜棚里，奶牛和驼鹿都睡在杨树下。西蒙睡在西瑞门外，西瑞睡在阳台上，她把希尔多的心锁在了那里。比约尔老太睡在房间里，枕下放着钥匙，卡尔松睡在哈格斯特罗姆的桌旁，哈格斯特罗姆睡在他自己的桌边。芦苇中睡着鲈鱼，树丛中睡着刺猬。井里睡着蛙，云里睡着雨。生命里，睡着死亡，死亡里，睡着生命。悬崖上，睡着洛雷莱，她有灰白的发。

可新娘还醒着。

而婚礼之夜流逝。

后 记

定居瑞典后不久，我便关注到斯蒂格·达格曼这位天才作家。2014年，我在《书屋》杂志发表了题为《夜间的游戏——斯蒂格·达格曼的生活艺术》的文章，这篇文章后来收集在我的文学评论集《这不可能的艺术：瑞典现代作家群像》（广西师范大学出版社，2015）里。而在2016年，上海译文出版社的《外国文艺》杂志发表了我翻译的两篇达格曼短篇小说，也是他的代表作《雨夹雪》《杀死一个孩子》，外加我的评论文章《乔装成记者的诗人》。

尽管对达格曼文本有浓厚兴趣，要翻译出版达格曼作品的首要难题就是版税。十年一瞬，到2024年，达格曼作品进入公版。幸有"北欧文学译丛"，便有了推出达格曼经典小说《婚礼的烦忧》的机会，可谓水到渠成。感谢中国国际广播出版社对北欧文学的关注，感谢编校团队的尽心尽力。

今天午后，第一场雪突然在窗外漫卷。又是冬天。各家各户的窗台上比先前更多了许多闪亮的灯盏，降临节的灯盏，好迎接四星期后耶稣基督的降临和普天同庆的日子。橘红色灯光，照出冬日里需要的温暖。这窗台上的灯堪称北国特色，我觉得，它的特别之处在于，既点亮室内人的心，也照亮室外的人的心，既给室内的人看，又更像是特意要给室外的人看。也或许是每一家、每一户和每一扇窗都在点灯，给对面的人看，有一种“我为人人、人人为我”的效果。它像小小的太阳，又如小小的火炬，由每一扇窗默默举起，直到太阳重新升起。这似乎正符合达格曼在《婚礼的烦忧》里推崇的观点，那就是以宽容的邻人之爱和团结来抵御生存的无意义。

眼看着又是一年。一方面感受着时光的流逝，那自然是飞快的；另一方面感受着时日的艰难，那似乎又是相当缓慢的，因为那些国际难题依然悬而未决，战争还没有结束，而乌云在欧洲，也在波罗的海附近集聚。这艰难对于远离战场的我来说，不是物质上的，也不是肉体上的，而是精神上的。当一个人不再是孩童，甚至不再是体内有着满满希望的少年人时，这个人已是对世间艰难更敏感的成人，无法无视这世间不只洒满爱，更存在纷争和突变。在这样的情境里，我不由得格外珍重这一年里，在精神上给予我极大支持的挚友——舒明、王岚峰、陈莘和马青锋。格外感谢减轻我后顾之忧的、家乡的亲人，特别是表哥郭宁扬和表妹郭雯。感谢老当益壮的我的父母。还要感谢妹妹一家，包括11岁的小曦妍，她时常说出睿智而天真的语言，让我受到教益，得到鼓舞，感到幸福又心生惭愧。我感谢你们，更祝福你们。我也感谢我的先生及瑞典亲友的支持，没有这些支持，瑞典对我而言便只能是异乡。我也衷心感谢瑞典黑尔格·雍松文化基金会（Helge Ax：son Johnsons stiftelse）对我一再的信任和肯定。

王晔

2024年12月3日定稿于瑞典马尔默

“北欧文学译丛”已出版书目

（按出版顺序依次列出）

[挪威]《神秘》（克努特·汉姆生 著 石琴娥 译）

[丹麦]《慢性天真》（克劳斯·里夫比耶 著 王宇辰 于琦 译）

[瑞典]《屋顶上星光闪烁》（乔安娜·瑟戴尔 著 王梦达 译）

[丹麦]《关于同一个男人简单生活的想象》（海勒·海勒 著 郗旌辰 译）

[冰岛]《夜逝之时》（弗丽达·奥·西古尔达多蒂尔 著 张欣彧 译）

[丹麦]《短工》（汉斯·基尔克 著 周永铭 译）

[挪威]《在我焚毁之前》（高乌特·海伊沃尔 著 邹雯燕 译）

[丹麦]《童年的街道》（图凡·狄特莱夫森 著 周一云 译）

[挪威]《冰宫》（塔尔耶·韦索斯 著 张莹冰 译）

[丹麦]《国王之败》（约翰纳斯·威尔海姆·延森 著 京不特 译）

[瑞典]《把孩子抱回家》（希拉·瑙曼 著 徐昕 译）

［瑞典］《独自绽放》（奥萨·林德堡 著 王梦达 译）

［芬兰］《最后的旅程：芬兰短篇小说选集》（阿历克西斯·基维 明娜·康特 等著 余志远 译）

［丹麦］《第七带》（斯文·欧·麦森 著 郗旌辰 译）

［挪威］《神之子》（拉斯·彼得·斯维恩 著 邹雯燕 译）

［芬兰］《牧师的女儿》（尤哈尼·阿霍 著 倪晓京 译）

［瑞典］《幸运派尔的旅行》（奥古斯特·斯特林堡 著 张可 译）

［芬兰］《四道口》（汤米·基诺宁 著 李颖 王紫轩 覃芝榕 译）

［瑞典］《荨麻开花》（哈里·马丁松 著 斯文 石琴娥 译）

［丹麦］《露卡》（耶斯·克里斯汀·格鲁达尔 著 任智群 译）

［瑞典］《在遥远的礁岛链上》（奥古斯特·斯特林堡 著 王晔 译）

［挪威］《珍妮的春天》（西格里德·温塞特 著 张莹冰 译）

［瑞典］《萤火虫的爱情》（伊瓦尔·洛-约翰松 著 石琴娥 译）

［瑞典］《严肃的游戏》（雅尔玛尔·瑟德尔贝里 著 王晔 译）

［芬兰］《狼新娘》（艾诺·卡拉斯 著 倪晓京 冷聿涵 译）

［挪威］《天堂》（拉格纳·霍夫兰德 著 罗定蓉 译）

[芬兰]《他们不知道做什么》(尤西·瓦尔托宁 著 倪晓京 译)

[丹麦]《无人之境》(谢诗婷·索鲁普 著 思麦 译)

[挪威]《柳迪娅·厄内曼的孤独生活》(鲁南·克里斯蒂安森 著 李菁菁 译)

[瑞典]《大移民》(维尔海姆·莫贝格 著 王康 译)

[挪威]《我曾拥有那么多》(特露德·马斯坦 著 邹雯燕 译)

[芬兰]《七兄弟》(阿历克西斯·塞维 著 倪晓京 译)

[挪威]《挪威中短篇小说集》(比昂斯藤·比昂松 等著 石琴娥 余韬洁 等译)

[冰岛]《鱼的爱情》(斯泰诺恩·西古尔达多蒂尔 著 张欣彧 译)

[瑞典]《婚礼的烦忧》(斯蒂格·达格曼 著 王晔 译)

图书在版编目（CIP）数据

婚礼的烦忧 /（瑞典）斯蒂格·达格曼著；王晔译.
北京：中国国际广播出版社，2025.4. --（北欧文学译丛）. -- ISBN 978-7-5078-5752-8

I. I522.45

中国国家版本馆CIP数据核字第2025KL0082号

小说首版于1949年，译文根据Norstedts出版社1982年版译出。

The cost of this translation was defrayed by a subsidy from the Swedish Arts Council, gratefully acknowledged.

婚礼的烦忧

总 策 划	张宇清　田利平
策　　划	张娟平　凭　林
著　　者	［瑞典］斯蒂格·达格曼
译　　者	王　晔
责任编辑	筴学婧
校　　对	张　娜
封面设计	赵冰波
出版发行	中国国际广播出版社有限公司［010-89508207（传真）］
社　　址	北京市丰台区榴乡路88号石榴中心1号楼2001 邮编：100079
印　　刷	北京启航东方印刷有限公司
开　　本	880 × 1230　1/32
字　　数	190千字
印　　张	8.5
版　　次	2025 年 4 月　北京第一版
印　　次	2025 年 4 月　第一次印刷
定　　价	56.00元